江南无所有,聊赠一枝春。

——陆凯

章泥 著

予君一片叶

天地出版社 | TIANDI PRESS

图书在版编目（CIP）数据

予君一片叶/章泥著. —成都：天地出版社，
2022.4
 ISBN 978-7-5455-6908-7

Ⅰ.①予… Ⅱ.①章… Ⅲ.①长篇小说－中国－当代 Ⅳ.①I247.5

中国版本图书馆CIP数据核字（2021）第268263号

YU JUN YI PIAN YE
予君一片叶

出 品 人	杨　政
作　　者	章　泥
责任编辑	曾　真　林　凡
封面设计	挺有文化
电脑制作	跨　克
责任印制	白　雪

出版发行	天地出版社
	（成都市锦江区三色路266号　邮政编码：610023）
	（北京市方庄芳群园3区3号　邮政编码：100078）
网　　址	http://www.tiandiph.com
电子邮箱	tianditg@163.com
经　　销	新华文轩出版传媒股份有限公司

印　　刷	四川华龙印务有限公司
版　　次	2022年4月第1版
印　　次	2022年4月第1次印刷
开　　本	700mm×1000mm　1/16
印　　张	17.25
字　　数	250千字
定　　价	52.00元
书　　号	ISBN 978-7-5455-6908-7

版权所有◆违者必究

咨询电话：（028）86361282（总编室）
购书热线：（010）67693207（营销中心）

如有印装错误，请与本社联系调换

目 录
CONTENTS

引　子	……………………………	001
一　岁月的模样	……………………	003
二　白叶一号	………………………	015
三　山青花欲燃	……………………	024
四　小菩萨	…………………………	033
五　十年	……………………………	041
六　安且吉兮	………………………	050
七　知更鸟	…………………………	058
八　绿宝石	…………………………	069
九　青川	……………………………	080
十　桂香	……………………………	093
十一　老庄主	………………………	101
十二　树疙瘩	………………………	112
十三　腋杖	…………………………	121
十四　梦	……………………………	130
十五　麻柳刺绣	……………………	139

十六　风轻云淡	147
十七　小骏马	154
十八　落木	164
十九　石头信	176
二十　草书	185
二十一　人在草木间	194
二十二　新苗	205
二十三　清明草	219
二十四　两句话	230
二十五　春水煎茶	239
二十六　腊八节	249
二十七　冻雨	258

尾　声 …… 265

引　子

　　黄杜，青川，一东一西，于大自然的葱茏中，相遇一片茶香。

　　2018年4月9日，浙江省黄杜村20名党员给习总书记写信，汇报在"绿水青山就是金山银山"的指引下，黄杜村种植白茶致富的情况，并提出捐赠1500万株白叶一号茶苗，帮助贫困地区脱贫致富。四川省青川县作为茶苗受捐地之一，接受了这份经川历海的馈赠，也接受了茶叶种植技术的帮扶、产业的引领……

　　回溯10年前，2008年"5·12"大地震后，一省援建一重灾县。浙江集全省之力，帮扶青川人民重建家园，曾创下多个"全国之最"：援建学校、卫生院最多，援建通村公路里程最长，援建桥梁最多……

　　而今，"茶文化、茶产业、茶科技"相互统筹，青川人民感恩奋进。品牌引领、生态赋能、共同富裕，浙川情深凝聚在一株株茶苗中，也镌刻在东西协作的故事里……

来吧，坐下。亲爱的人，无论你来自何方，无论你正值妙龄还是年岁已长，当你翻开这本书，如同邂逅一盏茶。茶的语速不急，如同每日里光的流影不缓。

来吧，坐下。我们小火微煨的是青山绿水间，一片叶子飘扬了千里两地的往事。汤如月色香如故，当你注目这片微澜浩渺的烟波时，它正轻展自身的每一道皱褶。

端起稍凉的茶盏，你会疑惑，它是茶山上的一道白月光，还是尘世中的一双深邃眸？不要紧，这些都不要紧。要紧的是，你将发现：迁徙的草木和高飞的鸟群一样，会啼鸣。

当年，第一次品尝盏中味的少年，仿佛就在侧耳倾听这声声啼鸣。

那一株株翻山越岭、西行千里的茶苗，带着生的勇气，在远离故土的泥壤中，扎下了根。那封殊为不易的信，一直联动着滚烫的心，黄杜村民的一字一句，就像他们捐赠的一苗一芽，至今在天光云影中生生不息。

杯盏里的翩跹惊鸿，是遥遥两山精华所诞。尽管很多年，少年都不知自己就像它们一样，有着两种血脉亲情的护佑。但曾经的他，已隐约感到一丝沧桑中的回甘。

几度春秋，山乡巨变。当年侧耳倾听这声声啼鸣的少年，满目豁然。放眼环宇，山海情深。茶和少年的身世，就这样融入彼此，凭着一缕茗烟，传颂着一道终将广为人知的密语——

每个生命所站立的土地，都是天空的一部分。

一　岁月的模样

车窗外，橘红色的夕阳如同熟透了的浆果，自顾酝酿着满腹的甘醇。沿途波澜起伏的草地早已从青涩变得葱郁，它们宁静地隐退着，仿佛曾经的年年岁岁。

从香樟大道驶向开阔的主路，通往高架，转到岔口，拐进支路，再穿入分划得越来越细密的小巷。世界俨然在一个巨大的显微镜下纤毫毕见地铺展，一片气息却越来越润泽氤氲。这是草木的气息，即使闭了眼，岑子兴也能分明感受到。每次从家往来于华东茶叶研究院，擦身而过这些路牌：汀草街、桂花路、修竹里、佳茗巷……他不像在城市里往来，而是在山林间行进。

十多年来，岑子兴有一半的时间穿梭在乡野。青山绿水的秀怡和森林城市的缤纷不仅交织着他的岁月，更在心底盘根错节地纠缠着他的思绪。他的每一次启程，既是出发，又是返回。所到之处皆故乡，无数遥远而陌生的土地，总是以不同的方式与他相遇和重逢。七八个星天，两三点雨山，随时切换成他跋山涉水的场景，那些地方的海拔、土质、降雨、积温……更多时候则委以确切的数据为他留下精准的印象。华灯璀璨的夜晚，乡野的林木与植株又不期吐露芬芳，跨越时空用大自然的物语与他轻声相叙。

一天夜里，刚从云南乡村回到杭州城的岑子兴，梦见他指导村民们种植的茶树在淅淅沥沥的春雨中抽出了鱼叶，微风轻漾，这些小小的叶片忽而变成一尾尾真正的鱼儿在茶山上游来游去。鱼儿舒舒缓缓地徜徉，像鸟儿在蓝天白云间自在翱翔。不曾入诗的来入梦，对于岑子兴这样一个总是在行走的茶业"科技特派员"来说，山水与都市的交替、梦境与现实的重叠，也许映带着他对自己有限人生经验的无限回味，这样的穿梭早已成了他生命的常态。然而，这一次即将开启的行程，与以往任何一次都不一样。

是的，不一样。

到家了。岑子兴把车不偏不倚停进楼下的露天车位。像往常一样，扳下遮阳板，对着嵌在皮革里的小方镜照了照自己的面庞。额头的皱纹愈发显眼，还好，早上出门前刮掉胡子，饱满的下巴还算干净。岑子兴推回遮阳板，取下安全带，坐在驾驶座上，愣了几分钟。

暮时的余晖，透过挡风玻璃映在岑子兴的脸上。待在关了空调的车内，有点热烘烘的身体就像棚帐里一棵正待移栽的植物。他把眼镜摘下，习惯性地用衣角擦了擦镜片，重新戴上后，整个人似乎亮堂了许多，包括心底那片涟漪阵阵的湖泊。推开车门，岑子兴终于从驾驶室钻了出来。

客厅的灯正好亮了，透过乳白色窗帘，一份明媚的温存如山花漫过坡顶般袭来。岑子兴轻快地迈上二楼，掏出钥匙刚打开家门，十岁的儿子然然和小白狗一起向他奔来。

"老——爸！雪豹又比我跑得快！"

岑子兴弯下腰，用下巴蹭了蹭儿子光滑的脸蛋。儿子的头发刚理过，齐整清爽如修剪一新的小草，岑子兴在儿子脑瓜上来回摸了摸，柔韧而挺立的发桩触着他的掌心，每一根都向他传递着生命力的舒馨。儿子勾着他的脖子，朝他脸颊上叭地亲了一下。叫作雪豹的小白狗一个劲儿摇着尾巴，唯恐自己被冷落。岑子兴赶忙揉了揉它的脑门，又抚摸抚摸它的背脊。

"雪豹有四条腿嘛。"

"可是，老爸，你看，我还有风火轮呢！还是没有跑赢雪豹。"

然然原地旋转365度，抬起自己的一只脚。

岑子兴一看，原来，为了抢在雪豹之前迎接自己，然然今天特地穿上了被他称作"风火轮"的轮滑鞋。

"哈哈，谁让你叫小白狗是'雪豹'呢？"

"老爸，那你叫我'闪电'吧！"

"好啊，闪电！"

"哇——闪电！"

然然满心欢喜一溜身，伶俐地滑到厨房门口。

"妈妈，妈妈，你也叫我'闪电'吧！"

"快，你就图快。然然，妈妈给你说过多少次了，做什么都要又好又快。你今天的数学检测卷又错了两道题。你做完就交差了事，根本没有检查。"

灶台边，系着碎花围裙的孟小闲一边笃笃笃切着土豆丝，一边回应着儿子。电磁炉上煲着竹荪骨头汤，燃气灶上煎着孜然大虾，云蒸霞蔚中，有条不紊的她依旧眉目姣好。

然然有些沮丧地嘟起嘴，岑子兴走过来又摸了摸儿子的脑袋瓜。儿子拉起爸爸的手，找到了盟军似的，雪豹也蹭过来，他们仨一起守在厨房门口，有难同当般等候发落。

正执锅铲在铁锅里麻利翻炒的孟小闲一回头，看见一同领罪的爷仨，禁不住扑哧一笑。

"还愣着干吗？还不赶快去把手洗干净，准备吃饭啦。"

玲珑的水晶灯下，几道家常菜转眼摆上桌。岑子兴往三个白瓷小碗里分别盛了些竹荪汤，然然摆筷子、添饭，取下围裙的孟小闲从厨房里端出最后一道菜。

"糖醋排骨！"

然然顾不得先喝汤，夹了一块就开啃。他最喜欢吃排骨，小时候，常常把啃了的排骨一块接一块摆在面前，拼成一列长长的火车。

岑子兴给孟小闲夹了一块。

"自己吃。我今天做得多,上次弄少了,然然都没解馋。"

"妈妈,我是排骨大王嘛。"

"我是二王。"岑子兴附和着。

"雪豹是三王。"然然还没把话说完,转身就把一块大排骨放进雪豹的盘子里。

孟小闲把岑子兴夹给她的那块排骨卡在左手的拇指和食指间,像擒住一个小逃犯似的,仔细盯了又盯。

"这么多年,终于把它学到手了。"

"外酥里嫩,酸爽甜香,关键是汁液不仅调得好,还收得恰到好处,每一块都裹得亮晶晶的。"

岑子兴本想接着品评,但他一时不知道该怎样形容眼前这格外诱人的晶莹,只觉得有着玻璃反光感的它们,就像均匀着了赭石色釉彩的似曾相识的物什。

"珐琅瓷!"他终于想起来了,"闲,你把糖醋排骨烧出珐琅瓷的'感觉'了。"

"珐琅瓷?呀,你这一说,真还有那么一丝丝感觉呢!"孟小闲也不自谦,待把手里的排骨啃干净后,才接着说,"其实呢,我这是知耻而后勇,上次你没在家,然然的外婆过来,我烧了一盘,色、香、味都不赖,就是最后没收好汁,结果你猜他外婆怎么说?"

"怎么说?"

"她说我烧了一盘泥石流。"

"泥石流?"

岑子兴和儿子开心地哈哈大笑起来。岑子兴对还舍不得放下一块小排骨的然然说:"儿子,妈妈做的糖醋排骨真是华丽转身啊。"

"可是,什么是珐琅瓷?"然然突然问道。

岑子兴卡顿了一下,他还没有想好怎样给儿子描述。孟小闲站起身,扯了张纸巾一边擦手一边走到餐桌对面的壁柜,踮着脚从最上面一格取出一个精巧的小彩罐。

"瞧，这个就是珐琅瓷。二十年前，你爸爸和我谈恋爱时，讨好我的礼物。"

"我看看，我看看！"然然一下来了兴致。

"先把手擦干净。"

"这就是珐琅瓷啊？里面装的什么？"

然然把小瓷罐拿在手里摆弄着，相比珐琅瓷罐子本身，他更感兴趣的是罐子里面的东西。

"这里面的东西，可是个秘密。"

"到底装的是什么嘛？我想看看。"

"这里面的东西，放了快二十年了。"

"二十年，有两个我那么大呀。"

"真是呢。这时间的小马车，怎么跑得比雪豹还要快！"孟小闲叹着，侧头看了看岑子兴，"还记得吗？"

"今天不把这个罐子拿出来，恐怕真不会平白无故想起。确实有二十年没打开，也不知成什么样了。"

生活就是这样精打细算，当从前快被忘得一干二净时，它准会以某种最不经意的方式让你与往昔邂逅。岑子兴在心里感叹着，转头发现看着儿子手里这个珐琅瓷小罐的孟小闲，她的神色里突然泛出一份与陈年旧物长相厮守后的缱绻，这份缱绻似乎也正是他此时此刻心底的镜像。

"我可以打开吗？这个东西会不会是潘多拉魔盒，或者是《一千零一夜》里的魔瓶？我会不会放出一股烟雾，或者一个大魔怪？"

然然一下有些紧张地看着爸爸和妈妈。

"打开吧，如果是大魔怪，你又想办法把他收回去。"

"哼，我才不相信有什么大魔怪呢！"

然然扮了一个鬼脸，就要打开它。

二十年前，同在北京念大学的岑子兴和孟小闲在一次杭州同学会上相识。岑子兴现在都还记得那天孟小闲穿的是一条浅绿的连衣裙，一双纯白的平底鞋，远远的，芝兰般轩逸。岑子兴几乎在第一眼就认定了她，他的心咚咚咚扑腾着。后来走近了，大家坐一块儿，他才发现，原来她也化了精美的妆。他从心底有些惧怕这些瓷娃娃一样光亮娇鲜的女生，她们都让自己在超乎惊艳的同时显得无比"轻脆"，稍不留神，就会碰成一地碎片似的。从小莫名与植物亲近的岑子兴，还是神往那些抱朴生姿的自然和踏实。

不过就在那天，岑子兴很快得到一份安慰。孟小闲漆黑茂密的长发没有任何修饰，她把它们归在耳背后，连一个发夹也没用。这样散发着一肩清新气息的孟小闲也是可爱的。那天，尽管他们聊得不是太多，临别时竟有些怅然。

第二次见面，也是一次集体活动。这一次，岑子兴几乎快认不出孟小闲了。她把自己乌黑的长发染成了浅灰色，不仅如此，还烫了大大的卷。她恨不得彻头彻尾改造自己，也许她实现了自己预期的效果，她就像是从某个电子游戏界面蹦出来的亦神亦怪的女主。那天，岑子兴觉得天空都是灰的，他不知道该怎样面对主动向他打招呼的孟小闲。

后来，大家一起去唱歌。没想到，看上去紧随时尚浪潮的孟小闲，不喜欢喧嚣和闹腾，甚至连外面的酒水饮料都不沾。她掏出自己随身带的套杯和一小袋茶叶，自顾自地斟酌起来。岑子兴看到角落里手持清茗的她，原来也是一个静怡安然的人，只不过，青春岁月裹挟而至的浮华掩护着她的本真。

就在那一刻，孟小闲也发现了岑子兴的不同寻常。他是唯一向她讨茶喝的男生。他们真正意义上的交往，就是从一杯茶开始的。

"猜猜什么茶？"

"西湖龙井。"

"什么时节的？"

"雨前。"

"这么准呀？"孟小闲惊讶地睁大了眼睛。

"白云峰下两枪新，腻绿长鲜谷雨春。静试恰如湖上雪，对尝兼忆剡中人。"

"等等等等，你说的什么，听不大懂，但是感觉挺美的。"

学文的孟小闲在学茶的岑子兴面前，突然觉得自己孤陋寡闻。

"单听着是不好理解。"

岑子兴从背包里取出随身携带的笔和小本子，翻开一页写了起来。孟小闲看到他的字迹好生规整，不禁随之轻声念了一遍。

岑子兴把这一页纸抵着本子的脊骨折了折，顺着折痕凭手裁下来，边递给孟小闲边说："两枪呢，就是两叶一芽的新茶，形容茶叶的外形。腻绿，嫩绿的意思，腻绿长鲜，可以想见它的翠色和醇味。谷雨，二十四节气中的第六个节气。剡呢，就是剡溪。"

"剡溪？就是浙江绍兴的那个剡溪？"

"是的。"

"看来，这首诗离我们很近呢。"

"是啊。这首茶诗大致说的就是：白云峰下的茶树已经生长出了两叶一芽的鲜嫩新茶，嫩绿鲜美的茶叶映衬着谷雨时节的春天。饮下这新茶，感觉就像湖中的雪花一样纯净幽雅，面对共品的茶友，会想起剡溪边的美好佳人。"

"佳人"也许是岑子兴自己发挥的，孟小闲有些领情似的笑着睨了他一眼，脸颊不禁泛起了红晕。

"从来佳茗似佳人嘛，"岑子兴还想为自己的发挥找一个出处，"这是苏轼说的。"

"呃，你怎么知道这么多？"

"我们专门有古典文学老师讲授茶的诗文。很多同学不在意，我偏偏喜欢。"

"难——怪！"

孟小闲把"难"字拖得很长，把"怪"字说得很重，尽管一番书生气的岑子兴在她心目中不知不觉变得愈加俊朗起来，她还是觉得他是个难得的怪家伙。他们故事的开头就这样，原本两个世界的人，凭着共饮一壶茶的清宁越走越近。

大四那年春天，岑子兴从福建福鼎茶叶种植园实习回来，郑重其事地交给孟小闲一个珐琅瓷小罐子。

孟小闲接过来，调皮地掂了掂。

"有内容？"

岑子兴不作声地点了点头。

"是什么？"

岑子兴还是不作声。

"到底是什么嘛！"

孟小闲不等他开口，故意使出蛮劲打开罐子一看，原来里面装的是一小袋茶叶。

"这是什么茶？"

"白茶。"

"白茶有什么稀奇的？"

"别小看它们，一年茶，三年药，七年宝，它们可是经得起海枯石烂的。"

岑子兴说，这次实习，他们四个师兄弟有一个专门负责指导他们的茶师傅。师傅说白茶是茶中美人，有女朋友的，可以自己亲手采制一份，带回去送给女朋友。

"哈哈，你们的茶师傅这么好呀，那没有女朋友的，怎么办？"

"师傅说等他们有了女朋友，他会把白茶专门寄过来。"

"师傅多暖心啊。没见面，都让人感受到了他的好心好意。"

"是啊，跟这位茶师傅在一起，学了不少院校里、课本上学不到的东西。和他在一起的这几个月，我觉得种茶人确实有些特别。"

"有什么特别？"

"我还说不大清楚，反正想起茶师傅，就会想起茶山上的清风明月。看，这就是在福建福鼎的茶山上，我按照师傅指点采摘的新梢上最俊俏的单芽，它们就是传说中的白毫银针。"

"白毫银针?"

"是啊,你看,是不是每一片都挺直毫密,银白闪亮?"

"嗯,真的好俊俏!"

"师傅还问我,这样的茶,配不配得上我的女朋友。"

"你怎么说?"

"我说,配得上。"

孟小闲取出一片白毫银针,举着一枚小小的火把似的,她的双目都被它的光焰映得熠熠烁烁。

"你应该给师傅说,要问你女朋友配不配得上这样的茶。"

"呵,什么时候,你变得这么谦逊了?"

"这茶中美人,谁在她面前不相形见绌?"

孟小闲还没喝过白茶。这天,他们特地冲泡了一杯。玉白的汤色亮澈如月光,新白茶特有的馨甜就像他们凝视彼此的眼神。

"为什么说它:一年茶,三年药,七年宝?"呷了一口,孟小闲不解地问道。

"一年茶,是说白茶刚出的时候,茶性较寒,汤色浅黄,口感呢,就是我们现在喝到的这种有些羞羞浅浅的花香毫韵。"

"三年药?三年后它会生出药效吗?"

"要是存到三年以上,茶叶的青涩,会慢慢褪去。汤色呢,越变越深,滋味渐渐醇厚,内质状态越来越稳重,营养物质的转换也更加丰富。这时候的白毫银针,饮用的养生保健价值应该很高。"

"七年宝呢,又是什么意思?"

"如果存到七年以上,那时候的白茶,汤色加浓,陈香馥郁,味道会非常醇厚。师傅说陈年老银针,荷香、枣香、糯香甚至药香,应有尽有,品一口回味无穷。哎,我也没喝过老银针,相传'祖父做,孙子卖',白茶没有保质期,它象征的就是天荒地老。我也想看看,它究竟经得起多少猴年马月。"

"那我们把它存起来,看它能不能和我们白头偕老。"

就这样，齿颊留香的两人一起把这一小包茶叶，里三层外三层地包了又包裹了又裹，重新封回那个珐琅瓷罐子。

白云苍狗，岁月洪荒。不知不觉这一罐白茶竟陪他们走过了二十个年头。大学毕业，入职，结婚，考研，工作调动，有了然然，搬家，然然爷爷去世……时光浸淫，日月磨砺，本身未经杀青、揉捻而自然萎凋、烘干的白毫银针，在蹉跎日夜无形之中蒙受的是光阴揉捻、世事沉淀。而今再品，它的滋味和二十年前定大不相同。岑子兴和孟小闲谁也不曾料想，二十年后执意要启开它的人，是然然。

"我打开了啊。"

然然再次宣告。他似乎也知道这个珐琅瓷的小罐子和家里其他物什意义迥然。二十年的时光，对于十岁的男孩子，自带神秘、威严和尊仪。

"开吧。"

岑子兴说着，与孟小闲对望了一眼。

然然满是新奇的神色流露出一份少有的庄重和谨慎，他的动作一下变得很轻很慢，只怕吵醒了里面正在安然沉睡的精灵。顶盖小心翼翼揭开了，里面却是一个更小的锡罐。

"原来跟俄罗斯套娃一样啊。"

然然放松了些，轻轻取出小锡罐。

"这里面是一个更小的小罐子吧？"

"你自己来揭秘。"

然然怀着悬念打开小锡罐，这次里面没有更小的小罐子，而是一个银色的小铝袋。

"哈哈，藏得这么好，跟我玩呢。"然然越发来了劲儿，"可以打开这个小袋子吗？这里面是不是什么锦囊妙计啊？"

"开吧。"

从封口处打开小铝袋，然然看到一个更加银亮的小包裹。

"我可以打开这层锡箔纸吗？"

"开吧。"

然然慢慢展开锡箔纸，一个角，两个角，守在旁边的孟小闲突然和儿子一样满眼懵懂起来，他们都对这即将露面的藏物充满未知的迷惘。

"别忙。"

孟小闲轻声止住了然然。

"别来无恙？"就像问与久别重逢的老友，锡箔纸的银亮闪烁在孟小闲的双目上，她侧头看向岑子兴，"你说，它们会变成什么样？会不会是一撮尘埃了？"

"开吧。"

岑子兴还是这两个字。

终于，锡箔纸的四个角都展开了，装着一小捧茶叶的透明密封袋呈现在他们面前。

"原来是茶叶啊！"

然然明显失望了，这个珐琅瓷的罐子里既没有什么大魔怪，也没有什么小秘密。茶叶，早是他从小司空见惯的平常之物。

"我看看。"

这下倒令岑子兴欣喜了。他拿起透明密封袋，送到面前仔细看了看，又嗅了嗅。

"密封得很好。其实，光看它们的外形和成色，就可以判断保存得非常理想。只可惜，存得太少了。"

"这是什么茶？"

作为茶叶"科特派"的儿子，小小年纪的然然已见识过很多不同类型的茶。黄山毛峰、洞庭碧螺春、信阳毛尖、祁门红茶、太平猴魁、六安瓜片、乌龙茶、竹叶青、铁观音、云南普洱、武夷岩茶……这些名字对他来说都不陌生。爸爸妈妈品茶时，偶尔他也会呷一口，茶对于他这样的半大孩子来说，并没有任何吸引力，它们的味道，或浓或淡总有一丝丝涩，这是然然最不喜欢的。尽管如此，红茶、绿茶、白茶、黄茶、青茶、黑茶，他也大致有个印象。眼前这一小袋茶叶，却是他从未谋面的。

"这是白茶。"

"白茶我见过，怎么会是这样五颜六色的？"

"这是二十年的老白茶了。五颜六色应该是它最好的品相。"

"啊？"

然然和孟小闲都凑过来要看个究竟。

"我们这点白茶，在二十年前，没有经过任何揉捻和高温炒制，全是自然萎凋和干燥，不仅最大程度保存了完整的物理结构，而且还保留了最自然的生化反应基础。"

"可是，白茶怎么会变得这样花花绿绿？"

然然还是一脸的迷惑。

"看，毫，转化成了银灰色。这些绿的，是没有充分转化的叶子。这些褐色、黄色甚至酡红色，可以看出每一枚茶叶转化程度各不相同。那些深度发酵了的，就呈现出这种黑色。所以，它们看上去是五彩缤纷的。这是时光浸染后，岁月的模样啊！"

"我们可以喝一下吗？"

"当然可以。"

"赶快把饭吃完，饭后才能喝。"

二　白叶一号

吃完晚饭，然然忙着下楼去玩，很快把老白茶抛之脑后。岑子兴和孟小闲各自收拾碗筷、整理家务，直到月亮爬上窗棂，然然香甜睡去，他们才在柔和的落地台灯下，各执一盏品茗杯。

"这大概就是光阴的味道了。嗯……很多滋味复合，像一种很古老的又活得很有生机的老植物的气息。"

刚抿一小口，孟小闲就陶然了。

"毫香蜜韵，"岑子兴用整个感官掂量着，"荷香、果香、枣香、药香……奇了，我怎么还品到一种干稻谷的香气？就像阳光照耀的晒谷场，空气里弥漫的那种沉沉的稻谷特有的、绵劲悠长的香。"

"你这么一说，我也感觉到了。你看，茶汤接近琥珀色，又通透又醇厚。"

孟小闲说着，轻轻晃动了一下手中的品茗杯，忽然发现，稠滑的茶汤不似涟漪荡漾，而是果冻一般，整块在微微颤动。

"你看，它们好像酒体厚重的葡萄酒，还挂杯呢。"

"这应该就是老银针的风骨。你把茶汤含在嘴里，多停留一会儿，会有一种奇妙的感觉，感觉到没有？好像牙齿和舌头都被什么东西特别贴切地包裹着，慢慢咽下，喉咙里会一直萦绕着毫香的回甘。"

"真的，余味悠长。呃，这会不会是我俩的心理作用啊？敝帚都能自珍，何况我们自己精心收藏了二十年的老白茶，保不准仙醪的滋味，我们都品得出来！"

孟小闲翘起小腿轻轻蹬了岑子兴一下，两人又品酒似的小小抿了一口。

"闲，还记得它们二十年前的味道吗？"

"别说，有时淡的东西反而记得深。我记得新银针的毫，有股特别秀气的香，风轻云淡的。可是你说风轻云淡，只是它的表象，你让我去品每一道茶汤的变化。"

"我还记得你当时的小模样呢。品着一口茶，好像思索着世界上最玄妙的一个问题。"

"那时，你也真会捉弄人啊。我这么粗枝大叶，哪里喝得出什么茶汤的变化？我喝起来，每次都差不多，跟加了片嫩笋的白开水一样，但是为了掩盖我的迟钝，我装得就像一台灵敏的仪器，骗你说，我感觉到了这些、那些微妙的变化。对，我还说，我喝出了每道茶汤的层次。"孟小闲边说边笑起来，"哈哈，我那时也太能装了。"

"这可是你自己招的。你以为我是傻的啊，我当时就看出了你的伎俩。你的装模作样，骗得过我的火眼金睛？只是，我那时，就喜欢你装模作样的样子。"

"你以为我不知道你的伎俩？我那时，早就看出你在卖——弄。"

孟小闲把"卖弄"两个字故意抬高腔调，偏生要用声音的尖锐去戳破往事的秘密。在这月华如水的夜晚，她似乎又变成了二十年前的娇憨模样。没错，他们后来都成了能轻松识破对方的人，但是今晚，岑子兴感觉到，对于他尚未开口的事，孟小闲全然没有预知。

"我那时，对茶一知半解，在你面前，也不知哪儿来的胆量。"岑子兴给孟小闲续了续茶，又一把抹了下自己不再茂密的头顶，"对我来说，栽茶、种茶是实打实的活儿，但品茶这种形而上的功夫，确实是玄妙的事。就像老白茶，人们常说越陈越香，这个香，就太广义了。"

"我觉得，它现在的滋味，真的比二十年前更丰富、饱满。"

"对，撇开黄酮类物质、可溶性糖……这些生化成分，丰富、饱满其实就是哲学和美学层面的感受。还有什么无味之味，更不是单靠口腔的味蕾能感觉的，这种品茶境界，说是需要个人修为，你看，是不是玄之又玄？我们小两口呢，能品出这老银针的丰富、饱满，已经不俗了。"

"哼，还小两口呢！结婚快二十年了。其他东西天天见着，感觉不到什么变化，这一小包白茶今天取出来，都沧海桑田大变样了！时间啊，算是对它客气的。呃，别动，你头上也有白毫银针了！"

"啊，快帮我拔了。"

"看看我头上呢，是不是也有？"

孟小闲说着一下放下茶杯，簌地解开挽在后脑勺的丸子头。

"发现没有？"

"没有。"

"仔细找，看到了吗？"

"没有。"

"骗人。你又骗人！"

孟小闲有些懊恼地冲起身，径直去了卫生间，对着梳妆镜，自己将头发一绺一绺地严查细审起来。

"岑子兴，在我面前说句实话，你怎么比登天还要难！"

"确实没有啊。"

岑子兴故作镇定这一刻，他想起了孟小闲二十年前那一肩灰色的长鬈发。就在岑子兴深感时光翩跹的当儿，他才猛然为孟小闲当年惊世骇俗的不消停折服。一个女孩子要多少勇气，才敢于把自己的头发折腾成介于黑与白之间的灰色啊。

"这是什么？"

孟小闲提了"证据"冲回来。一根银丝确凿无误地招供在岑子兴面前。

"这哪里是白毫银针嘛？这是白毫银线！"

"岑子兴，你今天是找死的节奏！"

孟小闲手一扬，岑子兴赶忙双手投降，他以为孟小闲又像往常一样，要胡乱揍他一阵。那根"白毫银线"凌空收缩了一下，又舒缓地伸延，像一道有弹性的光，逍遥飘忽在宇宙的新天地，脱离了所有羁绊，仿佛这一瞬才是它生命中灼灼其华之际。

重新端起杯的孟小闲不大不小呷了一口茶，她的眼神又从嗔睨变得可以穿透岑子兴。

"说吧，到底有什么事。下班回来到现在，一直憋着。"

岑子兴伸手接住了孟小闲那根正在徐徐坠落的银发。它的降临比一片雪花还要轻盈，如果不是亲眼所见，几乎想象不到一个人生命中会有如此难以承受之轻。这份轻，如一把奇异的钥匙般，启开了岑子兴心底那扇深沉的门。恍惚间，岑子兴只觉得对轻的领略，就像对淡、对闲的遥叩一样，在他和他家庭间若即若离。

岑子兴抬头看到坐在了自己对面的孟小闲，静宁安适。此刻，她是她平日里利索、匆忙甚至犀利的相反一面。她的眉眼还是像从前一样秀怡，只是整个面庞隐隐约约有了被岁月拖拽的印迹，这并不影响她的美，或者说并不影响她在他心目中的美。她身后的墙壁上，挂着一幅清逸的书法，这是孟小闲最喜欢的诗：

> 人闲桂花落，夜静春山空。
> 月出惊山鸟，时鸣春涧中。

熙来攘往的周遭，锅碗瓢盆的日常，也许耽延过她对"闲"的执迷，然而岑子兴清楚，这些年，他们的生活能从命运转折中获赠一份凡常与静好，多亏得孟小闲的理想世界与她的世俗表象始终保有不远不近的距离。这段距离时伸时屈，伸时，她的笑靥灿若茶花，屈时，她的倦意湮于茶盏。

"闲，我的白毫银针是多，你的白毫银线是长，看吧，老天爷对我们的赏赐多公平，它总是要让我俩成为天底下最般配的人。"

"岑陆羽，你今天怎么这么磨叽，快说吧，这次又要到哪里去当'科特派'？"

孟小闲白了岑子兴一眼，到底还是她扯开了话头。

"我还没开口，你怎么知道我又要去当'科特派'？"

"没发现吗？每次要出远门，你说个话就九曲十八弯地绕来扭去。"

"哈哈，"岑子兴自我解嘲的笑声里，包含着一份歉意。每次出远门，家里大大小小的事都丢给了孟小闲，想到这些，他含着些愧疚的目光一下变得更柔软。

"闲闲，你知道，我们这次要去帮助种植的是什么茶吗？"

"我怎么知道？不会就是我们喝的这种福鼎白茶？"

"呃，说来你也不陌生。我们这次到外省去，是要为安吉白茶提供技术服务。"

"安吉白茶，不就在我们浙江安吉吗？为什么要到外省去提供服务？"

"你成天把心思扑在儿子身上，都两耳不闻窗外事了。还记得上个月，应该是六号吧，对，就是7月6号，电视上提到的浙江安吉的那则新闻？"

"嗯，想起来了，是不是黄杜村向贫困地区捐白茶苗的事？"

"对，靠栽种安吉白茶富裕起来的黄杜村民，要无偿捐赠1500万株白茶苗，帮助中西部地区的乡亲们致富。"

"他们的捐赠是无条件的？"

"那当然，黄杜人捐白茶苗，是真心诚意，实打实的。"

"赠人玫瑰，手留余香。这真是一个善举啊，但是他们就不怕这些送出去的白茶苗，在其他地方长好了，回过头来抢自己的生意？"

"从道德的层面讲，分享是一种美德。从市场经济的角度看，分享和共赢其实是一对对立统一的辩证关系。"

"什么辩证关系？"

"如果是尔虞我诈的竞争，形象受损，市场变小，而分享理念是共同做大市场，结果是共赢。所以，有了'分享'这种精神和理念上的加持，白叶一号的精神内涵肯定会让它更加出类拔萃，它的品牌价值肯定也会更胜一筹。"

"嗯，人有人品，茶有茶品，这样说来，白叶一号今后的市场前景会更好？"

"那当然啦。黄杜人捐赠白叶一号茶苗，就是要以富带富，先富帮后富。其实，这是一种朴素的大同情怀，黄杜村民切身体验到了一片叶子富了一方百姓，这条致富路径，他们是真心诚意地想无条件分享出去。"

"这事真难得呢。这是不是种茶人独有的情怀？"

"我想，不说是独有，至少是种茶人特有的。但这事做起来并不容易。你想，中国这么大，到底哪些地方能成为安吉白茶的第二故乡？这得仔细权衡，不然就成了南橘北枳。"

"安吉白茶好栽吗？"

"黄杜人捐的是白叶一号，这白叶一号呢，是安吉白茶的珍贵品种，这种茶树对自然环境有比较个性化的要求，什么海拔、土壤、气候，还有一些基础性的条件，都需要吻合。最好呢，当地还要有种植茶叶的传统。这样，那里的乡亲，包括那方水土，才容易激发出对茶叶的情感。"

"有这么多讲究啊？乡亲们要对种植茶叶有情感，这个怎么说还说得过去，可是要水土也对茶叶有情感，这是什么意思？难道它们彼此还认生？"

"当然了。就像不同的鱼类对水质有不同的要求一样，茶叶是认土的。这一次是在全国范围内选址，综合考虑了很多因素，后来才选出三省四县作为受捐地。"

"哪三省？"

"湖南，贵州。"

"还有呢？"

"还有……"

"还有哪个省？"

"四川。"

"你这人说个话，怎么跟挤牙膏似的？噢，我想起来了。"孟小闲啜了一口茶，干咳两下，故意清了清嗓子，又要用自己的声音去戳破什么秘密似的。

"怪不得你今天一回来就心神不宁的。是不是恨不得马上插了翅膀飞过去？"

她挑着柳眉这么一说，倒把岑子兴搅糊涂了。

"什么意思，我怎么觉得你含沙射影的？"

"含什么沙，射什么影呀，这不是明摆着的吗？你想去，是不是？而且你想去四川，是不是？"

岑子兴一下愣住了。

"因为四川啊，是你初恋女友的家乡，我没说错吧？"

"你在说什么呀！"

岑子兴这才反应过来，赶紧分辩：

"我可想都没往那方面想。再说，别人家住省城成都，又没在乡村。"

"你不可能一趟飞机就飞到乡村吧？总得在成都的双流机场落个地吧？成都那么大，在哪儿碰个面不行？"

"闲闲，你又胡扯，我根本没这意思。"

孟小闲很少见岑子兴犯急，忍不住继续：

"你没这意思，那着什么急啊，我只是提醒提醒你而已。"

"我说闲闲，这事用得着提醒吗？"

"是啊，因为你从来就没有忘记，所以根本不需要提醒。"

孟小闲的声音一下飙高，话音冲出口她才意识到，赶忙用手捂住自己的嘴巴，她的另一只手也搭在了嘴巴上，似乎拦截在嘴里的余音也会吵到睡梦中的然然。岑子兴站起身，走到门边，轻轻掩住了小茶室的门。

"闲闲，你真是闲来无事生非！"

"好吧好吧，饶了你，看把你急得，逗逗你不行吗？"

孟小闲嫣然一笑，给岑子兴续了热茶。她怎么会不清楚岑子兴的德行，自从和他在一起，他没少让她憋屈。她从一开始就知道，他有他的花花世界，他沉湎于她们的香，耽溺于她们的艳，以至于他的微信、微博、QQ空间里到处都是她们的身影。

有一次，岑子兴明明是在为孟小闲拍照，孟小闲各种表情、姿势都调动得妥妥的，结果拿过相机一翻看，所有照片她都只是挂了一个小小的角，C位全让给了一株叫作蓝楹花的树。还有一次旅行在外，刚下车，岑子兴便扑向一丛他在老远就看到的红山茶，他深一脚浅一脚蹚过泥泽，就像去奔赴一个深情的约会，全然不顾脚上是孟小闲刚给他买的新鞋子。

确实好久没有拨弄过岑子兴了，这一阵他总是早出晚归，好多时候回到家，孟小闲都睡着了，她醒来时，他又不见了。他就像只在梦中才能触碰到的一个人。所以今天，这么小敲小打他一下，也是他自找的。

"呃，刚才说了三个省，哪四个县呢？"

"湖南省古丈县，贵州省普安县和沿河县。"

"嗯，四川是哪个县？"

"四川，四川是……"

岑子兴又吞吞吐吐起来。

孟小闲不耐烦了："你今天到底怎么回事呀？是不是你选定了四川？"

岑子兴点了点头。

"选了就选了呗，具体地方是哪里？说吧，就算是离成都最近的县，我都没意见。"孟小闲说着，故意在夸张的神情里装着子虚乌有的大度样儿。

"闲闲……"

"说啊。"

岑子兴看着孟小闲，突然闭上了他的嘴。孟小闲正准备用嬉戏的炮火给他新一轮的攻击，突然，她也缄默了。她从岑子兴有些惴惴不安的眼神里感应到了，他要说又说不出口的话。

就在刚才，孟小闲还站在岑子兴的对立面和他逗乐，现在，他俩的神色，却不约而同、如出一辙地凝涩起来。时间，在这一刻，也感觉到了他们堵在胸口的那块巨石、那座山峰，是无法逾越的。

岑子兴封在嘴边的这个词，许久，终于通过孟小闲的另一副声音——那副被世事锤炼锻打过的声音，低沉而肃静地说了出来：

"那个县，是青川吗？"

岑子兴没有点头，只是看了一眼他刚才掩上的门。

三　山青花欲燃

十年前的初夏，四川盆地北部边缘，山青花欲燃，浸着芳菲的烟云缭绕在沟壑，映着缤纷的溪水婉转在山涧，一切都是素来如此的天籁模样。午后，酣睡的大地从梦中惊醒。它梦见了什么，至今无人知晓。

无论匍匐在它怀里的苔藓、蚯蚓抑或参天大树与它在泥土深处缠绵悱恻的根须，还是它宠溺的掌上明珠——山谷里那些盈盈如酒窝的湖泊，还有那些被它视为会飞的花朵——榛鸡、松鸦、柳莺、灰林鸮、红腹角雉……它们的呢喃与啁啾在那一刻依旧骄矜；还有它钟爱的子嗣：金丝猴、扭角羚、麂子、麝鹿、大熊猫、小熊猫、水獭……它们正在自己丰饶的领地追逐、嬉戏；就连与它共生共荣了成千上万年的矿物：硅、锰、石英、煤……这一刻，仍在与它继续相濡以沫的故事。

作为大自然的一块肌理，如此坚实、敦厚而慈祥的它，也许只是想把淤积的烦闷疏解一下，也许，它只是打了一串有些响亮的喷嚏，然而就在这不经意的一瞬间，它怀抱里的所有生灵，全都毫无征兆地经历了一场突如其来的生死劫。

2008年5月12日14时28分04秒，四川省汶川县映秀镇发生8.0级特大地震，青川县受到严重影响，地震烈度10度以上，持续10分钟，为青川有史以来第一次特别重大地震灾害，4697人遇难，15479人受伤，124人失踪，民房95%倒塌，25万人无家可归。

　　一念天堂，一念地狱。
　　面对满目疮痍的故土，劫后余生的人们无法参透爱恨恩仇的无常。他们只是眼睁睁看到，世世代代赖以休养生息的大地陡然变得狰狞暴虐，怀了新仇旧恨般摧山毁岳。更让人痛心疾首的是，日日夜夜为他们遮风挡雨的家园，那些屋顶、窗棂、墙壁、砖瓦、钢筋混凝土也反目成仇，瞬间变为吞噬他们血肉之躯的尖牙利齿。然而，绝望、愤懑……所有疼痛之极都被亲人永别的悲恸覆盖了。
　　解放军、医疗队、志愿者从四面八方急赴余震不断的青川，救灾物资、应急药品星夜兼程地从全国各地发送到哀声遍野的灾区。大地震后的第三天，无家可归的受灾群众终于吃上了震后第一顿热腾腾的晚饭。一个叫庄文生的老汉双手捧着一个比他脑袋还大的搪瓷碗，埋头用长短不一的两根筷子扒着碗里的白米饭。他没有夹任何菜，米饭也咸得戳心。他一言不发，只顾把饭往苍老干瘪的嘴里扒，扒到一半，这碗饭还是咸的，直到最后一颗米饭扒光，看到湿漉漉的碗底，他才明白是自己的眼泪全部掉在了碗里，他把自己的眼泪全都吞进了肚子。
　　除了刚出生两个月的小孙子和自己，庄文生的亲人都在这场地震中遇难。他这把老骨头也不中用了，卡在废墟中，左腿被截肢，肉体和心灵的疼痛抽干了他的血和泪，他知道自己不久于人世。按照他的请求，志愿者通过爱心热线在全国各地为他的孙子寻找养父养母，他们一遍一遍安慰他：
　　"老人家，不要急，天无绝人之路，一定会有办法的。"
　　随着救援工作的有序推进，灾区的情况一天天好转，大家住进了活动板房，孩子们在临时教室里复课，很多工作也开始接近正常地运转。最近这一两周，相继有五六对有着不同口音的夫妇，来医院探望庄文生和他的孙子。那个襁褓里的小婴儿精气神十足，时时挥舞着一双小手，你向他伸过手去，他就会握住你的一根手指头，大方得对全世界都心无芥蒂，可是最后，没有一对夫妇愿意收养这个着实可爱的孩子。

"让我带他走吧！他们咋就丢下我们一老一小！趁我还有口气，让我带他去找他走了的爸和妈……"

原来，在亲生父母的舍命保护下，小婴儿虽然在地震中劫后余生，但是他的双脚是先天的"马蹄足"，两个小脚板都朝内翻，脚尖对脚尖。再善良的好心人，也怕收养这种长大后连站都可能站不稳的孩子。

"实在不行，孩子还可以送到社会福利院，老人家，千万别往绝路上想，能在这场地震中活下来就是万幸了。"

庄文生没看到孙子的着落，他带着无限遗憾走了。马蹄足婴儿依旧舞着小手，不知是在与他枯泪已尽的爷爷挥手告别，还是在竭力挽留世界上他最后一位抽身而去的亲人。

关于这次特大地震的新闻从一般播报，到连线播报，到现场直播，无时无刻不牵动人心。余震、次生地质灾害接踵而来，每天都有意想不到的险情和触目惊心的伤亡，每天也有一些逢凶化吉的万幸。

那些日子，在岑子兴和孟小闲的记忆中是模糊的，泪水模糊了它们。那些日子，岑子兴和孟小闲大多时候都守在电视机前，看救援部队千方百计从废墟里救人，救不出，他们哭，救出来了，他们也哭。

"5·12"大地震后，岑子兴和孟小闲的生活发生了好多意想不到的变化。天那边的生与死，让他们猛然看到了多年潜伏在他们平安日常中的琐碎和促狭。他们从来没有这样无比揪心地关注着素不相识的人，那段时间，灾区的一草一木都与他们有关。

堰塞湖悬在他们头上，废墟压在他们心上，余震波及着他们的寝食，一条短信也能让他们相拥而泣。废墟下，一个奄奄一息的女孩，拼尽全力给远在外地的男友发了一句话：我撑不住了，要是还能活着出来，你娶我好不好？男友回复：你一定要活着，等你出来我们就结婚！然而到最后，女孩还是没有撑住。

这个场面，是无数个让他们泪流满面的场面之一。那天，岑子兴一直握着孟小闲的手,他们都感觉到了对方的颤抖。从小顺顺当当长大的他们,隔着电视屏幕触摸着一场场生离死别。

"我们也去做志愿者吧,我可以给孩子们上课。"

"我做什么?这个时候,我不可能带领他们去种茶吧。"

"你可以当搬运工啊,你对地质、土壤、气候在行,你还可以参与救援、修建!"

当他们下定决心要往四川出发的时候,灾区已涌去太多志愿者,志愿者的安顿成了一个新问题。电视上滚动播出最新告示:请志愿者们不要盲目涌向灾区。

一个月后,国家出台"一省帮一重灾县"的灾后重建重大决策,浙江省对口援建青川县。一纸指令,让青川这片遥远而惊魂未定的土地离每一个浙江人更近了。无论政府官员,还是平民百姓,似乎都触手可及那片伤痕累累的山河、那些犹在颤栗的生命。青川,这片泪光朦胧中的山水,正被一个默默聚焦于它的长镜头慢慢拉近。

就在这时,岑子兴才了解到:青川,曾是丝绸古国,这里是秦陇入蜀的咽喉,兵家必争之地,诸葛亮在这儿屯过兵,邓艾在这儿点过将。这里还是熊猫故乡,山珍王国。武则天情有独钟的七佛贡茶,就产自青川。"女皇未尝七佛茶,百草不敢先开花",青川,自古是茶的故乡。

岑子兴的父亲岑涵知作为骨科医疗专家,即将被紧急派往青川时,他们全家却千纠葛万郁结起来。

那天晚上,岑子兴父母家客厅里的灯全部亮着。吊灯、筒灯、壁灯、落地台灯,无数双眼睛似的,见证着这个家庭罕有的争执。

"我不同意你去,"岑子兴的母亲宋云笺拉着脸说,"这么几十年来,我最清楚骨科医生的苦和累,手术那么多,时间那么长,难度那么高,强度那么大,你现在这么大把年纪了,你以为你还像年轻时候那么精干?到了那里,看到那么多重度伤残的人,你能闲得下来吗?你要是累瘫了，谁来照顾你？"

"我六十都还没到，我要谁照顾？"

"别在这儿嘴硬！你的心脏不好，这是开不得玩笑的！"

"只要你在家好好的，我的心脏就没问题。"

"你不在家，我就不能好好的。"

宋云笺知道老伴服软不服硬，没想到这次自己的软话也不见效。

"有子兴和小闲呢，要不你搬过去和他们住一阵？"

"你又不是去三五天，前前后后好几个月，这么长的时间，那边条件艰苦都不说，关键是灾后重建，比白手起家还要难得多。这次地震受伤致残的人又多，你去了，还不知道天天要做多少台手术。"

"做手术是骨科医生的日常啊。"

宋云笺见岑涵知无动于衷，只好铁着脸说："你说过，家里但凡大小事，都要发扬民主，那我们今天就来表决：同意岑涵知去青川的举手！"

四个人没有一个举手，岑涵知顾着看他们三人的反应，都忘了举起自己的手。

"这一票，我肯定要投给自己啊。"

他赶忙举手说道。

"你投给自己也没用，三票不同意。"

"子兴和小闲没举手，不代表不同意。他们或许是弃权。"

"那，再表决一次：不同意岑涵知去青川的举手。"

这一次，宋云笺、岑子兴、孟小闲三人同时都举起了手。

"少数服从多数！"

宋云笺一锤定音。

"呃——"岑涵知长叹了一声，不愿再理会家人。出发前，他还有很多准备工作要做。

"爸。"

对着岑涵知转过身的背影，岑子兴喊道。刚喊出这一声，岑子兴突然发现自己一个成年男子的声音竟然像极了小时候不想父亲深夜出诊时，叫

"爸"的那个含混着请求、焦虑和执拗的声音。

岑子兴真的不想父亲去青川。虽然岑子兴对深受地震之害的伤员无比同情，也十分清楚灾区目前急需骨科医生，但他还是不希望父亲去。这让他内心矛盾重重：他和父亲一样怀着救人于水火的迫切愿望，换作他，要是有可能，他一定会去，可是父亲不能去。在他童年的记忆中，父亲有一次在医院连续做了三十多个小时的手术，回到家时，一头就栽在了沙发上，脸白得跟蒙了一层医用纱布似的。

"爸，"他又叫了一声，"我有个发小在青川建板房，他说他们要对一万多户板房住户进行二次临时安置，第一个要啃的硬骨头就是腾挪五千多套世界上最大的板房区，但眼下要找一个安全的、理想的、足够大的地方都困难。"

岑涵知已经在考虑自己的行装了，作为骨科医生，他有很多特别的器材必须带上。儿子说的这些话，大概都在他意料之中。

"是啊，是啊。"他随口应着。

"爸，"岑子兴担心自己的话引不起父亲的注意，他绕到父亲面前，接着说，"我发小，他到了青川才知道，青川有史以来，还没有一套完整的全县地质、地形基础测绘数据，你知道这意味着什么？"

"意味着什么，这和我们医生有什么相干？我们只管救死扶伤。"

"不，爸，如果你坚持要去青川，这就和你非常有关。你知道吗，如果没有一套完整的全县地质、地形基础测绘数据，这就意味着，浙江对青川的所有援建全部都要从零起步。你如果到了那里，最开始很可能只有在简陋的板房医院工作，各种设施肯定跟不上。爸，你不如待在杭州，等伤员送过来救治，这边医疗条件完备又先进，事半功倍，更见成效。"

一直未开腔的孟小闲也感到了此行的艰险。岑子兴话音一落，她紧跟着说道："爸，我二舅是宁波的，他也要参与援建，他们去是负责解决关于水的事情。我听他说，这次地震已经使青川范围内所有乡镇供水设施要么损毁，要么处于瘫痪状态，县域范围内集中供水设施也严重受损，地表水源保证不了，地下水位下降，加之水质污染，全县人畜安全饮水都成问题。"

孟小闲刚说到这儿，宋云笺赶忙把话接了过来："涵知，你是不讲究吃不讲究穿，只讲究喝杯茶水的人，你去了那儿，一杯清茶都没有，打不起精神，我看你怎么受得了！"

"我还要把茶桌、茶具都搬起去吗？这是什么时候？你以为我们是去度假的？"

"真是个枣儿瓜，你到了那儿，钉头碰铁头的，再有拳脚，也施展不开！说来你应该比我们更清楚，大地震后，你头大心慌扑过去，究竟发挥得了多少作用？儿子说得有道理，你不如待在杭州，等伤员送过来，这边什么条件都成熟，救治起来更见成效。"

"你们想得太简单了。"

面对三个人煞费苦心的劝诫，岑涵知不得不回过身来应对他们。

"我告诉你们，初步估算，'5·12'大地震后，四川可能会新增数万名残疾人。这数以万计的地震致残者，有的脊髓损伤、骨头错位，还有的神经断裂……绝大多数只得到初步治疗，有的甚至只做了简单止血包扎，轮到他们动手术，有些要一两周，有些要在一两个月之后……时间一天天被耽误，意味着什么？"

岑涵知突然严肃地望着老婆、儿子儿媳，望着他们每一个人。

"时间一天天被耽误，这意味着：伤口随时会溃烂感染，病情一旦加重，很多原本可以不截肢的病患也不得不截肢！当前，还有一个迫在眉睫的问题是康复治疗缺失，那些伤员无论在医院还是在家里躺着，没有康复训练，各种后遗症会层出不穷。你们不知道，有的伤势较轻的，通过专业的康复治疗和训练，完全可以逐渐恢复正常，但如果缺乏专业康复治疗、再错过训练的恰当时机，最后可能造成终身残疾！"

宋云笺、岑子兴、孟小闲都不出声了。岑涵知说的这些，他们虽然都理解，可还是没有谁对他表现出支持。

岑涵知更忧心忡忡地说道："他们需要的是面对面的摸得着看得见的救治，这份需求已经刻不容缓，现在才去那里，我都觉得晚了。你们守在电视前看到灾区的消息泪流满面时，我是一颗泪也掉不下来，心急如焚啊，我心里的急火把眼泪都烧干了。今天院里征集援建灾区医疗人员时,我已经郑重地签了名,所以,你们今天的表决,无效!"

"你这个倔老倌!老藤头!十头牛都把你拉不回来,"宋云笺忍不住粗着嗓子说,"好像天底下就只有你一个人是救世主,是观音菩萨,我们都是没心没肺的铁石心肠,都是你的拦路虎!"

"要不是地震伤了这么多人,要不是我是骨科医生,我也不会这个时候急着去。哎,我是没办法,干到这一行了,身不由己。儿子啊,"岑涵知没有理会宋云笺,看着理屈词穷的儿子,神色一下变得有些温软起来,"亏得你妈当初死活不要你学医、当医生,她是最清楚我们这一行的,钻进去就爬不出来!看,你学茶的,成天在自然山水间,就算翻山越岭日晒雨淋,也比老爸每天面对的骨头断裂、血肉模糊的那些场面好。"

"爸!"岑子兴又叫了一声,不知再该说什么。

宋云笺没好气地白了岑涵知一眼。

岑涵知见全家人都拧着眉头,知道他们个个在为自己担心,一股暖意又浮上他清癯的面庞,他不由得换了轻松随意甚至有些戏谑的声音说道:"上周,我又把医院里的空瓶瓶空罐罐,拿了些回来装茶叶,何院长和我走一块儿,我还吊儿郎当问他我这种行为算不算拿摸?他说当然算呀,他说哪天他要到我们家来连瓶瓶罐罐带茶叶一起收缴。儿子,你还是给你何伯伯备二两你自己炒的手工茶,他就好这一口,快退休了,占不了多少便宜了。"

"爸,你安心送给别人的,又要说别人占便宜。"

"嘿,我们老哥俩,私下里就喜欢这样开玩笑。哎,这一次,他也要去青川,他是我们的领队呢。"

岑涵知到了青川后,很少主动和家里联系。全家人都知道,他一忙起来就这样。一天晚上,他突然给儿子家打来电话。

"子兴。"

"爸,你在那边,千万不要太辛苦。"

"能救一个是一个。只要能帮忙让他们挺过来,再辛苦也值得,只怕帮不了，或是帮了，起不到作用，那才愁煞人。呃，你妈怎么样，还好吧，你们这几天过去看看她没有？"

"昨天去看过，妈想你早点回来。"

"估计还要待一些日子，小闲在家吗？"

"在。"

"好，你把免提打开，我跟你们说个事。"

岑子兴赶忙叫来孟小闲，守着家里的电话座机，两人不由自主对望了一眼，他们都感到了一份有些异常的忐忑，老爷子还从来没有让他们同时接听过一个电话。

"你俩想不想，呃，"电话那边停顿了一下，"你们俩，想不想，收养一个孩子？"

岑子兴和孟小闲都惊讶地睁大了眼睛。他们茫然无措地看着电话机，不敢说出任何一个字。这个问题提得太突然了，他们就算要回答，连怎么开口，怎么点头或摇头都不会。

四　小菩萨

岑子兴和孟小闲结婚十年了，一直没有孩子。

婚后的岑子兴和孟小闲，最开始其实并没想要孩子。刚从校园步入婚姻，心理上两人都还是孩子。亲密的时候，睡觉都牵着手，使起性子来，谁也不是省油的灯。

在他们的二人世界，植物占据了太多空间。那时，他们住的一个小套二，客厅、卧室、书房、卫生间、阳台、飘窗、露台……到处垒红叠翠，惹得孟小闲没少埋怨。

"看看，这藤，牵到我的梳妆台了，它们也要照镜子吗？"

"阳台上花啊朵啊，越铺越宽，我练瑜伽的地盘都被它们蚕食了。"

岑子兴不以为意，依旧把天南海北的植物带回家，孟小闲要是不小心碰着磕着哪一棵，岑子兴就会叫嚷："呃，呃呃！地方这么宽，过牛过马都过得去，过你过不去？"

有一次，真还让孟小闲伤心了。

岑子兴在露台上侍弄花草，孟小闲踮着脚往铁丝上晾床单，一下没站稳，踩翻了一盆兔耳兰。岑子兴栽种的花草不见得名贵，但是都有些来历。这盆兔耳兰是他从湖南一个山林里采回来的。当时他还告诉孟小闲，这种兰草的叶片像兔子的耳朵，当地人叫它兔耳兰，不值价，就是好看好养。

花盆翻了，岑子兴英雄救美似的赶来。见他慌慌张张，孟小闲把两只手举在头上，故意装成兔子在他面前一蹦一跳地捣乱，岑子兴没好气地吼道："厚脸皮！"

这一吼，又惹翻了孟小闲。她随手把铁丝上的床单一扯，床单像涡轮一卷，霎时风吹雨打，落英遍地。

"哎——"岑子兴长叹着，拿她没有任何办法。

那天晚上，孟小闲一直不和岑子兴说话，岑子兴也不搭理她。第二天吃早饭，两人才开始理论。

"犯得着生那么大的气吗？"

"先问你自己，犯得着为一棵草骂我吗？"

"我骂你什么了？我什么时候骂过你！"

"岑子兴，你太过分了，还要我重复一遍？"

"话要说清楚啊，我骂你什么了？"

"你骂我厚脸皮！"

岑子兴一下哭笑不得："闲闲啊，我哪是在骂你，我是在提醒你，别踩着你脚后面的那盆植物，那盆植物叫厚脸皮！"

"什么？有叫厚脸皮的植物？"

"是啊，你一会儿自己到露台上去看就知道了，它们的叶片特别厚，看上去，就像脸皮很厚的样子，多年生肉质草本，落地就生根，还叫打不死、晒不死、死不了。"

"真叫厚脸皮啊，还有什么打不死、晒不死、死不了，这也太埋汰一棵植物了吧。"

"这些都是它大俗的名字，它还有一个大雅的名字，叫玉树。"

"那你当时为什么不叫它玉树？你要是大吼一声'玉树'，我会生气吗？"

那些年，岑子兴在家里有限的空间，还尝试种植着一些茶苗。他早晚观察它们，为了避旱，同时避涝，专门用上了滴灌。夏天热的时候，给它们搭个小凉棚，冬天冷的时候，给它们铺上干稻草。

"要不要把我的羽绒服给它们穿上啊？"

孟小闲还是忍不住要和植物们争风吃醋。那些年，植物不仅盘踞了他们的物理空间，还盘踞了他们的心灵空间。

"要说暖男嘛，你也称得上，只是你做了植物们的暖男。"

"植物是有灵性的。"

"确实呢。林黛玉不就是绛珠草转世吗？我们家这么多花花草草，说不定哪一株，得你甘露灌溉，久延岁月，又经天地精华，复得雨露滋养，最后脱却草胎本质，得换人形，修成女体，要向你偿还灌溉之情，不会又生出一笔风月债吧？"

"闲闲，你这嘴啊，还是去吃点东西塞住吧。"

那些年，孟小闲真的是个小闲人。"人闲桂花落，夜静春山空"，只是王摩诘笔下的静澈意象，现实中孟小闲是"人闲百病生"。岑子兴一派驻外地，学校再一放假，她便无所事事。生活也没有规律，有一次她在家昏天黑地地追电视剧，一连看了八集，看得眼珠子都转不动了。更多时候，她饱一顿饿一顿，吃起劲来把自己灌得像个可以浮在水面上的橡皮桶，挨起饿来一天只吃几块硬币那么大那么薄的山楂片。

"爹管不住，娘管不住，尺把长的娃儿管得住。"她老妈说，"看来你只有生个孩子才把你自己箍得住。"

两年后，岑子兴和孟小闲正经八百盘算着生孩子，却被确诊为先天精卵相斥。也就是说，他们都是器质正常的人，但他俩就是生不出孩子。各种方法都宣告失败，包括最尴尬的检查和最痛苦的实验。要么接受这个千分之一概率的遗憾，要么分手。

当分手被一个名正言顺的理由托举在他们眼前，他们突然才发现彼此从来没有如此珍贵。这份珍贵甚至不是因为对方真的珍贵，而是因为他们写在基因里那份天注定的不和谐、不般配，而反向折射出来的逆天的珍贵。

他们也想过当丁克族。

他们也想过不拖累对方。

"我什么都不要,我一个单身汉用不着什么东西。我只把花花草草带走,你照管不了它们,它们跟着你只有死路一条。"

岑子兴说到倘若分手的情形,孟小闲哭了。

"要不,花花草草我也不带走,每周或者每个月我按时回来给它们施肥、修枝,平常你只负责浇浇水。"

想到朝夕相处的岑子兴,转眼就要变成自己未来家里的一个花农,孟小闲突然把眼泪一抹:"从今以后,你就是我的孩子,我就是你的孩子,我们不就有一儿一女了吗?"

这样一过,又是一个接一个的365天。

然而事实上,他们都没能成为对方的孩子,也没当好对方的父母。这些年年岁岁和日日夜夜,只让他们深感两个人的伶俜。更让他们不得不承认的是,他们婚姻的七年之痒,确实危机四伏。

孟小闲越来越觉得岑子兴对她爱得不够专注和投入。她对着镜子仔细审视,用近乎苛刻的目光,从头至脚打量着自己,一遍又一遍。

从小,她就是一个喜欢照镜子的人。她对镜子里的自己怎么看也看不够。而今,镜子更是她一日三省吾身的闺伴。从小姑娘变成大姑娘,镜子见证了孟小闲时时刻刻的微妙变化。如果镜子有记忆,这些片断连缀起来,该是一个女孩成长的多么详实的影像。孟小闲相信镜子是有记忆的,因为她能从镜面上看到过去的不同时期的自己。这些时候,她会觉得镜面比电脑或手机的触摸屏还要灵敏,它不仅贮存了海量的图像,还无须她用手去滑动,只需用目光朝过往一瞥,她就能看到自己由懵懂少女嫁作他人妇的恍惚与怔忪。

曾经,他们的日子美如画。如今,他们的日子还是美如画,但是腻了,腻得像幅浸了油的画,再鲜艳的色彩也着不上了。镜子前,孟小闲惊心地发现自己确实不再灵颖如初。到底是被岁月侵蚀和偷袭了,她用极为挑剔的目光打量自己,她必须借助这个最忠诚的密友找回从前的她。

"除了睡觉,你起码有一半的时间在照镜子,镜子都要被你照烂了。"

岑子兴实在看不过去了。

"镜子怎么照得烂？我只是站在它面前而已。"

"怎么不会？一面镜子如果最多只能照一百万次，你都照了一百五十万次了。总有一天，镜子见了你，都要背过身去。"

"你是在说你自己吧！"

"我说的不是我，我说的是镜子。"

两个人又吵了一架。

平息他们的，只有茶。

端着透明的杯子，看着茶叶升腾起来，舒缓地延展自己的每一道皱褶，像春花绽放，再缓缓地沉潜，如秋叶静美，一盏茶幽然生香的工夫，竟是如此漫长的无言之旅。

一个周末，孟小闲决定彻底告别她的智齿。先告别左边这颗坏了的，再告别右边那颗没坏的，她想试试自己有没有和生命中曾经根深蒂固的东西告别的勇气。

除了打麻药，她几乎没有感觉到任何疼痛，那颗烂牙齿被医生拔出时，她看了它最后一眼，这个与自己相生相克的伙计，终于摆脱了它的桎梏。孟小闲不知是自己做出了决定要拔掉它，还是它早就要舍弃自己。她突然觉得这样不拖泥带水甚至不加掩饰的告别，这当中没有任何矫情，不合适就离开，她们彼此是可以说不的伙计。

那天晚上，孟小闲梦见自己的那个牙窟窿里竟然别有洞天。那是一个灯光璀璨的宴会厅，中间有一张大大的圆桌子，欢声笑语地围坐着她的满堂儿孙，全家其乐融融。

她在笑声中惊醒，醒来才想起自己和岑子兴是不可能有孩子和后代的。她摸了摸自己扁平的肚子，对即将到来的新一天充满劈头盖脸的迷茫。

"不许再去拔右边的智齿了！你真是无聊到去拔牙齿玩了。什么拔牙瘦脸，这种无稽之谈你也相信？我就喜欢你的脸花好月圆的样子，看着它，我就觉得美满。"

"美什么满，你又在骗我！"

"闲闲，你多大的人了？怎么连好歹都分不清。"

"你听说过有句话吗？每一个孩子，都是帮助父母成长的小菩萨。"

"小菩萨，什么意思？"

"我没有成长，是不是因为我们没有小菩萨？"

"是个新生儿，现在三个月左右大。他父母不幸遇难了，房屋倒塌的时候，他们拼命保住了他。"岑涵知在电话那端平静地说。

孟小闲的眼泪吧嗒一下落在了地板上。她蹲下身子，把头埋在膝盖上。她没有任何心理准备，她甚至不知道该怎样倾听有关这个孩子的消息。

"孩子受了点轻伤，经过处理，已经没什么问题。其他方面都非常健康，看上去还特别聪明可爱，但是他的两只脚先天畸形，马蹄足。新生儿马蹄足大约是千分之一的概率，这个孩子偏偏撞上了。就因为这个，原本打算收养他的夫妇都放弃了。"电话里，岑涵知的声音，每一字一句，在岑子兴和孟小闲听来都石破天惊，"我告诉他们，马蹄足，越小越容易治愈，他们不相信，或者说他们不愿意承担这个风险。怎么说呢，风险肯定有。但是，以我的经验，我有信心把手术做好。但是，我必须强调的是，手术后有一个相对漫长、艰难而至关重要的康复期，这确实需要他的家庭配合。但是，这个孩子唯一的亲人，他的爷爷，截肢后因为伤口感染，也走了。"

电话那边的声音停了下来。

"你们都在听吗？"

"在。"

岑子兴、孟小闲的思维也许还在父亲电话中的好几个"但是"间穿巡，这么多的"但是"，让他们一时还顺不过来。

"如果不给这个孩子做手术，根据目前的状况来看，他长大了要正常站立都成问题。如果做了手术，也只能解决百分之五十的问题，还有百分之五十的问题需要专业、细致、持之以恒的康复训练。也就是说，必须靠后天的努力来矫正先天的谬误。而现在的问题是,没有一个家庭愿意收养他,没有亲人来帮助他完成这份后天的努力。"

岑子兴也蹲了下来,他伸出手臂环抱着孟小闲蜷缩成一团的身体,不知道该说什么。收不收养孩子,对他和孟小闲来说,是他们生命中的重大课题,现在这个孩子还带着残疾,问题的复杂性、艰巨性已完全超乎他们的想象力和承受力。

"你们不要急于做决定,认认真真考虑清楚。作为骨科医生,我可以负责任地说,新生儿马蹄足是能够彻底医治的,但是我也需要被信任;作为这个在世界上一无所有的小患者,他需要被及时救治和特殊护理。如果这两样能保证,他将是一个完全健康的孩子。"岑涵知的声音一下变得又轻又软,生怕磕破了什么似的,"作为你们小两口来说,如果要建立完整的家庭,也确实需要一个孩子的融入。这三方面,都不可能百分之百地圆满,但是,这样的努力,在我看来是值得的。孩子的照片,我一会儿传到子兴的邮箱。明后天,去和妈妈商量一下,还有小闲的父母,都听听他们的意见。毕竟,这是你们人生中的大事……"

打开邮箱,岑子兴和孟小闲在电脑屏幕上看到这个"5·12"大地震的孤儿:婴儿举起一只小手,就像在和看着他的人打招呼,天真的笑靥仿佛废墟里开出的一朵小花,灵性的目光如同厄难中浸出的一股清泉。

孟小闲似乎想向岑子兴求证什么。

"子兴,医生说我们这种先天的免疫性不孕不育,在正常的适龄夫妻中,大约是千分之一的概率。爸在电话里说,新生儿马蹄足大约也是千分之一的概率。你不觉得这当中有什么密语或暗示?"

"我喜欢他,他的眼睛好像你的眼睛,又黑又亮,眼神还会说话。"

"可是,血浓于水,我们没有血缘关系,这是我们必须承认的事实,如果成为一家人,我们会不会亲不起来?"

"我和你也没有血缘关系,我们两个不亲吗?血浓于水,也只是把血和水作比较,我觉得人与人之间,最坚实的纽带不是血缘。"

"那是什么?"

岑子兴没有回答孟小闲,他还在盯着这个婴儿的眼睛看。

"你看,他的眼睛,真的会说话。"

也许这个一出生就经受了人世间最大苦难的婴儿,他的纯净笑容打动了他们,也许那两个无奈的"千分之一",确实让这对夫妻相信了,他们和这个同样天然抱有遗憾的孩子,冥冥之中有着不解之缘。

忐忑不安的他们最终来到了四川,来到了已经转送到广元福利院的孩子身边。

如今,他们见到的那张最初的婴儿照片正摆放在这间小茶室的一个实木斗柜上,婴儿的笑容依旧含蓄着让岑子兴、孟小闲怦然心动的力量,这份力量让他们三人从此结为了一个亲密无间的整体——紧挨着这张婴儿单人照的旁边,是岑子兴、孟小闲和然然的合影,这是千千万万寻常人户中的一家三口。

五　十年

"十年了，然然已经十岁了。"

"不是说好让过去永远成为过去吗？你看然然这么健康、活泼，无论大地震、先天残疾，到今天为止，都没有对他的心理造成任何阴影。十年了，我们的一切努力不就为了这样？"

孟小闲的声音压得很低。

"是啊，我们这个小家，从他来到的那天起，就是他的原生家庭。"

"那你这次为什么会选择去青川？那是他灾难深重的出生地，是他人生的废墟啊！我们不是说好，为了他的健康成长，在他心智没有完全成熟之前，不去揭开他命运的伤疤吗？"

孟小闲瞪着岑子兴，她不知道他又犯什么傻了。

"闲闲，你说的这些我怎么会不清楚？只是接到通知的时候，看到白叶一号在全国落户的三省四县中有四川青川的时候，我突然觉得青川这个地方真的被我们埋得太深太久了。十年了，我们都闭口不提青川这个地方，甚至连四川这个省名，我们都尽量绕开它。如今，然然完全是一个'生'于杭州长于杭州的都市孩子，他的健康、快乐，不仅是我们，他现在的亲人，也是他那些永远逝去了的亲人的心愿。这些年，为了做到这一点，我们真的不容易，特别是你，付出了很多。事实证明：我们不仅做到了,还做得很好。"

"是啊,这是然然不幸中的万幸,现在他终于过着平静、正常和安好的生活,并且在这样的生活中一天天健康成长。既然这一切得之不易,你也最清楚,为什么现在突然要来打破这样的平静、正常和安好?"

"我不是要打破这些,只是今天,当青川可能成为我下一站的特派工作点时,我发现,我不能再次对它视而不见。"

"为什么不能?三省四县,你不选择四川青川,还可以选择其他两省三县。"

"闲闲,无论我们怀着怎样善良的念头,过去十年怎样刻意地回避、遗忘这个地方,我们必须承认的是,青川,永远是然然生命中挥之不去、抹之不去的存在。它是然然真正的故乡啊。"

岑子兴望着站起身的孟小闲,压低声音说:"现在然然还小,确实不能让他遭受人生最大厄运的再次伤害。但是,如果在确保不对然然造成丝毫影响的前提下,我去他的家乡看看,看看他离别十年的那片土地,力所能及地做点事,再过十年、二十年,然然长大成人后,也许他会因为我们不仅没有与他的故乡完全隔绝、割裂,还和它保持着不离不弃的牵连而欣慰……"

"不,我不同意!"不等岑子兴把话说完,孟小闲突然声色俱厉,"你这是好了伤疤忘了痛。你忘了我们刚把然然接回来的时候,每一天都过得多么艰难。虽然大地震对他没有造成大的伤害,但是他的一条命是他亲生父母用两条命换来的。大地震后,他再也没有吃过一口母乳,几个月大的婴儿,吃什么都坏肠胃,我们给他买能够买到的最好的奶粉,小心翼翼地添加辅食,他还是吸收困难。看着他一天天消瘦,我们都担心养活不了他。奶奶、外婆还有我,抱着弱弱小小的他都不知流了多少眼泪。就因为他体质太差,爸亲自给他设计的手术方案推翻了一次又一次,等到他终于长好了些,他的一双脚就接受了逆天而行的大手术……"说到这儿,孟小闲那双大眼睛一下荡漾着泪光,"无论地震、父母双亡还是手术,都没有给他留下任何记忆,他的心理也没有因为这些巨大的痛苦留下任何阴影,残酷的老天爷最终以这种方式垂怜一个幼小的生命！"

"闲闲……"

"我们全家人不是说好了，在他心智没有完全成熟之前或者在他为人父之前，绝不让往事再变成一头凶猛的野兽回过头来撕咬他、啃啃他吗？"

"闲闲，你把问题想得过重了。我仔细考虑过，这次去青川，就像我平常被派到其他地方一样，我们只要一切正常化，就不会引起然然的任何疑虑，对他也不会造成任何影响。"

"你能保证吗？然然一天比一天大了，你没觉得现在他对很多事情越来越有自己的想法了？青川这个地方，我们最好别去触碰，反正这次有三省四县，你这个'科特派'去其他两省三县也是工作，也是为白叶一号提供技术服务。"

"就算往事对于然然来说，可以永远尘封，但是青川这个地方，对于我俩来说，却应该永远铭记和惦念。"

孟小闲望着岑子兴，岑子兴的眼里也蓄着粼粼泪光。

"青川，是爸付出了太多心血的地方。老爸在那儿救治了几百号人，今天他们不一定记得他。我去了那里，就是与他们面对面，或者擦身而过，也完全不认识他们。但，就是为了忘却的纪念，我也想再次踏上那片土地。"

"子兴，你说到爸，"孟小闲的心一下沉痛起来，"你说到爸，我本来没有理由反对，但是你想过没有，这样会让妈多感伤？她会因为你去爸支援过的地方，想起更多往事。如果往事已经沉睡了，就让它们安安静静沉睡，你为什么非要去搅醒它们？这对活着的人不是折磨吗？"

"不，闲闲，你不知道妈的心。她怎么会忘得了老爸？你看她从来没骂过谁，就骂过老爸，爱之深，恨之切，她就怨他走得太早了。你知道妈现在最大的心理安慰是什么？就是看到爸医治过的那些伤残的人，他们现在比以前过得更好。对于妈来说，这就是一种精神上最大的抚慰，好比她现在看到活蹦乱跳的然然，就会感到爸的能量还留存在这个世界上。有一次她告诉我，就算爸救治过的那些人，都感觉不到或者忘记了这些能量，但是她能感觉得到它们的存在，因为它们的存在，她会觉得爸在这个世界上还没有完全消失……"

"不要再说了。我知道，其实你早就做出了决定，你是先斩后奏，我还有什么好说的？"

"闲闲，我这不是在和你商量吗？"

"只要别让妈伤心，别让然然感到任何异常，你就像平时派驻外地一样，平平常常去。反正你经常出门在外，然然也习惯了你天南海北地跑，这次，我们也打实告诉然然，你去的地方是青川，他应该不会大惊小怪，就当是他对地理版图的一个新的认知。"

"不会有任何异常的。对了，这个周末是妈和然然的生日，正好在我去青川之前，我们又可以像往年一样，开开心心地和妈在一起，热闹一下……"

临睡了，两人才小声合计着怎么安排这个周末。

窗外，月亮早已升到了夜空高处，它的清辉慈悯地俯瞰着越来越安宁的尘世。一盏盏窗灯渐次归于幽暗，只有它还在悄无声息地陪伴着入睡或无眠的众生。千百年来，它的目光从不曾厌倦这个世界最渺小的悲欢。

睁开眼睛，又是新的一天。

穿着海军风睡衣，趿着海军风拖鞋，拉开海军风窗帘，推开玻璃门，然然站在他卧室的小阳台上，在清新的晨风中，眺望着万里晴空。

今天的天更蓝，云更白，鸟儿的鸣叫也更清脆。然然揉了一下眼睛，想起今天是个重要的日子，对，9月15日，是他奶奶的生日。

"起床啦，起床啦！"

然然对着爸爸妈妈的房间大声喊着："岑子兴，孟小闲，两个大懒虫，你们忘记今天是你们妈妈的生日了吗？"

"这个熊孩子，每年这一天，他比谁都激动。"

孟小闲闭着眼，小声对正翻身下床的岑子兴嘀咕着。

"当然，明天9月16日，是他的生日，和今天9月15日相隔一天，每年他都和他奶奶一起过生,好吃好喝好玩的,他能不激动吗?"

十年前,岑子兴、孟小闲决定收养父亲医治的地震孤儿时,无法确知这个乳名叫作小庄庄的婴儿的全名和生日。他们给他取名为岑开然,希望他从此以后的人生豁然开朗。他的生日,他们最先想选定5月12日,但是家里的四个长辈都觉得这个日子太沉重了,似乎一辈子都要背负痛苦不堪的提醒。后来他外婆去普陀山给他求了一个生日,9月16日。为什么要是这一天,和尚师傅说是观音菩萨赐的,全家人觉得这日子也好,和他奶奶的生日紧密相随,每年他们都可以一起过生。

"再不起床,我要抢先给奶奶打电话了!啦啦啦——啦,啦啦啦——啦,我要抢先,给奶奶,打电话啦——"

然然在客厅里一边唱着自己即兴编创的小调,一边围着电话机用跑跳步转着圈。岑子兴走到客厅,看到然然手里还拿着一块蔓越莓切片吐司,不忘随时啃一口。

"然然,你这么早就吃上东西啦?"

"哼,早起的鸟儿有虫吃!"

"哈哈,你不知道吧,早起的虫子被鸟吃!"

岑子兴说着,张开双臂装成一只大恶鸟扑过去,就要叼走然然手上的面包。然然早习惯了爸爸的玩闹,他一会儿把面包藏在身后,一会儿把面包故意送到爸爸面前逗引他,眼看爸爸就要叼住时,一下又缩回手来。但是这一次,爸爸声东击西,终于把他手上的面包咬走一口。

"妈妈,妈妈,快帮忙,爸爸又抢我的东西吃了!"

孟小闲正在梳洗,她一边往脸上擦着眼霜,一边说:"别看有的人起得早,说不定他最后一个出门。"

然然得到妈妈的提示,一下想起自己还穿着睡衣呢,赶忙把手中还剩下的面包一下塞进爸爸嘴里,随即闪回自己房间换衣服。

岑子兴一边嚼着面包,一边在厨房里熬牛奶煎鸡蛋,弄好之后,趁早餐凉一会儿的时间,给母亲拨通了电话。

"妈,今天您生日,还是和然然一起过吗?"

"是啊,十年了,都这么过的。"

"我们一会儿就出门,到您那儿,先把您接上,然后,我带你们去一个你们都没去过的地方。"

"好啊!"

电话里母亲的兴致挺好的。

岑涵知走后,宋云笺一度极为消沉。

"慌狗找不到好屎吃!偃老倌,那么快就走了,都不多陪我一分半秒。"

宋云笺是个文雅的人,唯独对老伴,对匆匆离世的岑涵知,她会毫不避讳地爆粗口。

为了挨过那段白天夜晚嗓子眼都压在心口上的日子,岑子兴和孟小闲带着然然搬到了奶奶家,然然天真烂漫的笑容,一天天驱散了盘桓在宋云笺心里的阴郁。看着这个小小孩儿走起路来还有些跌跌撞撞的身影,宋云笺也不知是哪一天终于振作起来了,她决定独自一人的余生也要好好过。

如今,宋云笺的生活清宁素简,养只猫,种点花,练练书画,弄弄古琴,孟小闲说,妈越活越像一枚闺中少女。但是宋云笺的记忆真的越来越差了,好几次,她把钥匙插在门上忘了取下来,水龙头忘了关水……为了拯救奶奶的记忆,然然督促她每天背英语单词,每天至少10个。在然然的严格考核下,她忘了又记,记了又忘,好在从前有些英语基础,现在的单词量可以让她看懂初级英文读物了。然然自告奋勇成为奶奶的小老师,他们的师生情真还有些羡煞人。

"你们给奶奶准备了什么生日礼物?"在去奶奶家的路上,坐在后排的然然盘问着坐在前排的爸爸妈妈。

"我给奶奶买的是她喜欢的护肤品,"孟小闲说,"你奶奶从来就爱美,你们看她皱纹都没什么,皮肤里满满的胶原蛋白。"

"嗯,妈妈准备得还不错。你的呢?老爸。哎,你不说我都猜得到,你给奶奶准备的礼物肯定又是什么茶叶。"

"你都猜到了？我这次给奶奶准备的是红茶，前段时间医生说她胃凉，红茶暖胃。"

"好吧，"然然对他老爸准备的东西勉强满意，"你们猜，我给奶奶的礼物是什么？"

"不知道。"

"开动一下你们两个的小脑筋嘛。"

"想不出来。"

"我提示一下你们，我给奶奶的礼物是一个奖品！因为奶奶坚持记单词已经有300天了。"

"300天？坚持了这么长时间？"

"是啊，我每天都给奶奶打了卡的。"

"那你给奶奶的奖品是什么？"

"我给奶奶的奖品是一本书。"

然然一下拉开他的背包，从里面抽出一个小册子。

"我看看，"孟小闲好奇地回过身，"让我看看嘛，我保证不事先向奶奶透露。"

"好吧。"然然把小册子递给了妈妈。

这是一本简单的英文小故事，看来是然然专门为奶奶量身挑选的。孟小闲刚翻开，就看到书的扉页上写着一小段话：

亲爱的奶奶，您坚持背单词300天了，您是一位有恒心的奶奶。这本书很有趣，您会看得懂的。加油，明年的今天您会更有进步！

生日快乐！

您的孙儿：岑开然

孟小闲把小册子拿在岑子兴面前晃了晃："看，小岑老师当家教当得不错吧。"

岑子兴开着车，他瞟了瞟书页上的字迹："儿子的字写得好工整，像我的字！呃，然然，你这个老学生学习认真吗？"

"认真啊，奶奶说她想偷懒都不行，因为她怕在我这儿过不了关。"

"然然，看来你这个老师管得很严格哦。"

"当然啊，严师出高徒嘛！你们不知道吧，奶奶还给了我报酬的呢。"

"什么，你还收费啊？你做的是有偿家教？"

然然把身子往前排挤过去："不是的，是奶奶悄悄给我的，她给了我两百元钱，让我存着，她说男孩子手里得有点私房钱。"

"私房钱？哈哈，你奶奶准是怕我们亏待了你。"

看爸爸妈妈都不约而同大笑起来，然然突然问道："我的生日礼物呢？"

"你的生日礼物，妈妈不是上周就给你准备好了吗？是你自己等不及提前享用了，现在后悔啦？"

孟小闲给然然的十岁生日礼物，是他期望已久的轮滑鞋。刚买回来，他就迫不及待地穿上，骨碌碌地到处滑来滑去。

"妈妈，我是想，明天，我正式生日，还有什么礼物吗？"

"看你，又涎皮赖脸的，好吧，明天再给你准备一个。"

"太好了！"然然又把身子往前凑，"可以现在告诉我是什么吗？"

孟小闲瞅了儿子一眼，突然想起她小时候过生日父母常说的话，便原封不动地搬给然然：

"大人的生日一顿肉，小孩的生日一顿揍！"

"啊？"然然忽地缩回身子，中了一枪似的，扑通倒在座椅上。路的前方是红灯，岑子兴跟着车流慢慢减速，车停稳了。他回过头，对倒在后排佯装中弹的然然说："明天，老爸给你一个十周岁的特别礼物！"

"真的吗？"然然一下弹簧人似的跳坐起来，"是什么？老爸，快告诉我！"

"这个礼物会和你一起长大。"

"和我一起长大？这么神奇？到底是什么东西嘛？"
"老爸要考验你的耐心，这个，只能明天才说。"
"好吧。"

六　安且吉兮

接到母亲后，岑子兴把车往杭州城西北方向开去。然然和奶奶坐在后排，他迫不及待地把奶奶的生日礼物一一递到她手里，每打开一件，他都和奶奶一起分享着小小的喜悦。

"然然，这是奶奶给你的生日礼物。"

宋云笺从自己的大提包里取出一个软袋子。然然接过来三下五除二拆开，原来是套足球服，而且是他最喜欢的阿根廷队梅西球服的青少版。

"哇，10号，我的好奶奶！"然然转身抱着奶奶使劲亲了一口，"知我者，奶奶也！"

然然把足球服抖开，先放在自己身上比试着，大小刚合适，便兴奋地把这蓝白相间的条纹衫在手中一阵挥舞，仿佛他就是刚踢进了一个绝妙好球的巨星。看着孙儿这么爱若至宝，宋云笺满心欢喜。

"拿回去，让妈妈过一下水，就可以穿了。"

"好的，奶奶！"

"看，还有配套的足球袜。"宋云笺从提包里又取出一个小袋子。

"啊，奶奶，我好想马上就穿上啊！"

"别忙，还有一样呢。"

"什么？"

"足球鞋!"

"啊,太好了,亲爱的好奶奶!你现在有一个小梅西孙子啦。"

"哈哈哈哈……"

然然一句话把全家人都逗乐了。

"快试试这双足球鞋,衣服大点小点都无所谓,鞋子必须要合适。"

"肯定合适,奶奶又不会给我穿小鞋。"

"哈哈哈哈……"

一家人又开怀大笑起来。

"快试试,你的脚长得快,奶奶真担心你穿着小了。要是小了,我好拿回去换。当时我就给店里的人说好了,不合适要回去换的。"

"好嘞!"

然然把脚上的鞋子脱下来,宋云笺看到这双正在成长的脚板完美而有力,它承载的是一个小小少年的健康身心和欢愉人生。然然婴儿时期的马蹄足,手术过后的包扎、矫正、康复,然然的第一次站立,第一次迈步,第一次跑动,第一次跳跃……突然间往事历历在目,宋云笺的眼眶禁不住有些潮润。多么活泼可爱的孩子啊,可惜岑涵知见不到然然如今的模样了。

"刚合适!奶奶。"

"奶奶看看。"

宋云笺往然然换上新鞋的那只脚,前前后后捏了捏。

"嗯,你感觉合适就好,一会儿下车再站起来看看,前后抵不抵。"

"不抵不抵。我想在车上把一双都穿上。"

"穿上吧,先过过瘾,"孟小闲回头对儿子说,"然然,你穿上这双鞋在足球场上会不会跑得更快?"

"会!我还想穿着它进球呢!"

"奶奶给你全套武装好了,"岑子兴一边开车一边说,"然然,老爸小时候都没有这样的装备哟。"

"嘻嘻,你们不是说过隔代亲吗?"

然然一脸幸福地靠在奶奶身上,宋云笺拥着然然,对儿子说:"那时候好像也不兴这些，关键是你根本就不喜欢足球嘛。你从小只喜欢花草树木，那时我们家有一个小院子，种了些五花八门的花花草草，你一个人在院子里都会玩得很开心。呃，对了，子兴，我们今天是去哪里？"

"是啊，老爸，你今天究竟要带我们去哪里？"

然然跟着奶奶问道。

"安且吉兮。"

"安吉啊？"

"是的，获得联合国人居奖的县城，中国生态第一县呢。那里空气质量最好，人均能源消耗最少。以前到了假期，我们一家大多时间往国外跑，国内甚至我们周边的地方反而去得少，现在你们去感受一下离我们最近的安吉是什么样。"

"安吉，绿水青山就是金山银山理论的发源地，"孟小闲回过头对然然和他奶奶说，"那里是个纯天然大氧吧，好玩的地方很多。"

"是的，我好多老朋友都去过那儿的大竹海。"

"妈，我们今天不去大竹海。但是我们要去的地方看得到一大片竹海，去过的都说那里很美。"

"可以爬山吗？"然然问道。

"当然可以啊，那里有十多公里的环山步道。"

"老爸，我知道安吉有Hello Kitty（凯蒂猫）乐园，那是女生最想去玩的地方，你不会是想带奶奶去那里？"

"呵，Hello Kitty乐园是小女孩喜欢的地方，老爸今天要带你们去的，是老少皆宜的地方。"

"什么地方？远不远？好不好玩？"

"不远，一个多小时就到了，到了你们就知道了。"

汽车渐渐驶入连绵不绝的苍翠之中。绿，在这片大地上恣意撒欢，又含蕴沉郁。浓妆淡抹的它，忽而凝思、回眸，忽而摇曳、驰骋。车窗外，一峰一峦是瓢泼盆洒的绿，一枝一叶是精挑细染的绿。绿，如此丰富而细腻地呈现着它的万千姿态。

"奶奶，爸爸妈妈，快看！窗子外面的绿山坡！快看，快看，你们想起什么没有？"然然突然大声叫了起来。

"儿子，那是茶山，这一大片一大片的全是茶山。"岑子兴应道。

"你们觉得它们像什么？"

"远远望去，那些绿色的弧线一根接着一根，密密匝匝的。"孟小闲叹道，"好像大地的指纹。"

"奶奶，你觉得呢？"

"我觉得它们像是特别厚实的，那种纤维全都长长的绒绒的绿毛毯。"

"我觉得，我们好像又到了德国的巴登巴登，那里山坡上的葡萄园，远远看去就是这样的！"

然然这一说，大家都觉得眼前的景致确实太像他们去过的那个漂亮得迷人的欧洲小镇。

"哈哈，我们已经进入溪龙乡了，前面就是黄杜村。我们今天要去的地方就在那儿。"

"这里的农村这么美？"宋云笺不敢相信地往窗外探了探，"周围这些房子都是小别墅。"

"妈，小闲，然然，你们看，这儿的村民不仅住别墅，开的都是好车呢，看，我们身边跑的这些奔驰、宝马、奥迪很多都是当地人的。"

"住在这里真是太安逸了。"

然然艳羡地看着窗外。

"你爷爷说，以前黄杜村穷得很呢，"宋云笺又想起了然然的爷爷，"你爷爷说他以前有个病人就是黄杜的，看了病连治疗的钱都不够，爷爷给他做了免费治疗，后来这个病人回家的路费也没有，爷爷又给了他路费。"

"是啊，"岑子兴接着母亲的话说道，"二十多年前，我们看到的这些全是荒山荒地，那时候，黄杜村真是全省出了名的贫困村，房子是穿风漏雨的土坯房，路是坑坑洼洼的黄泥埂。"

"他们怎么变成今天这个样子的呢？"

"就是靠种白茶呀。当时要搞一个1000亩的白茶基地，乡亲们都不愿种，他们担心啊，担心花了力气，茶叶卖不出去。"

"后来呢？"

"后来村里做动员，大家试着种，慢慢形成了规模。现在，黄杜是中国白茶第一村。这里的茶园面积已经将近5万亩，茶业产值接近4亿元，人均收入36000多元，这是什么概念？二十多年前，黄杜村的人均收入还不到1000元。"

"一片叶子富了一方百姓，说的就是这里吗？"

"是啊，说的就是黄杜。中国白茶看安吉，安吉白茶看黄杜。黄杜村是白茶产业的始发地和核心区，这个村子几乎所有家庭都搞白茶种植、加工与销售，所以这里的老百姓过上了这么好的日子。现在这里还是全国首批美丽乡村精品村，我们今天要到的地方就在前面不远了。"

"我们要在这里玩一整天吗？"

"是的。"

"那里有万亩白茶园，又清新又壮观，还可以听到青蛙、蝈蝈叫。"

"太好了，那里有湖吗？看得到桃花水母吗？"

然然想起，老爸上次带他们去的地方路过光明寺水库，那是茶青色中环抱的一抹湛蓝，奶奶说它是"杭州的小九寨沟"，那里的水质特别好，水里有娇贵的"水中熊猫"——桃花水母。他很喜欢桃花水母这个名字。

"我们可以去探访一下啊，大自然总会有无穷的奥妙。"

"好的，老爸！"

汽车在连天青翠中穿梭。一坡坡茶树、一畦畦茶园无边无垠地铺陈，它们似乎有着独特的格律和韵致，那是规整中的葱茏、单纯中的盛大。绿，在这里积蓄成一种辉芒，天、地、人、草木都在这份辉芒中休戚与共。

"奶奶，爸爸妈妈，我们又来改诗玩，一人一句，好不好？"然然提议。"改诗"，这是他们每次出行和游玩途中的传统节目。

"只是这次，每个人改的诗要和我们看到的茶叶有关。"

"好啊。我先来！"岑子兴第一个响应道，"在康河的柔波里，我甘心做一条水草。"

"哈,这是徐志摩的《再别康桥》。怎么改呢?"

孟小闲刚说完,岑子兴就改出了他的诗句:

"在黄杜的茶山上,我甘心做一只蚂蚁。"

"哈哈,小蚂蚁!"然然撮着手指,在老爸后颈窝里像小蚂蚁一样爬了爬,又举手申请道,"下一个我来!"

然然几乎想都没想,随口冒出一串句子:

"一片两片三四片,五六七八九十片。千片万片无数片,飞入梅花看不见。"

"然然,这首诗还有一个小故事,要不你给奶奶和爸爸先讲一讲?"

孟小闲到底是语文老师,随时都有锻炼孩子表达能力的意识。

"这个嘛,是郑板桥的《咏雪》。不过,我们课本上还有和这首诗非常相近的另一首诗,叫《飞雪》,《飞雪》是乾隆皇帝写的。传说乾隆有一次到杭州西湖,正好碰上下雪,他看着一片一片的雪花,想起了郑板桥的《咏雪》。他呢,也想跟我们一样,改诗玩。他是这样改的:一片一片又一片,两片三片四五片,六片七片八九片。改了这三句,他突然不知道最后一句该怎么改,就在乾隆皇帝苦思冥想的时候,纪晓岚站出来帮他补了一句:飞入芦花都不见。"

"哈哈,纪晓岚这一句救活了乾隆皇帝整首诗,"宋云笺夸了纪晓岚接着夸然然,"然然故事讲得好,这两首这么相近的诗都记得清清楚楚,但是你怎么改呢?"

"是啊,然然,你这是第二改了!高难度啊!"

"哈哈,我改的是:一片两片三四片,五片六片七八片。九片十片千万片,种在黄杜一大片!"

然然话音刚落,全车人都被他逗得哈哈大笑。

"啊,种在黄杜一大片,这个改得好!"眼泪都笑出来的孟小闲不忘鼓励儿子,"然然,你最后一句神来之笔啊,一下就把原诗写的雪花改成了茶叶!看来,乾隆打油都没有你打得好!"

"嘿嘿，以后你们可以叫我岑打油了！"然然为自己的打油诗逗乐了大家有些小得意，"奶奶，你想好没有？"

"想好了想好了。奶奶改这个：墙角的花，当你孤芳自赏时，天地就小了。"

"这是谁写的？"

孟小闲说："这个出自冰心的《繁星·春水》，看奶奶怎么改。"

宋云笺想了想，轻轻说道：

"山坡上的白茶，当你如梦初醒时，天地就大了。"

宋云笺刚说完她改编的诗句，立刻赢得然然和孟小闲的掌声。岑子兴开车不能鼓掌，便大声叫道：

"哇，奶奶改得那是真的好！'山坡上的白茶，当你如梦初醒时，天地就大了。'我觉得比原诗还要美！"

然然一边鼓掌，一边又亲了奶奶一下。

"现在，该妈妈了。"

"你们都才思敏捷，我呢，才想起改杜牧这句：借问酒家何处有？牧童遥指杏花村。"

"妈妈，你改成什么样呢？"

"借问白茶何处有？路人遥指黄杜村。"

"哈哈，不错不错，在这儿，我们个个都变成大诗人啦……"

全家人正"诗兴"盎然的时候，汽车驶进了一个叫作白茶物语的度假村。停好车后，他们很快就投身在阳光洒金、草木含翠的环山步道。竹林婆娑，茶山逶迤，俨然一个绿色王国。他们和先到的一些客人穿行其间，点染着、拨动着一丛丛安静的绿。

宋云笺穿了一件新买的水蓝色软绸衫，银白色的头发把她因为运动起来而有些微红的面庞，衬得更加朗润。然然像只嗡嗡的小蜜蜂，一会儿飞到奶奶面前，一会儿绕到奶奶身后，随口抽检她的单词。这个小考官，可不好敷衍。

"阳光。"

"sunlight。"

"山。"

"mountain。"

"Spell it please。"

"哦,让我想一想。"

置身在连绵青翠中,淡淡的绿风轻柔相拥,清新的空气温存以润,他们不像是突然造访的来客,而像是这片天地期待已久的归者。远处,一株高大的树木孤独地伫立于一碧万顷的茶园,空灵寂静,它似乎等候着与他们目光相触。他们都看到了它,相比低矮而齐整的千万行齐腰高的茶树,它峭拔的身姿更为冷峻,根须向地底探得越幽深,枝丫就向天空扬得更高远,叶片轻舞,照拂着这满山遍野的旷荡。

七 知更鸟

然然和老爸向着这棵树奔去,他们在比赛谁跑得快,剩下孟小闲和宋云笺两个人慢慢走,慢慢聊。

孟小闲把岑子兴马上要被派往青川的事告诉了宋云笺。

"啊?"宋云笺猛地一惊,满面的和颜悦色荡然不存,"子兴,他,他这是怎么了?"

"妈,"孟小闲挽起宋云笺的手,仔细说了岑子兴的想法。望着前面嬉戏奔跑的父子俩的背影,宋云笺沉默不语地走了一长段,忽然侧过脸庞对孟小闲说:

"小闲,然然爷爷要是不去青川,我们家会添这么个宝贝吗?"

"妈,你看,"孟小闲没顾着回答,"妈,你看然然跑得多快,子兴都追不上他了。"

"让子兴去吧,青川,是他该去的地方。"

宋云笺说罢又看向那棵高远的树。孟小闲想起昨晚岑子兴给她说到的母亲对父亲的怀念,此刻从婆母眼中隐约看到了她对往事的回眸。

"小闲,上周然然让我和他一起跟读一首英文小诗。"

"什么小诗?这孩子一天花招还多呢。"

"是首很有名的诗,他给我发了一段教学视频,让我也跟着视频里的老师一起读。读着读着,我突然生出好多感慨,莫名其妙地,我又想起了他爷爷。"

"视频还看得到吗?我看看呢。"

"在我手机里。"

宋云笺说着,从手机里找到了那首小诗的视频:

> If I can stop one heart from breaking,
> I shall not live in vain;
> If I can ease one life the aching,
> Or cool one pain,
> Or help one fainting robin
> Unto his nest again,
> I shall not live in vain.

"假如我能使一颗心免于破碎,我便没有白活一场;假如我能消除一个人的痛苦或者平息一个人的悲伤,或者帮助一只昏迷的知更鸟,重新回到它的巢中,我便没有虚度此生。妈,这是狄金森的诗《假如我能使一颗心免于破碎》。"

"是的。视频里的老师很耐心很细致地讲解整首诗,讲到最后一句:如果我能帮助一只昏迷的知更鸟,重新回到它的巢中,我便没有虚度此生。就是这一句,一下触动了我,我觉得这句写的好像是然然和他爷爷。他爷爷这一辈子确实帮助了不少人,虽然这些都是他当医生的本分,没有什么了不起,但他有个最大的功德,就是让然然这只昏迷的知更鸟,重新回到它的巢中。"

"是啊,爸走的时候,唯一欣慰的是,然然的马蹄足彻底治好了,这种先天性疾病对然然未来的人生已经没有任何影响。但那时然然只有两岁,对于爷爷的医治,包括爷爷的离世,都没有任何记忆。"

"他爷爷就是走得太早了,早得然然都没能把他记住。心肌梗死,他自己没料到,我没料到,子兴和你也没料到,谁能料到呢?头天还好端端的一个人,第二天就……"说到这儿,宋云笺又凝噎了。八年了,一想到老伴猝不及防地永别,宋云笺还是不能释怀。

"妈——"

孟小闲想安慰她,但是宋云笺很快把自己从痛苦的深瓮中拔了出来,看着奔跑在前方的然然,轻声叹道:"在然然印象里,爷爷可能永远只是相框里那个看上去又瘦又严肃的老人了。"

"妈,等然然长大以后,知道了自己的身世,他一定会无比怀念爷爷,那时,他也才可能真正读懂这首诗。"

"哎,爷爷做这一切,并不是希望然然要记住这一切,我知道,爷爷只图然然从此又有一个温暖的家,一个正常人的人生。所以啊,现在看到然然这么健康快乐,我真的特别欣慰,我好像看到了他爷爷的能量还留存在这个世界上,并且每天都还在焕发新的活力。"

"妈,子兴也给我讲过这样的话。他说这次去青川,肯定会见到爸救治过的一些人,虽然他们和他擦肩而过都互不相识,但,就是为了忘却的纪念,他也想回去看看。"

"是啊,青川不仅和浙江,更和我们这个家有着不同寻常的牵连。我们全家和青川的关系非同一般啊。"

"我最开始不想他去,后来也改变主意了。子兴经常在外出差,然然早已习惯,这次应该也不会大惊小怪。"

"我想,这个顾虑确实可以打消。毕竟然然在青川一个亲人也没有了,在那边,只要子兴不主动提及,没有人会知道然然的身世。"

两人一边慢慢走,一边轻轻说,渐渐与等候在前面的岑子兴和然然会合在了一起。他们接近那棵树了,但是不能走到它的面前。它在茶树丛中,与他们保持着一段近在咫尺又远在天边的距离。遗世独立的它有着迥异的磁场般,他们全都不由自主面向它。它也含着目光似的,与他们脉脉不得语地对望着。

宋云笺忽然说,她好像来过这里。茶山竹林,江湖梦远,一场轻扬的细雨更让眼前的一枝一叶笼罩着淡淡的水墨韵。岑子兴又一次感到了母亲的惆怅。

"你父亲在世的时候,好不容易休假,最喜欢和我去庭院园林。我们每次出游,好像都会下雨,我们呢,好像每次都没有带伞。雨大了就在亭台楼阁里躲雨,雨小了又在园林里接着走。"

宋云笺仰头望着空中洒下的絮絮雨丝,静谧地沉湎着,似乎只有她能听得见,也只有她能听得懂这些来自天宇的细语。伴在她身旁的岑子兴,知道母亲又在想念远在天边的父亲了。所爱隔山海,山海不可平,所念皆星河,星河不可及。他什么话也说不出,只把外套脱下来,罩在了母亲头上。

宋云笺的眉间并没有太深的忧戚,只有兀自的凝眸。当她不再仰望天空的时候,回头慎重地对儿子说:

"出门在外,第一要紧的是安全,第二要紧的是身体,这两样一定要给我保证到。"

"妈,我都是老江湖了。只是,这次去的是青川,小闲给你说了吧?"

"说了,青川。其实,我都想到那里去看看,看看然然出生的地方,这个山里的孩子可能永远也找不到他曾经的家了。你去了那里,别多提什么,千万不要节外生枝,这个孩子,小灵精呢。等他慢慢长大吧,他要走的路还长着呢。青川,也是你爸爸待过的地方,前前后后,他在那儿待了有半年吧。他说,他在那里做了好多手术,一天几台是常有的事,他救治过的那些人,要是都像然然一样,健健康康的,多好啊。"

细雨轻扬着,不知不觉,宋云笺的双目也氤氲着些许潮湿,然然朝这边跑过来,她的神色才一下变得温煦。

"奶奶,午饭我们就在这里吃河鲜,好吗?"

"好啊。"

趁菜还没有上齐,岑子兴打开了一瓶红酒。酒醒好了,然然往三个红酒杯中分别倒了小半杯,随后自己要了一杯酸梅汁。

菜上齐了,岑子兴和孟小闲一同举起杯中饮料:"妈,我们先敬您,生日快乐，天天开心！"

然然走到奶奶面前，在她脸上叭地亲了一下："奶奶，生快！"

"呀，生快，又是什么潮人潮语？"

"Happy birthday！"

然然马上切换了语言，宋云笺笑道："这个，奶奶听得懂，我们每年不是一起过生吗？奶奶也给你说：Happy birthday！"

一家四口，随意闲适地剥虾掰蟹，自然而然地，岑子兴说到下周就要被派往四川的青川，要然然在家多听奶奶和妈妈的话。

"青川？我怎么没听说过？"

"青山绿水的青，四川的川。"

"哦，老爸，你是第一次去青川吗？"

正剥着一只河虾的然然随口冒出这么一个问题，突然让他奶奶和爸爸妈妈心头一紧，原本轻松的空气也一下瞠目结舌了。宋云笺暗自叹道，还没出行，这问题就来了。

岑子兴提起旁边的茶壶，不疾不徐给每人倒了一杯茶。

"尝尝，这是荷叶茶。这荷叶茶呢，是夏季的天然饮品，生津解渴，我们都喜欢喝。可是然然，你知道吗？我们历史上唯一的女皇帝武则天，她最喜欢喝的是什么茶？"

岑子兴反过来对然然提了一个问。

看到岑子兴又把话题扯到茶叶上，孟小闲心里一下松了口气，她知道岑子兴脑子里不仅有很多茶知识，还有很多茶传奇、茶故事，有茶救场，她就放一万个心了。

果然，然然被这个问题吸引了。岑子兴顺理成章地说道，武则天最喜欢喝的茶是七佛茶，这七佛茶呢，就产自青川。接着就讲起了七佛贡茶的故事：

"青川是四川省广元市的一个县城。这个县城有一个乡，叫作七佛乡。为什么叫七佛乡呢？传说很久很久以前，佛祖释迦牟尼带领他的六个弟子来东土大唐传经，正好路过这里。当时佛祖有些累了，忽然看见对面山上有一棵奇特的树,树干很苍老,枝叶却非常娇嫩,挂在树梢青翠欲滴,佛祖的弟子就采了一些回来。佛祖把叶子放入口中,顿时感到清凉布体、神清气爽。佛祖又见这个地方云雾缭绕,仙气弥漫,觉得与这方山水有缘,便拈指一弹。"

岑子兴学着佛祖的样子,对着他们面前的万亩茶园拈指一弹。

"瞬间,那棵树所在的山坡上的所有草木都变成了茶树,满满一山,清香拂面,佛祖释迦牟尼的六个弟子一下全都精神焕发,他们又继续一路东行。从那以后,这个地方就叫作七佛,这里产的茶就叫七佛茶。"

"原来七佛茶是这样来的,那它和武则天有什么关系呢?武则天为什么喜欢喝它?"

然然刨根问底。

"武则天,出生在广元,她是那里的人啊。广元古称利州,相传贞观元年,武则天的父亲在利州当都督,他把利州治理得很好,可是操劳过度,一病不起,很多医生诊治都不见疗效。后来,唐太宗就下诏寻医。看到皇帝的诏书后,七佛乡有一个郎中,他呢,采了七佛岩上的古茶树老叶,制成指头这么大的茶丸九十九粒,送到利州都督府,武都督吃了几粒后,病情马上好转,吃了十多粒后,精神大振,吃了八十多粒后,病就全好了。"

"这么奇啊?"

"武则天当了皇帝后,非常感念七佛茶对她父亲的救命之恩,便赐七佛岩上的茶园为贡茶园,这里采制的茶叶就是七佛贡茶。七佛贡茶送到皇宫,一冲泡,茶芽直立杯中,栩栩如生,武则天一品,心旷神怡,滋味果然不同寻常,她特别喜爱,'女皇平生饮最爱,唯有七佛贡茶来'从此就传开了。"

故事讲到这儿,然然还意犹未尽。孟小闲和宋云笺都以为岑子兴成功转移了然然的问题。不想然然依旧等着老爸对他第一个问题的回答。

"那,老爸,你是第一次去青川吗?"

"第二次。第一次,就是去考察七佛贡茶嘛。"

岑子兴镇定地说道。一说假话就会露马脚的岑子兴,这次竟说得天衣无缝，但是不待他喘口气，然然的问题又来了。

"青川都有七佛贡茶了，为什么还要你去帮着种茶？"

孟小闲和宋云笺心头又是一紧，这孩子，今天怎么会对青川的问题穷追不舍？好在这个问题对于岑子兴来说，更是他可以应答如流的。

"青川虽然茶叶种植历史悠久，但是茶叶生产规模不大，当地老百姓的生活还远远不能和黄杜村老百姓的日子相比，黄杜村民呢，就想把给他们带来了富裕生活的白茶苗，捐赠给青川的老百姓，让他们也通过种植白茶苗，过上美好的生活。"

"是把白茶苗送给他们去种吗？"

"是啊。"

"就是我们看到的这种白茶吗？"

"是的，我们眼前的这万亩白茶园，种的是安吉白茶的珍贵品种白叶一号，黄杜人捐赠给青川的白茶苗，就是这个品种。白叶一号从这里辗转到青川，山高水长，天遥地远，作为茶叶科技特派员，老爸的任务就是要为青川老百姓提供技术帮扶，让白叶一号在青川也长得像在黄杜这样好。"

"哦，"然然终于搞清楚了，"那白叶一号为什么是Number One（第一）？"

"五六十年前，在浙江安吉县天荒坪那一带，有人在海拔800多米的深山老林里发现了一棵古白叶茶树，这棵茶树的树龄至少上百岁，是再生型古白叶茶树。后来在中国茶科所、浙江大学茶学系、浙江省农业厅茶树育种专家的指导下，茶叶科技人员研究、培育出了第一批白叶一号茶苗。白叶一号的开发成功，为我们国家填补了这一茶种的空缺，也为世界增添了一个珍贵的茶树品种。"

"噢，原来是这样。"然然边吃着东西边点头。

"呃？白叶一号和白毫银针都是白茶吧，它们有什么区别？"孟小闲有意把问题岔得更远更开。

"白叶一号和白毫银针差别大呢，它们属于完全不同的茶系。白毫银针是福鼎白茶根据芽叶采摘不同而分出的一个品种，属于白茶；白叶一号是安吉白茶的茶树品种，安吉白茶本身属于绿茶类。"

"啊？安吉白茶是绿茶，那为什么要叫它白茶？感觉有点混淆视听呢。"

"就像大红袍一样，名字虽然带'红'，但不属于红茶，而是一种乌龙茶。安吉白茶，名字虽然带'白'，却是绿茶。更确切地说，安吉白茶是绿茶中的后起之秀。通常来说，茶叶的分类标准主要看制作工艺，不同的制作工艺让茶叶在品质上形成了明显差异，所以才分出六大茶类。"

"我知道六大茶类！"然然顺溜溜说道，"绿茶、红茶、乌龙茶、白茶、黄茶、黑茶。"

"对。白茶加工工艺讲究自然，就像我们收藏的白毫银针，不炒不揉，只有自然萎凋和干燥两道工序，它们属于微发酵茶或半发酵茶。而安吉白茶在制作流程上完全是绿茶的工艺，属于非发酵茶。这是安吉白茶为什么是绿茶的原因之一。"

"还有原因之二啊？"然然问道。

"原因之二嘛，在于它的生物性很独特。安吉白茶是一个对温度敏感的自然突变体，春季发芽时，它的新梢嫩叶会出现可逆性白化现象，在白化过程中新梢的叶绿素含量急剧下降，氨基酸含量显著上升，这时候的茶叶是嫩白色的。简单点说，安吉白茶就是一种会因为气温变化而产生白化现象的绿茶。所以，人们因为它外观是玉白色的，就习惯叫它安吉白茶，但是我们不能望文生义。"

"子兴，你走到哪儿，都在搞茶叶科普。"

宋云笺知道她这个茶叶"科特派"儿子总是半句话不离本行。

孟小闲也嗔怪地睨了岑子兴一眼："他是我们家的'陆羽'嘛，以后，还可以叫他皎然了。"

"皎然是谁？"然然发现"皎然"这个名字中也有一个"然"字。

"如果说陆羽是茶业、茶学之祖，皎然呢，就是茶文化、茶道之祖，是茶叶精神功能和价值开发的探路者。"

"爸爸，那你是岑皎然，我是岑开然，我俩都是然然！"

"哈哈，然然，你和妈妈这是在折煞老爸也！"

孟小闲一边给大家盛鱼头汤，一边说：

"那你能不能说点其他更好听好笑好玩的？不管在哪儿，每次除了茶还是茶。"

"遍身罗绮者，不是养蚕人。满嘴油滑者，不是种茶人。"

"哇，老爸又改了一句好诗！"

"别夸他，一会儿，他尾巴更要翘上天了。"

"老爸没有尾巴！"

然然替岑子兴申辩着。

"妈，您看，然然最卫护他老爸，从不许我说他老爸半点不是，他俩经常结成联盟。"

"我看，也不完全这样，然然是东倒一下，西倒一下。"

"奶奶，你说我是墙头草，两边倒吗？"

"啊！"

"不，我是三边倒，我还要倒在奶奶这边！"

"哈哈哈，这个小灵精！有你在，想不开心都不行。"

午饭后，度假村的服务员为他们送来四杯安吉白茶，请他们品味。

对着实物，岑子兴忍不住又说道：

"你们看，这就是安吉白茶，外形是不是比较细秀？形状像凤羽，叶肉玉白，茎脉淡绿，汤色鹅黄，清澈明亮。"

"老爸，我把我的给你，我不喝，茶又苦又涩。"然然嘟着嘴，把自己那杯推到了岑子兴面前。

"儿子，这个你可要尝尝。"岑子兴把那杯茶又小心地放回然然面前，"安吉白茶的滋味，可以用鲜爽绵甜来形容，没有一丝一毫的苦涩，不信你尝尝。"

茶汤稍冷，然然小小啜了一口。

"咦，真的不苦也不涩，还有点点鸡汤的味道。"

"对，这就是安吉白茶的地道滋味！"

"然然的味觉好敏感。乖乖，你也学会喝茶了，"宋云笺笑着对然然说，"你一入门就是安吉白茶，这个起点高啊！"

小雨不知什么时候停了，润泽一新的草木盈盈泛着亮光，愈加清朗秀怡，一道霓虹如梦似幻地架在实景与虚空之间，他们四人一会儿蹬着自行车风行而过，一会儿散落各处对语一只蟋蟀，亲昵一朵小花。夜幕降临，满天斗大的星星皎若繁花，然然从来没有头顶过这么硕大而璀璨的星星，他在苍穹下奔来跃去，远山静默端庄，一任活泼碰撞着庄穆，宏阔关联着微渺。

这一天，老少四人如同浸泡于自然山水的几片茶叶，升腾，舒展，沉坠……回家的路上，然然和奶奶依偎着，两人都在车上睡着了。然然怀里还抱着奶奶给他的生日礼物——他最喜欢的阿根廷足球队的10号球衣。快到母亲居住的福临小区时，岑子兴小声对孟小闲说：

"真不忍心叫醒他们祖孙俩。"

车缓缓停下，宋云笺睁开了眼睛："好久没有睡这么香了，呃，然然还睡着呢，这一天是尽兴了。我下车了，你们慢慢开回去。"

看着母亲独自走进小区，岑子兴突然觉得母亲在夜色中的背影显得尤其寂寥。父亲在世时，年老的他俩出门总是像小夫妻一样手牵手。尽管也要拌嘴，一拌嘴，母亲也要甩摆父亲一阵，但这样的小别扭是他们酸酸甜甜生活的一部分。在岑子兴幼年的印象中，父亲还常常自我解嘲地告诉他："好男不跟女斗。你以后有了老婆，也不要和她斗。女人，都是'把门猴儿'，在家比谁都厉害，一出门就没胆了。"

看着母亲走进小区，看着不远处她房屋的窗户亮起灯，岑子兴才慢慢启动了车子。

"我去青川后，你和然然要多去陪陪妈，不要让她太孤单。"

"周末我们都会去，有时还会赖在那里住两晚。平常然然每天也会给奶奶打电话，你放心吧，我可能会忘，然然是绝对不会忘的。"

第二天，然然醒来时，不见老爸。他以为老爸又不辞而别了，嘟起嘴对雪豹说："雪豹，下次老爸出门时，你要使劲叫唤，把我叫醒。"

雪豹摇了摇尾巴，似乎听懂了小主人的吩咐。

"老爸还没走呢，他一会儿就回来。"孟小闲在厨房里传出话来，"你快把作业做了，老爸回来又好玩，不然，老爸明天可真的要出远门了。"

"好呐。"然然从餐桌上抓起一个刚煎好的烙饼，匆匆就牛奶吃了，又被妈妈逼着吃了一个煎鸡蛋。作业刚好做完时，老爸回来了。

这一次，然然跑得比雪豹快。打开门，只见老爸手里拎着一个塑料袋，袋子里装着一小株植物。

"这是什么啊？"

"白叶一号。"

"它就是你要去青川种的白茶吗？"

"是的。"

"你把它带回来干吗？"

"让你学着观察和栽种啊，看你能不能把它从一株茶苗种成一棵茶树。"

看儿子满脸发蒙，岑子兴接着说道："这个嘛，就是我昨天说的，会和你一起长大的生日礼物。怎么样，还行吧？"

"啊，我的老爸！"

然然又装着中弹的样子，要倒下去。岑子兴赶忙把装着白叶一号的塑料袋子递给他："快把它提到楼上去，我们把它种在露台上。"

八 绿宝石

华东茶叶研究院有老带新的传统。如今的岑子兴也是可以带徒弟的一个小"老前辈"了。院里今年来了五个年轻人,他抓阄抓到了邹洋汐。这个小伙子长得松高柏壮,刚从新西兰留学回来。邹洋汐最喜欢户外勘探和考察,这次岑子兴要带他去青川,乐得跟放马归山似的。

8月以来,针对这次即将在外省开展的白叶一号技术帮扶,院里已大大小小开过几次会,最后这次会排兵布阵,决定兵分五路,各路两人。其中四路跑外省,由院里的技术尖兵率队,分赴湖南省湘西土家族苗族自治州古丈县,四川省广元市青川县,贵州省黔西南布依族苗族自治州普安县、铜仁市沿河土家族自治县。第五路,跑黄杜,协助黄杜村育好要捐的1500万株茶苗,确保拿出手的茶苗是最好的苗,同时负责四路"科特派"的综合协调和后勤保障。

邹洋汐是这次"科特派"中唯一的新兵。关于安吉白茶、白叶一号、黄杜村,还有他即将跟随岑子兴去到的四川省广元市青川县……他有什么问题,都会抛出来。邹洋汐的问题,有的小菜一碟,有的大餐一席,想到什么就问什么,反正问题随时随地就会冒出来,同事们不免觉得这个人有些麻烦。岑子兴却喜欢他身上这股难得的天真劲儿,也幸亏他们有缘结成师徒,邹洋汐的问题在岑子兴这儿,便总能得到耐心而实诚的答复。

有一次，邹洋汐问："黄杜村以前有多穷？"

岑子兴知道，家境优渥的邹洋汐大概从来没有经历过苦日子，他是想了解黄杜村以前到底穷到什么地步。

"这样说吧，三十多年前，那里的村民创业要贷款，银行的回应是：在黄杜村，没有一间房子符合抵押条件。"

"说明当时他们的住房条件很差。"

"还不止呢。那时，一个新媳妇嫁到黄杜村，丈夫家里买不起鱼，按照当地风俗，招待客人的婚宴上又不能没有鱼，怎么办呢？就只好用木头刻了一条鱼摆上桌。"

"没有鱼就没有鱼吧，为什么要用木头刻条鱼？"

"假装算个大菜，图个彩头啊。"

"可是，刻条木头鱼的成本说不定比做一道真鱼还要高。"

"这个呢，就像我要请你喝茶，可是家里没有茶叶，也买不起茶叶，只好准备一杯白开水，然后画几片茶叶在纸上，放在旁边。"

"这样挺好的啊，师父，这不别有一番味道吗？"

"嗯，怎么说呢……"

岑子兴语塞了，他知道邹洋汐思考问题的角度和大家有些不一样。比如，那条木头鱼，很可能邹洋汐就把它当作一件手工艺品来看待，那几片画在纸上的茶叶，邹洋汐也可能把它们诗意化了。这个从中学就到国外念书的大男孩，对国内不同时期不同地区的生产生活状况确实很难想象。

"都说黄杜村现在很富，有多富呢？"

邹洋汐又问道。

"这个问题嘛，你自己去黄杜村跑一趟，实地感受感受，亲眼见到的，会比别人告诉你的更真实。"

岑子兴这次没有给出答案。他想这个年轻人应该借寻找答案的机会，实实在在去了解一些现实情况。几天后，他们再次碰面，邹洋汐对岑子兴说：

"师父，我去黄杜村了。这个村子真的'绿、富、美'！特别是那满眼的绿，把我的两颗眼珠子都变成两颗绿宝石了。"

"哈哈！绿宝石。确实满眼是绿啊！"

"师父，你说到的那位从前婚宴上摆木头鱼的穷媳妇叫宋昌美，现在是溪龙乡女子茶叶合作社的理事长，她家早也富起来了。黄杜的绿色生态产业，实现了生态产品价值的有效转化。可以说，黄杜村民就是通过白茶，找到了绿水青山就是金山银山这之间的转换路径。现在，这个小山村有小汽车四百多辆，一百四十多户村民乡下有别墅，城里有洋房，还有人在海南买了过冬房……"

"在那儿喝安吉白茶没有？"

"喝了，喝了，安吉白茶特别清新。师父，你看，喝了安吉白茶，我的牙齿都变成玉玲珑了。"邹洋汐说着，隙开嘴唇，把上下两排牙齿露出来。

"绿宝石，玉玲珑，黄杜一行，感受不一般啊！"

"嘿嘿，是啊，师父。跑这一趟很有感触，我们的农村要是都像黄杜这样'绿富美'就好了。"

"黄杜，全国美丽乡村的精品村呢。"

"真的名不虚传。这一趟，我还了解到黄杜村从贫困到富裕，这一路走得非常不容易。黄杜村人均不足七分耕地，那些零零散散的坡地，无论种小麦还是种水稻，产量都上不去。二十多年前，为摆脱贫困，想过很多办法，种毛竹、板栗、杨梅，甚至种菊花，都不对路子。后来政府组织了科研部门的专家实地调查。"

"当时我们研究院的老领导秦书记也去了。"岑子兴插了一句。

"是的，专家们通过实地调查分析，发现黄杜的自然条件适宜白茶生长，建议在这里种白茶。白茶虽然经济价值可观，但是种植成本高，技术要求高，失败概率高，他们的建议，当时并没有多少村民感兴趣。"

"是啊，当年要开辟一条脱贫致富的新路子，真的不容易。"

"老支书盛阿林带头在自家的山地里种下两亩多茶苗，到了采茶季，他试种的两亩多白茶卖出七千多块钱，种植毛竹、板栗的村民一亩地只有几百元的收益，结果一对比，村民们看得眼热，但是真正想种茶的村民还是不多。村里没有放弃，村民没钱买茶苗，政府给补贴；村民不懂栽培技术，政府便从中国茶科所、浙江大学还有我们研究院请来专家手把手地教。"

"为了鼓励村民学技术,那时政府还给村民每人每天十块钱的补贴。"

"对,后来,随着政府更多鼓励措施相继出台,村民们由不愿种到抢着种。1998年底,全村种植白茶近700亩,黄杜一下成了远近闻名的白茶专业村。2001年,白茶种植突破万亩。2003年,黄杜村人均年收入超过万元。2010年,白茶种植接近10万亩。如今,村里白茶产值超4亿元……"

"是啊,白茶园成了他们的绿色银行。"

"在黄杜,村民不仅卖白茶,还卖起了茶风景、茶文化,休闲观光园区、白茶会客厅、白茶民俗村、茶博园也应运而生。"

"不错啊,洋汐,你跑一趟黄杜,把黄杜村今非昔比整个大变迁都搞清楚了!"

"一片叶子富了一方百姓,这当真不是一片普通的叶子。师父,我从第一眼见识白叶一号,就觉得它很特别。它的低温敏感、白化返绿、高氨低酚……这些生物特性已非常罕见。现在,白叶一号还要从东走向西,带动更多的乡亲过上富裕的生活……"

邹洋汐正感叹着,岑子兴的手机响了。

"你嫂子打来的,呃,洋汐,今天晚上和女朋友约会吗?要是没有,上我家吃饭去!"

"好嘞,今天晚饭正好没着落。"

家里来了客人,然然又发"人来疯"。

趁着老爸在厨房里帮着妈妈打下手,然然缠着邹洋汐一会儿玩望远镜,一会儿玩显微镜,一会儿又玩地球仪。然然很喜欢这个有趣的大个子叔叔,邹洋汐也喜欢然然这个小机灵,他们一见面就熟得跟老朋友似的。

"洋汐叔叔,你要和我老爸一起去青川是吗?"

"是啊。"

"我在地球仪上怎么找不到青川呢?"

然然这个大号地球仪,是今年六一,爸爸和妈妈送他的儿童节礼物。有事没事的，他都喜欢转一转。这会儿，他把地球仪抱到客厅里的茶几上。

"青川是个小县城，可能显示不出来，你找到广元没有？"

"找到了，洋汐叔叔，我找到广元了。"

邹洋汐躬身一看："对，青川应该就在这个位置。"

邹洋汐指了指地球仪上的一个点。

"洋汐叔叔，青川好像在我们雄鸡版图的中央呢。"

"是啊，它是'鸡鸣三省'之地，处在陕西、甘肃、四川这三个省的结合部。"

"哇，洋汐叔叔，青川在北纬30度附近！我知道，北纬30度上下波动5度的范围有好多神秘现象：古埃及的金字塔、中美洲的玛雅文化、巴比伦的空中花园、百慕大三角区、沉没的大西洲，对了，还有四川的三星堆……"

"是的，北纬30度，地球的脐带，这条纬线跨越了四大文明古国，地球上最高的珠穆朗玛峰和最深的西太平洋马里亚纳海沟，都在北纬30度附近。"

"世界几大河流，埃及的尼罗河、伊拉克的幼发拉底河、中国的长江、美国的密西西比河，都是在这一纬度线入海。"

"小然然，你还知道得不少呢！"邹洋汐把地球仪又转回到东半球，"你看，在我们国家的版图上，这条纬线横贯中国大陆腹地，由西向东穿越西藏、四川、湖南、湖北、江西、安徽、浙江几大省区，从中国北纬30度最东端的杭州湾到黄山，从长江三峡到神农架，整个地带有很多大川大山。"

邹洋汐也许是想告诉然然更多的地理知识："不过，北纬30度附近，从古到今也是灾难地带，海难、空难、火山爆发，历史上都有发生。北纬30度还是一条恐怖的地震线，很多大地震都发生在这一纬度附近，十年前，中国的'5·12'汶川大地震……"

邹洋汐说到这儿，正好孟小闲从厨房里端着一大钵汤出来，听到"汶川大地震"这几个字，她手里的汤一下晃起了涟漪。

"然然，快来摆筷子！马上就吃饭了！"

孟小闲大声喊道，她的声音因为紧张、高扬而变得有些异样。厨房里的抽油烟机嗡嗡响着，除了她自己，没有谁感觉到她声音里突然冒出的惊惶。

然然还想继续和洋汐叔叔探讨北纬30度，看他守着地球仪舍不得离开，孟小闲只好大声喊道：

"洋汐，麻烦你来开一瓶红酒，我最不会开红酒了。"

"好嘞！嫂子，这个我在行！"

邹洋汐要开红酒了，然然这才抛开地球仪，去找开红酒的那套工具。

回到厨房，孟小闲低声对岑子兴说："天哪，幸亏我刚才出去得是时候，你猜他俩围着地球仪在说什么？"

"说什么？"

"他们在说北纬30度，邹洋汐恰好给然然讲到'5·12'汶川大地震！"

"啊？"岑子兴正亲自掌勺做油焖大虾，听孟小闲这样一说，愣得险些把大虾煎煳。很快，他镇定地说："不要紧张，他们都是无意中闲聊，把话题岔开就好了。"

这顿晚餐最终在轻松愉快的氛围中结束。邹洋汐离开的时候，教会了然然折纸青蛙。按按纸青蛙的屁股，纸青蛙就会往前一蹦。后来，然然又教会了老爸折纸青蛙。临睡前，父子俩还趴在书桌上，一人守着一只纸青蛙，看谁折的纸青蛙蹦得更远。

四路"科特派"出发前，华东茶叶研究院特地召集大家开了一个座谈会。

会上，首先播放了一个短视频，这是院里的几个年轻人精心制作的。短片首先从大家既熟悉又陌生的一位名人说起——

20世纪二三十年代，晏阳初等一批知识分子在农村发起了改造乡村的运动。晏阳初发现当时中国农村社会有四大问题：愚、贫、弱、私。他认为这几点不治，就谈不上乡村建设。一百多年过去了，今天"私"成为更多城里人、知识分子甚至精英阶层的明显问题时，中国的农民却有了分享和担当的觉悟。黄杜村民捐赠白叶一号,助力新时期的乡村振兴、共同富裕,就是分享和担当的典范……

短片接着便讲述白叶一号作为黄杜的形象之苗、品牌之苗,即将成为受捐地的致富之苗、希望之苗。这段视频制作得大气而精良,内容简明扼要,画面清晰自然,片头片尾一应俱全。让大家刮目相看的是,视频的剪辑、合成是平常不出声不出气的技术员骆霖、安韵臻,配音是院里的"茶仙子"姚思逸。

"立意很好,你们让一片叶子意蕴悠长啊!"杨院长感叹道,"下次的视频,要请我们的'科特派'出镜了,特别是赴外省的四路'科特派',平时注意多收集一点图片和影像资料,随时传回院里来。"

"对,下次我们可以拍个《白叶一号西行记》了!"

"明天在座有八位同志就奔赴三省四县的受捐地了,今天大家座谈一下,以茶饯行,也是我们的老传统,大家都畅所欲言吧。"

杨院长首先让协助黄杜村育苗的第五组,说说他们已经开展了的工作和掌握到的情况。第五组成员是苏元君和姚思逸。

"元君,小姚,说说你们这一队的进展。"

苏元君说:"黄杜人一心一意想捐出最好的茶苗。按照捐赠1500万株茶苗的实际培育面积计算,扦插的亩数在70亩左右就行了,但是为了这1500万株茶苗每株都育得好,育得壮,他们扦插了100亩左右。今年夏天,黄杜特别热,为确保茶苗水分充足,村里的茶农们为苗圃覆盖了遮阳网,起早摸黑地给茶苗浇水降温。他们给自己要捐出手的茶苗定的标准是:苗高超过三十厘米,茎粗超过三毫米,根长大于十二厘米,着叶数超过八片,一级分枝数目是一或二,不得有检疫性病虫害。"

"这是白叶一号茶苗的最高等级了。"岑子兴说道。

"是的,他们说就高不就低,要捐就捐最好的。"

"真是实在人做实在事。小姚,你说说呢。"

姚思逸生得俊眉俊眼,大家都叫她茶仙子。茶仙子的声音跟她的长相一样靓,平日她的声音带着吴侬软语的味道,刚才视频里,她的声音是接近专业的播音腔,无论哪种腔调都动听。

"上个月,黄杜人把白叶一号的婆家人请到浙江安吉来了,三省四县,来了将近三十位。黄杜人请他们到茶园观摩,到茶企考察,还开展了现场培训。之后,黄杜人分赴各受捐地,协助各地做好白叶一号抵达前的相关准备。等白叶一号落户后,他们还要驻守在每个受捐地做技术指导。黄杜村党总支做了具体安排,将种茶大户分成三个组,每组八人,将在三省四县轮换蹲点指导。"

"看,黄杜人的行动比我们还周密、精细,"研究院党组书记闻义山感叹道,"中茶所专家肖强主任、白堃元教授、王新超博士,安吉县溪龙乡专家钱义荣、阮波,黄杜村党总支书记盛阿伟和技术专家盛志勇、盛敏凡、杨学其、钟学良……已经多次深入受捐地开展技术培训和指导。特别是白堃元教授,坚持'以茶兴农',从1997年就开始帮扶四川广元地区的茶叶产业,在杭州、广元两地间往来奔波了二十多年,老教授是我们的表率啊。作为浙江'科特派'团队的一分子,我们院在东西协作、浙川合作中也要一如既往地尽心尽力。目前,时间紧,任务重。我们的四路'科特派'之所以明天启程,就是为了打前站。受捐地选定了,但茶园的规划等工作都要做在前面,开垦荒山、平整土地、园区建设要全面推进,包括更细致的除草、翻地、打坑、松土、挖窝……都要在茶苗下地前做好准备。"

"可是,"邹洋汐举起手来,"我有一个问题。"

"你说,小邹。"

有邹洋汐在的地方,就一定有问题在。现在每次开会,大家其实都盼着他能时不时地插入几个问题。这样不管什么会,气氛更活跃。

"白叶一号的生长规律是三年采摘、五年丰产,茶产业的培育,再快也需要一个过程。这三省四县的受捐地渴望脱贫致富的愿望一定是急切的,可是白叶一号的致富路径对他们来说,是不是慢了点?"

邹洋汐说了句大实话。大家不禁愣了愣,算时间账,白叶一号的丰产时间确实是有点长。

"这个问题问得好。"

老院长邱凡发话了。邱院是岑子兴初到院里时的师父,那些年他带着岑子兴大江南北跑了不少地方。如今虽年纪大了退居二线,但对茶叶这一行的博学多闻可是与时俱进的。

"对白叶一号来说,从茶苗、茶树到茶叶,这三者之间的递进,的确是一场时间之旅。但这个过程从一开始,其实已经在助力脱贫致富了,因为白叶一号从东部落户西部,首先就是一种信心的传递,更是一整套经验和技术的传递。在当地政府的支持下,老百姓只要参与种植,他们的付出首先就会产生价值,也就是说建设茶园有报酬,管护茶园有工资,茶苗入股有分红,土地流转有租金。另外,还设有公益性岗位,没有劳动能力和不能参与茶园建设、管护的家庭也能通过别的方式从中获得收益。政府的投入、技术的掌握、观念的改变都是让他们勤劳致富的力量。"

邱院长话音刚落,邹洋汐又发问了。

"我还有一个问题。白叶一号在这三省四县顺利长成之后,当地的茶产业势必期待依托白叶一号升级换代,但是茶青的保底收购、茶叶精深加工和茶产品的开发销售,这些环节在当地能跟上吗?到时候,青川白叶一号、古丈白叶一号、沿河白叶一号、普安白叶一号,都需要进行市场衔接,实现产品价值的有效转换,这些都环环相扣,在后期能有所保障吗?"

这次回应邹洋汐的是闻书记。

"中国有句古话,叫'德不孤,必有邻',黄杜村民的善举,已经感召和聚合了很多力量。比如浙茶集团,他们承诺,茶苗捐到哪里,他们的后期加工、品牌运营、产品包销就跟进到哪里。又如,中茶所和黄杜村结对共建已经十多年了,这次白叶一号有了新的特殊使命,他们也将全方位提供最大的帮助。再从宏观政策上看,在东西协作中,我们浙江省对西部的帮扶不仅包括资金、项目上的定点投入和对口帮扶,早在2003年,浙江就建立了科技特派员制度,技术帮扶,是东西协作的大文章。这篇大文章也是我们华东茶叶研究院多年以来的优秀传承,但是这一次的技术跟踪,对我院来说,是一个长线行动,从育苗、栽种、管护、采摘、炒制到后期的品牌定位、市场拓展和营销各个环节,我们都要力所能及地提供技术支撑。"

"嗯。"邹洋汐暂时没有问题了。

大家接着又说了说这次受捐的三省四县的一些相关情况。

后来,闻书记端起一杯茶说:"你们看,白叶一号,这一片叶子,它并不是孤身远行,它的背后有方方面面的支撑,所有的力量,应该都是对黄杜人'先富帮后富'善举的一种响应。青川白叶一号、古丈白叶一号、沿河白叶一号、普安白叶一号都需要开疆拓土,各领风骚,它们最终产生了经济效益和社会效益,才能真正实现'以富带富'的初衷。

"与以往不同的是,这一次大家即将奔赴的三省四县,除了有中茶所、当地农业局的专家同仁,还有一个白叶一号技术帮扶'天团',他们是种植、经营安吉白茶十多年的经验丰富的老手、能手、行家里手。你们是从学院里走出的'科特派',他们是田间地头走来的地地道道的'土专家',你们要多学习借鉴他们的实战经验,齐心协力为当地乡亲提供好技术服务,让一片叶子再富一方百姓。

"这次出征,路途远,任务重,战线长,时间久,条件不用说,肯定艰苦,大家出门在外,首先要注意的是安全。工作上的事,院里会全力统筹,各自家里的事,也要安排妥当,有什么困难,随时提出,我们会及时有效地解决。到了地方上,既要积极发挥自己的专业特长,又要注意理论联系实践,更要尊重地方习俗,因地制宜推进工作。"

闻书记举起茶杯,敬向大家:"酒能热忱一时,茶能回味一生。待君子,清心身。我们还是老规矩,出征前喝一杯饯行茶,大家一路平安!"

座谈会结束后,饯行茶的余味还萦绕在岑子兴心头。这一次出行,对于华东茶叶研究院来说,是一次特别行动,对于他个人而言,更非比寻常。但是,他必须在这非比寻常中表现得非常寻常。走出会议室时,闻书记对他说:"子兴,你带徒弟带得不错啊。小邹才来院里的时候,完全是一个假洋鬼子,现在,适应力、行动力都大有改观。"

"书记,是邹洋汐自己肯学肯钻研。"

"你这个当师父的太低调了嘛。这次,他再跟你跑趟四川历练历练,就更能体察现实了。明天,你们打算怎么走?从杭州飞成都还是飞广元?"

"洋汐订的票,飞成都,再坐高铁到青川。"

"通高铁就好,你们这次去四川,吃的东西可能不太习惯,那边喜欢麻、辣,注意饮食,不要回来减秤了。"

"哈哈,好的,谢谢书记关心!"

岑子兴和闻书记分了手,刚走向停车场,邹洋汐从后面大步跑了过来。他要搭岑子兴的车,中途和女朋友Lisa一起去吃日本料理。路上,这个大小伙儿为他和岑子兴即将开启的青川之行,还有点小激动。

"师父,你觉得吗?白叶一号就像个即将出阁的闺女,黄杜人,就像把这闺女当作掌上明珠的爹妈,我们呢?你觉得我们像什么?"

"像什么?"

"像这闺女的舅舅!"

"哈哈,娘亲舅大,女儿出嫁舅舅背。"

"女儿出嫁舅舅背?"

"是啊,我老家现在都还有这风俗呢。"

"舅舅的责任这么大啊?不过,我们这些'科特派'真不是配盘的,天上有雷公,地上有舅公,我们不就是为白叶一号保驾护航的吗?"

"哈,洋汐,说得是啊。呃,你女朋友是不是在你说的这家日本餐馆门口来接你了,那位,你看,好像就是上周和你一起到院里来的大美女。"

"哎哟,我的姑奶奶,真是她老人家!"

邹洋汐说着,车刚停,赶紧跳下去,拥抱了女朋友,才回过头对岑子兴说:"再见啊,师父!青川见!"

九　青川

洁白的云朵在舷窗外掠过,蓬松如硕大的蒲公英。朝阳从云丛稀落处穿透,迸射出炫目的光亮。这幅纤尘不染的素锦,单纯而华贵,朗阔并延绵不绝,穿行其间,仿佛将要造访的是仙苑奇境。

受气流影响,飞机突然颠簸起来。机舱播报:"各位乘客请注意,我们的飞机遇到了气流,请大家在自己的座位上坐好,系好安全带,听从乘务员的指令,停止使用洗手间……"

邻座的婴孩哭闹起来,空乘正和孩子的父母一起安抚他。在婴孩哇哇哇的哭声中,岑子兴闭上了眼睛。飞机在高空继续孤独前行,它正一步步临近那片对于岑子兴来说,无比陌生又无比特殊的地带。婴孩的哭泣声渐渐平静,岑子兴脑海里被岁月覆盖的往事越来越清晰。

十年前,杭州初夏一个平常的日子。那天,岑子兴正在办公室埋头整理明前茶市场预测和发展趋势的调研报告。下午两点半左右,他起身走到饮水机处,去接刚烧好的开水,毫无征兆,感到些微眩晕。开水注入他的茶杯,茗香轻逸,茶汤稍稍冷却,一股与他脉络气息相知多年的暖流刚刚从喉咙探入,刚才那种就像被人推了一下脑袋的眩晕,消失了。

岑子兴走到落地玻璃窗前,望了望天上的云,它们身上泛着阳光的印痕，这些本是地面上江河湖泊的一分子，在微风中隐形升腾，化作天上自由无拘的另一些它们。他望着它们，料想它们不久又将以雨滴的形态回归大地。"黄河之水天上来"，他莫名想到了李太白，他不知这位斗酒诗百篇的大诗人是不是早就洞悉了世界万物的循环往复。

走回电脑桌的时候，岑子兴还在揣摩，几百年前的李白是不是无意中在豪迈的诗句里揭示了自然之律。待他坐下，不到一分钟，网页上跳着一条赫然醒目的新闻：汶川地震！静谧的办公楼一下喧闹起来。

"8.0级，天哪，8.0！"

不知是谁第一个叫道，就在这一瞬间，岑子兴突然感应到了这个数字背后的山崩地裂、鬼哭神泣。同事们都坐不住了，天空的神色变得和大家的表情一样惶然。仍旧待在原地的他，感到莫名的慌张，不知道眼下该做什么，似乎他该做的一切在这一刻都没有任何意义。

后来，几个会议室的电视全被打开了，所有传媒相继聚焦突然间让全世界都瞩目的地方——汶川。

办公楼里的任何一个人都不能再专注于自己的工作。地震虽在千里之外，但灾区的惨重伤亡历历在目，14时28分04秒，这是一组不断被加粗加重的黑色字体，在这个时刻之后的每一分每一秒，有人在流血、求救、痛苦地呼唤、绝望地闭上双眼……

孟小闲的短信来了。

"汶川大地震！！！！！"

至今，岑子兴都记得孟小闲短信中的那一串惊叹号，每一个都向他传递着无可言状的恐惧。那时，他们还没有关注到青川。直到后来，电视上现场直播的镜头对准了青川；直到后来，父亲作为骨科医疗专家被派往这里；直到后来，那个险些被巨大的灾难吞噬的小婴儿突然出现在他们心目中，青川，这个遥远的地方才与他们全家有了非同寻常的关联……

岑子兴迷迷糊糊地在往事中穿越，当他睁开眼睛的时候，邹洋汐这个精力充沛的年轻人还在观看点播的电影。岑子兴把自己的座位调得更平了一些，邹洋汐见他醒了，随口问道："师父，你是第一次去青川吗？"

"第一次？呃，是的，我是第一次到那里。"

说完话，岑子兴又闭上了眼睛。就在他感觉到自己现在的坐姿比刚才更舒适一点的时候，他突然有些惊讶，随着与青川——他们此行的目的地越来越接近，在潜意识里，他本能地遮掩着他与青川的所有牵连。这是他家庭的秘密，十年的时间，早已为这个秘密做了严实的封印，在他和孟小闲周围，没有一个人知道这个秘密。

为了迎接他们生命中的小菩萨，2008年，岑子兴和孟小闲第一次到广元。那时，他们行色匆匆，忐忑、紧张、欣喜、怜惜、忧虑、焦灼……各种情绪交错杂糅。现在想来，他们当时的一切举止都怯怯的，他们在怯怯中完成了一件对他们夫妻俩、对一个陌生小生命的人生都意义非同寻常的转折。来的时候，他们还是我行我素的两个人，回去的时候，他们成了突然完整的一家三口。只是那几天，他们怯怯得手足无措，连青川在广元的哪个方向都无从顾及，就抱着那个乳名叫作小庄庄的婴儿离开了他的家乡。

下了飞机，岑子兴和邹洋汐乘上了从成都到青川的高铁。

列车奔驰，邹洋汐的兴致一路都很好。他向往青川，这里是大熊猫的家园，这里有唐家河国家级自然保护区，他可以去探访那些罕见的古老植物和珍稀动物。岑子兴的内心却越来越波澜起伏，那片然然离别十年的山水越来越近了。岑子兴的眼睛因为潮润而有些模糊，好像这里也是他阔别十年的故土。也许，特殊的命运纠葛，让然然的故乡早已成为他生命中一个特别的存在，越是走近，他愈发感到近乡情怯。

"这是一个四等火车站。"走出青川高铁站台时，邹洋汐对岑子兴说道，"师父，你知道吗？青川站是中国最特殊的高铁站。"

"噢，特殊在哪里？我怎么没注意到。"

"它的铁路线建设，采用的是到发线外绕正线的方案。据说，这个大胆又巧妙的设计破解了横亘在蜀道上的中国高铁难题。我刚才留心看了看。"

"什么是到发线外绕正线？"岑子兴完全摸不着头脑。

"师父，是这样，你知道正线和站线吗？你一定知道，只不过不清楚它们的名字而已。正线呢，横贯整个车站，主要的任务就是让不停靠站台的列车能够快速从车站内通过。站线，就是铺在站台边上的线路，主要用于停靠到站的列车。一般情况下，人们上、下车都在站线上进行。通常来说，一个正常的高铁站必须要有'站线'和'正线'，可是你发现没有？青川站只有两根站线！我刚才顾着去找正线了，没有及时提醒你去看。"

"那正线去哪儿了？"

"正线在山里！你说奇怪不奇怪？青川站的正线和站线是分开的！正线被藏在山底下的隧道里，也就是说，只有要在青川站停靠的列车才会停在站台里的站线，不停的列车直接就从隧道里的正线开跑了。"

"我知道了，这样的设计，一定跟这里的地质结构和施工难度有关。"

"对，青川站的位置受山地地形的限制，如果要建，车站只能设在隧道中。我来青川之前，就听一个做高铁建设的朋友说，中铁二院设计团队最后采用了这种'到发线'外绕'正线'的方案，终于攻克了这道难题。"

"哦。"岑子兴应着，回头看了看青川高铁站。如果不是邹洋汐这样说，他压根不能感觉到这是中国最特殊的一个高铁站。

"师父，我还听说，最早批复的西安至成都高速铁路设计方案，并没有青川站。后来青川县政府向中国铁路总公司打报告，请求西成高速铁路设立青川站，广元市政府和相关部门也极力争取，中国铁路总公司最终同意增设青川站。这个站，去年年底才正式投入运营。"

岑子兴和邹洋汐虽然都是"第一次"到青川，但是他们的关注点截然不同。邹洋汐关注的是这里的特殊化和异质性，岑子兴悄然留意的却是这里的某种"痕迹"，他有意无意地找寻着那些痕迹。其实走出青川站，放眼周围的山脉峰峦，葱茏植被与灿烂山花早已修复和遮掩了这里曾经的山崩地裂、遍体鳞伤，只要缄口不提十年前那段往事，谁也不会察觉眼前如此青秀静怡的土地，含容着无数深痛巨创。

"青川人求发展啊！"岑子兴回应着邹洋汐，"有了高铁站，很大程度上可以摆脱制约当地经济社会发展的瓶颈，提高一个地方的外向度和开放度。你看这山清水秀的地方，确实应该发挥生态优势，挖掘生态潜力。"

"是啊,这不,我们就乘着高铁而来,要通过白叶一号,和当地老百姓一起推进这里的绿色发展,争取绿色崛起。"

"呵呵,洋汐,你是信心满满啊。"

"那当然,跟着师父一起,必须有信心!"

这个小伙子,人帅嘴甜,关键是他的信息量和知识储备量,都远比自己年轻时厉害。想当年,岑子兴好歹也算个学霸,但他的好成绩,几乎全靠勤学苦读。现在的年轻人,只觉得他们表面上做什么都心不在焉,其实人家一路走一路看一路思考一路探索。岑子兴觉得和邹洋汐在一起,自己这个当师父的反倒学了不少东西。

"师父,从高铁站到青川县城要一个多小时,青川'白叶一号专班'安排了人来接我们。"

"白叶一号专班?青川专门成立了这么一个机构?"

"是的。青川县对白叶一号比我们预想的还要重视,为这一片小小的叶子,他们成立了县委常委、组织部部长挂帅的白叶一号茶产业发展工作专班,下面还设有规划发展、技术服务等等好几个工作组。"

"看来,白叶一号这个婆家很疼新媳妇啊。"

青川白叶一号专班的副主任郭清美在青川高铁出口处接到了他们。郭清美名如其人,外表清爽秀美的她,笑容可掬,见了远道而来的岑子兴和邹洋汐,迎上去就要帮他们拿行李。

"欢迎两位专家,一路辛苦了,来,行李给我!"

郭主任是岑子兴和邹洋汐见到的第一个青川人,她的亲切劲儿一下拉近了大家的距离。

"谢谢郭主任,我们来,我们来。"

"千万不要客气。"郭主任一下拉过岑子兴的行李,随后跑来的司机也一把从邹洋汐肩上取下大背包。

"我们青川人从不把浙江人当客人,因为浙江人是我们的亲人。1996年浙江就开始对口帮扶青川,二十多年的深情厚谊!'5·12'灾后援建,更是患难见真情。今天，为了白叶一号，你们又踏上这片土地，情深意长啊！"

郭主任一番话，让岑子兴和邹洋汐有些愧不敢当。他们感到，"浙江人"这三个字，在青川这片土地上已经成了亲人的代名词。

在去县城的路上，坐在副驾驶位置的郭主任不时转过身给他们介绍一路随处可见的浙江印记："两位专家，前面是浙川大道，全长8.4公里，宽24米，双向四车道，是杭州市全额投资援建的。这条大道是'5·12'灾后重建中，杭州援建青川的标志性项目。"

"现在我们正通过的是杭州大桥，这座桥也是杭州市全额援建。为了保证质量，整座大桥全部采用一类桩基，连青石都是施工单位从浙江运过来的。杭州大桥在我们全广元市，至今都是最宏伟、最漂亮的城市桥梁，当之无愧的川北第一桥。"

汽车继续奔驰着。

"看，我们右前方是酒家垭隧道，在浙江亲人的大力支持下，'5·12'大地震后三个月，隧道正式复工，这是当年四川省灾后复工的第一个交通建设项目。"

"这是浙金大道……"

"两位专家，我们青川人记得很清楚，灾后重建的三年时间，一共有一万两千多名浙江亲人参与青川的对口援建，他们说要把青川当作浙江的第九十个县来建设，结果说到做到。浙江援建青川创下了很多个全国之最，援建饮用水设施最多，援建学校最多，援建通村公路里程最长，援建桥梁最多，援建卫生院最多，全县三十七个乡镇都建了卫生院，县人民医院是浙江援建的二甲综合医院，青川整个医疗条件在震后有了大幅改善……"

郭主任说到这里，岑子兴忽然想起了父亲，父亲当时在这里待了半年多的时间，他是那一万两千多名浙江援建者的其中之一。父亲的足迹一定还留在这片土地上，岑子兴望着窗外，心潮澎湃。这片与他有着千丝万缕关联的山川，曾经远在天边，如今正近在眼前。

"郭主任，你一定是青川本地人吧？"邹洋汐突然满有把握地问道。

"是呢,土生土长的。呃,你怎么知道?"

郭主任不知道这位高高大大的帅小伙儿,怎么第一次见面就清楚她的"底细"。

"我是从你的名字猜到的,青川县名就是因为'其水清美'得来,你名字刚好也是'清美'这两个字。"

"第一次来青川,你就对青川这么了解啊!"

"哈,当然要了解,我还看到了杭州大桥下的青竹江,'其水清美',说的应该就是青竹江吧?"

"是的是的……"

幸亏有邹洋汐在,有他在,气氛自然会融洽,岑子兴都不需要说太多的话,他可以静静地陷在自己的沉思中。

到了县农业局,青川白叶一号专班与岑子兴和邹洋汐做了仔细的对接和交流。当晚,岑子兴和邹洋汐就近住在县委宾馆。第二天县农业局领导要来见见他们,他俩已经离开县城,到了白叶一号的规划园区。

黄杜村的两位茶叶专家比岑子兴和邹洋汐先到这里两个多星期。黄杜专家告诉他们,青川这边,从政府官员到乡里乡亲,都很感恩浙江人。这一次,当地人对白叶一号更是满怀期待。院里去到白叶一号其他几个受捐地的同事也在电话里和岑子兴沟通说,在每一个受捐地,乡亲们心目中,白叶一号不仅仅代表着黄杜人的一片心意,还包含着无限期盼和牵挂,这一片即将从东往西行的叶子是闪耀着光芒的。

岑子兴对茶叶的研究有十多年了,这十多年,全国各地,他也跑了不少地方,从未感受到哪一株茶苗像白叶一号这么受关注。一片茶叶长在天地间,历经风雨阴晴的磨砺,一片茶叶泡在水杯里,饱含沧海桑田的记忆,一片茶叶融入期盼中,传递的是绿叶对根的情意。自从踏上青川这片土地,岑子兴常常掂量着这片叶子。有时在夜里它悄然抽枝,有时在风中它几近通透,这会儿,岑子兴突然想起他送给然然的那株白叶一号,也不知然然把它放没放心上。

晚饭后，岑子兴回到青川沙州镇招待所。这几天，他和邹洋汐打算暂时住在这里。简单收拾整理之后，刚安顿下来，然然的视频电话打来了。

岑子兴看到，儿子躺在阳台处的榻榻米上，两只手抓着两只脚，整个身体抱成一团，让自己不倒翁似的摇晃着，边摇晃边大声和他说话。这个小家伙，总能找到好玩的法子。

"老爸，青川是什么样的？"

"青川，就是青青的一片山川。明天，老爸在山上拍几张照片给你看看。"

"看到大熊猫了吗？"

"你以为大熊猫满山都是啊？熊猫主要出没在唐家河。"

"唐家河，一条河？大熊猫在河里玩啊？"

"唐家河是青川的一个地名，国家级自然保护区，天然基因库。"

"哇！那你去唐家河没有？"

"还没有呢。老爸这次到青川，主要任务是栽种好白叶一号，我们平常都待在茶园规划地。"

"老爸，我的白叶一号一点变化都没有。我今天做完作业，专门跑到露台上去看了它。它在我们家没有一个同伴，是不是太孤零零了？你带我们去安吉黄杜看到的那些茶树，一座山连一座山，到处都是，那里才应该是它们的家。"

"白叶一号就是要去到更远的地方呢。这一小株来到我们家，还没有走出杭州。很快，它的兄弟姐妹们就要到四川到湖南到贵州安家落户，现在就是考验它们生存能力的时候。"

"白叶一号要是个男子汉就好了。"

"为什么？"

"你不是说过，好男儿四海为家吗？"

"哈哈，是的，不过，白叶一号更像个娇小妹呢，得好好照顾。现在你那棵白叶一号，最要紧的是保证它存活，再求它长大长好。这些天天气热，气温高,白叶一号要是口渴了,要及时给它浇水。"

"我怎么知道它口渴呢?"

"你早上起来的时候就到露台上去看看,主要观察它的土壤和叶片。如果大清早,土壤干燥,茶苗枯萎或叶片下垂,就说明白叶一号口渴了,你要及时给它浇水。注意啊,浇水的时候不要对准茶苗,要在距茶苗15到20厘米处浇水,让水分从周围渗入。"

"为什么?"

"这样,才能防止茶苗的土壤表层结壳,表层结壳会影响土壤的通透性。"

"哎呀,老爸,白叶一号喝个水,怎么都这么麻烦呀。"

"它现在还是小茶苗,当然得细心照顾啊,就像你小时候,没有长牙齿前,咬不动硬东西,吃个水果,我们都要给捣烂呢。这段时间,有事没事,都要去看看它。有时候,茶苗虽然长出几张叶片,但后来也可能停止生长甚至完全枯萎,这种情况就是'假活'。"

"植物还会'假活'呀,我以前只知道动物会装'假死',没想到植物会装'假活'。"

两父子正聊得起劲,孟小闲的声音突然插了进来。

"什么假死假活的,你俩找不到话说了是吗?然然,快去洗漱,呃,你今天和奶奶连线了吗?"

"奶奶的作业我下午就检查了。"

"哦,那你洗漱了,早点休息。"

岑子兴本想和孟小闲接着聊视频,孟小闲凑过来说:"我还没有把厨房收拾完呢。"说罢一下关了视频。

岑子兴特派在外,家里的事情全靠孟小闲操持。刚洗了然然的脏衣服,这会儿才顾到厨房。她利索地清洗、收捡锅碗瓢盆,打整灶台灶具、墙面地面,凡是眼皮底下的渣渣、污渍,她都会随手拾掇,待把套在垃圾筐上的垃圾袋,两个提手交叉一拉,打个结,沉沉的一袋放到门外,这厨房里的活儿才算了结。

岑子兴不在家，孟小闲几乎没有"闲"的时候，一天的家务活做完了，还得备课。这学期，她继续担任学校语文教研组的组长，工作任务不轻。好在母子俩每天一同出门一同回家，学校里孟小闲随时也能瞄到然然。她一个人又当爹又当妈又当组长，也还吃得消。

在黄杜专家的前期努力下，青川多个白叶一号种植园区的选址工作已经顺利完成，村民们这段时间正在加紧开垦荒山。黄杜专家的前期工作已经做了很多，初来乍到的岑子兴和邹洋汐唯恐怠慢，很快他们也投入了工作。师徒俩决定先到沙州镇的青坪村做实地调查。

青坪村平均海拔900米以上，坡地多，平地少，过去，当地村民只能种植玉米、土豆等旱地作物，这是一块贫瘠了数千年的土地，村干部马进步说起自己的村子，长吁短叹道："青坪村真的'清贫'啊。"

马进步说乡亲们都觉得是这个村名取得不好，青坪念着是"清贫"！后来听说青坪村与松林村可能合并，他们本来想把新的村名改为"青松村"，这样念着是"轻松"，可能日子也会过得轻松一些，怎么都比"清贫"好，结果又没有批准。

岑子兴想起，他曾经到过四川的攀枝花市，攀钢主厂区在一个叫作"弄弄坪"的地方。"弄弄坪"这个地名，就有很多传说。那天，在青坪的小山坡上，他便给大家聊道："当年中央对攀枝花钢铁基地选址时，注意到一片区域，但是那里沟多梁多，没有一片平地。周总理在听取关于三线建设的汇报时说：没有平地，弄一弄就平了嘛！后来那片成为攀钢主厂区的坡地就被叫作了'弄弄坪'。当然，这只是一个地名的传说哈！不过，青坪这个地名，其实挺好的。以后，白叶一号在这里大规模种植了，特别是长起来之后，漫山遍野的青翠青葱，那时候，这里完全是一片青青的山坪，青坪，这个地名不正好名副其实了吗？"

岑子兴这样一说，马进步和在场的人全都眉开眼笑起来。

"这样看来，我们青坪，还真和白叶一号有缘呢。"

"是啊，这个地方，马上就是白叶一号的新家了。"

"岑师傅，"青坪村的茶叶技术员王顺路又请教道，"为什么人们常说'高山云雾出好茶'？"

"纬度偏低的茶区，年平均气温高，往往有利于碳素代谢和多酚类的积累，但含氮物质的含量较低，纬度高的地区恰恰相反，随着海拔高度的增加，茶多酚呈下降趋势，氨基酸逐渐增加。所以，高山云雾出好茶，是有道理的。但这个说法并不绝对，就是说也不是海拔越高越好。有些地区海拔普遍不高，照样产好茶。你们看，这些茶的主产区：龙井，海拔300多米；黄山毛峰，海拔700多米；大红袍母树，海拔600多米；福鼎白茶区，海拔500到800米；祁门红茶，海拔600多米……"

"岑师傅，我们这儿海拔900米，白叶一号能像在安吉黄杜一样长得那么好吗？"王顺路可是说出了青川所有茶叶技术员的担忧。

"一方水土养一方人，一方水土也养一方茶。地形，包括纬度、海拔、坡向、地势等，这些都是影响茶树生长和茶叶品质的综合因素。各个地方的地理纬度不同，光照强度、时间、气温、地温和降水量又不同，所以没有哪个地方的经验是可以完全复制的。白叶一号在安吉在黄杜长势好，到了四川的青川、青川的青坪，在这个全新的环境，它的种植和生长肯定会面临各种各样新的考验，但是它肯定也会有新的呈现……"

邹洋汐知道，只要说到与茶相关的问题，岑子兴总能侃侃而谈，各种要点自然衔接，各种论据信手拈来，叫邹洋汐心生佩服的，还有岑子兴的耐心，像今天，碰到一个比他邹洋汐问题还多的人，师父的回答照样不急不躁。

下午，师徒二人又辗转到关庄镇固井村，市农业局的郑局长率了相关部门的负责人正好赶到这里与他们会合。

"两位专家啊，自从你们从浙江来到青川，我们就一直在追踪你们。从市上到县上，从县上到镇上，从镇上到村上，你们真的是马不停蹄啊。"

"不好意思，"岑子兴解释道，"我们主要是想尽快跑遍青川白叶一号的种植基地，先了解一下整体情况，心里才有数。"

"哎呀,有你们在,还有安吉黄杜在这之前就赶过来的专家盛志勇、盛敏凡、杨学其、钟学良……有你们这些行家里手,手把手地指导我们,我们信心倍增啊!从东部到西部,白叶一号茶苗的移栽,是个大课题啊!"

"我们共同努力吧,争取把白叶一号种好。"

接下来的两天,岑子兴和邹洋汐又远远近近跑了其余几个规划了白叶一号种植园区的村镇。

"师父,我们接下来要做的事情还有很多啊,任务不轻呢。"

"那当然,黄杜、青川两地空间跨度这么大,实际差别是客观存在的,难度肯定有,不然要我们来干吗?"

"嘿嘿,师父,我们这两个'舅舅'不好当啊。"

大致掌握这里的情况后,师徒俩商量,要在推进前期工作的同时,因地制宜拿出一个比较精细化的技术方案,特别要针对青川不同乡镇的实际情况分不同季节和时令做出关于抗旱、排湿、保暖等的具体意见。为提高效率,他俩决定分头蹲守在不同村镇,邹洋汐主要负责旺甲、曲胜这两个村的白叶一号规划园区,岑子兴主要负责大坤镇白叶一号示范种植基地。为更好推进工作,县里给他们配了联络员,分别是这两村一镇比较肯学肯干的茶叶技术员。

旺甲村的联络员是邓版立,这个小伙皮肤黝黑,长得圆头滚脑,一笑起来整张脸糯融融的,大伙都叫他"炖板栗"。曲胜村的联络员是何必,因为鼻头上有雀斑,落个绰号"蓖麻"。都是年轻人,他们和邹洋汐很快就熟络了。邹洋汐不让他们称自己"邹老师""邹师傅",他说:"我们都是我师父岑子兴的徒弟,我是大徒弟,你们就叫我师兄吧。"

联络大坤镇的茶叶技术员比岑子兴还年长,T恤衫领口的每一颗纽扣都扣得规规整整,给人的第一感觉就是沉稳踏实。

"他叫刘平再,特别耐得烦,一件事翻过去臜年皮,翻过来牛皮臜,最舍得下功夫。"

大坤镇的镇长徐能对岑子兴这样介绍。"翻过去臜年皮,翻过来牛皮臜",岑子兴琢磨着这句四川话,一时还不明白这戏谑的方言究竟是什么意思。

"岑老师,大坤人都叫我牛皮菜,你也叫我牛皮菜吧。"

"哈哈,刘平再——牛皮菜,好啊,这个好记!"

岑子兴笑着跟牛皮菜握了握手,只觉得牛皮菜的手既粗糙又结实,两手相握的当儿特别有力。岑子兴突然想起,以前父亲半认真半诙谐地说过,握手只伸出两三根手指的人,多半是冷漠而敷衍的人,握手肯交出自己手心并付出力度的人,比较实诚。岑子兴不禁对牛皮菜多了一分好感,毕竟种茶是艰苦细致的活儿,偷不了懒,耍不了滑,更抄不了近路。

十　桂香

　　暮色四合，院子里的桂花香乘着夜风轻轻袭来，柔和的路灯下，那一捧捧金屑似的细小花瓣儿，娟秀得愈发招人疼爱。它们好像从来没有长大的愿望，沾沾自喜的总是心窝里那一粒小小的甜蜜，从清晨到深夜，日复一日碎碎念，每一张小脸都执拗地甜美着，惹得从它们身边经过的人也浸染于一份忘情于周遭的甜美。

　　然然最喜欢桂花。难得一个孩子，会对这么渺小细微的花朵心生喜好。去年也是桂花飘香的一个夜晚，孟小闲和岑子兴正在客厅里边看电视边喝茶，然然从楼下玩了回来，刚进屋就径直跑到他们面前，往他俩的玻璃茶杯里分别洒了些黄色碎末，然后端起一盏上下左右地打量这些悬浮在水里的小花小朵的模样，又像大人一样，老练地品了一口。

　　岑子兴说，然然长大以后，可能会是一个对细小事物和卑微生命着迷的人，这孩子也许会像他一样，安于草木的静、闲、淡、慢……但是，孟小闲不这样看，从一开始她就觉得岑子兴对然然天性的了解明显偏颇。这孩子，自从爷爷把先天阻碍他行走、奔跑、跳跃的马蹄足治愈后，他多么好动啊，在他三四岁的时候，甚至迫切地渴望像鱼儿一样在水里游，像鸟儿一样在天上飞。他一个活蹦乱跳的男孩子，怎么可能像老气横秋的岑子兴，安于草木的静、闲、淡、慢……

这天，刚吃完晚饭，然然就在电话里告诉老爸，他马上要去和好朋友刘犀睿打乒乓球。

"好啊，在哪里打？"

"在我们小区四号门那儿，有个新开的健身活动中心。"

"要付费吗？带点钱。"

"不用带钱，刘犀睿说他爸爸带我们去，他还可以教我们。"

"那好啊。"

"刘犀睿爸爸说，要自己带一个拍子。我没有，怎么办？"

"要不，你在那个活动中心看看，那里如果有就买一个。"

"我买横拍还是直拍呢？"

"随便你，你看哪样拿着顺手就买哪样吧。"

两父子还在啰唆，孟小闲大声嚷了起来："好了好了！刘犀睿都在楼下喊了。然然，快去换衣服，自己在电视柜上那个盒子里拿一百元钱。"

"好的，妈妈。再见，老爸，刘犀睿在叫我了。"

挂了电话，然然换上他的运动装束，拿了钱便兴冲冲出门。

孟小闲和岑子兴都没有体育方面的爱好和特长，他们对于然然在这方面的兴趣，一直缺少示范、培养和开发的意识。带孩子运动，每家每户几乎都是爸爸的分内事儿，可自己家这个大男人，孟小闲不愿提了，经常出差在外不说，就算回到家，不是弄花弄草就是弄电脑，所谓的劳逸结合，顶多是陪然然在小区里跑跑步。对于球类、竞技运动，然然仅有的一点最基本的常识和技能，全赖他自己旁学杂收。想到然然连一个乒乓球拍都没有，孟小闲不禁有些愧疚。

孟小闲和岑子兴一样，对体育器材不了解，她想一只普通的乒乓球拍大概在一百元以内，但是她又担心小区活动中心的收费比外面的店铺贵一些，一百元要是不够，可能会把然然弄得很尴尬，又从厨房里大声喊道：

"然然，再多拿一百元钱。"

然然已经下楼了。这孩子真是，慢起来，比蜗牛还慢，快起来，比闪电还快。

孟小闲从厨房的窗户看到，刘犀睿爸爸正带着两个蹦蹦跳跳的男孩子往小区四号门走去。和往常一样，孟小闲又开始收拾整理家务，一个家只要有孩子在，总有做不完的事。她也不急，兴许是年龄增长的缘故，孟小闲现在越来越能体会到从前体会不到的凡常琐碎所裹挟的舒欣。有时，风雨来了，站在玻璃窗前，然然在她身后自顾玩耍，电闪雷鸣在她面前尽展狰狞，她也会感到一份特别的安适。就像侥幸躲身于树洞的鸟儿，缝合了天地的大雨，也奈之莫何。

在孟小闲的生命中，没有经历过大悲大苦。然而，自从有了然然，这个小小生命曾经遭遇的他自己都不记得的浩劫，无形转移成了她的灾难记忆，甚至是她的灾难创伤。虽然一切都是间接的，但是这间接的背后，越来越凸显出一份直接属于她的教训：一切都会稍纵即逝，拥有来之不易。从怀抱然然的第一刻开始，她几乎就是在一瞬间懂得了珍爱和怜惜她生命中的一切生命，她甚至学会了敝帚自珍。就像眼下，岑子兴不在家，她也要把他们的家收拾打理得安安稳稳、妥妥帖帖。

孟小闲本来可以等到明天早上出门再去扔垃圾，可她担心然然买乒乓球拍的钱不够，便取下围裙，提了垃圾下楼。

甜馨的桂花香幽幽弥散着，孟小闲抬头望了望夜空中的明月，不禁觉得天上人间相隔得如此近切，这一缕馨香仿佛从月宫飘至。快到四号门了，这里果然有一家新开的健身活动中心，透过底楼的窗户可以看到，里面设了几张乒乓球桌。也许是还没有正式开张的缘故，其他乒乓球桌都空着，只有一张供人练球。桌子两端两个半大孩子是然然和刘犀睿。为了不分散孩子们的注意力，孟小闲就在窗户外一棵桂花树下看他们。

然然可能在学校的体育课上打过乒乓球，挥来舞去，还有两三下子。刘犀睿明显在招式上更劲道一些，气势上也占着上风。他们应该是在打比赛。

刘犀睿手握直板，随着一个有些刁钻的新发球，他爸爸在一旁大声喊道：

"好球！"

然然勉强把球回了过来，但是回高了。

"机会！"

刘犀睿爸爸提醒着自己的儿子，刘犀睿一个扣杀，眼看球落向桌子右角，然然迎头扑了过去，没接住。

"耶！绝杀！"刘犀睿爸爸的前臂往胸前一缩，身子往下一蹲，随即弹跳起来，振臂高呼着，"2比0！刘犀睿继续发球！"

"好小子，注意爸爸刚才给你说的，抛球要稳定，抛球的高度、抛球后球上升和回落的线路都要稳定。好样的，漂亮！对，就是这样。第二板，不要慌。第三板，好球！第四板，超级棒！刘犀睿再得一分，3比0！"

刘犀睿爸爸又高呼起来，窗玻璃似乎也被他的呐喊声震动了。

"加油！刘犀睿！加油，男子汉！"

他又像鼓舞一头小兽似的，鼓舞着自己的儿子。

然然几乎一直处于被动地位，刚扑向左边，球又从右边来了。刚退后，球又缩在网子边了。刚冲向前去，又来了一个擦边球。

"注意，对方没有章法，用直线球牵制，把对方锁在中间位置，正手抢攻。棒极了，刘犀睿，你注意力非常集中，对每一球的判断非常准确，太帅了，小刘同学！对方完全没有招架之力，哈哈！乘胜追击！4比0！耶！"

刘爸爸既是解说员，又是刘犀睿这一方的教练和激情膨胀的啦啦队员。

"欧嘞——欧嘞欧嘞欧嘞——"

刘爸爸随着自己的节奏手舞足蹈，在他为胜方制造的狂欢气氛中，刘犀睿因为胜利的快感鼓起更激越的斗志，越战越勇，越勇越带劲儿。然然平常并不是容易气馁的孩子，但是此刻，孤军一人又节节败退的他已经完全灰头土脸。

"比赛继续进行。好球！聪明的刘犀睿！拉回来，旋球，漂亮，勇敢的刘犀睿，看准，扣杀！耶！这一板完全打出了王者之气！一路遥遥领先的刘犀睿所向披靡，目前场上比分：5比0！"

"砰！"

孟小闲一下推开门。

"然然，我们回家了！"

孟小闲瞪了刘爸爸一眼，拉起然然就往外走。然然回头看向乒乓球桌，他买的乒乓球还在桌子上一弹一跳。

"不就是吃了饭消个饱胀吗，何必跟争夺世界杯似的？"

孟小闲拉着然然从刘爸爸身边走过，冷冷甩了这么一句话。她拉着然然走得很快，必须马上脱离黑暗地带似的。她知道自己的举动有些失态，泪珠在她眼眶里盘旋着，她生怕它们一股脑儿砸出来。

"怎么了，妈妈？我们不是玩得好好的吗？"

"什么好好的，你没有感觉到吗？他们在打压你！"

孟小闲心底的怒火腾腾往上冒，那个自私的父亲为了给自己孩子长士气，不惜摧垮另一个孩子的自信。她做老师的，一眼就能看穿，她要不是专门过来看了一眼，肯定还心怀感激地以为这个家长在热心地教两个孩子打乒乓球。

然然已经受到了打击，但是他也许没有把问题想得这样不堪，理智告诉孟小闲，然然心理的受伤程度没有她想象的那么大。她告诉自己，冷静，冷静，眼下最好的处理方式就是淡化、放下。

孟小闲牵着儿子的手，他的小手倒是热乎乎的。这一小时，他的四肢好歹得到了锻炼。

"妈妈，那个乒乓球是我的，还没拿走。"

"刘犀睿会拿的，就当送给他好了。你的拍子多少钱？"

"九十五，这是剩下的五元钱。"

"走，去给你买瓶酸奶喝。"

这一晚，孟小闲一直在留意然然的情绪，喝着最喜欢的果粒酸奶，然然的神态没有往常的小欢喜，在回家的路上，他边走边喝，有点让人不安地安静着。孟小闲不知该如何纾解然然心中的憋屈，她担心变得闷葫芦似的他一直把沮丧积压在心头。

桂花香甜蜜地弥散着，月光温存地抚摸着他们的身影，这本该是一个宁馨的夜晚，但是那一个多小时，就这么猝不及防地被阴霾偷袭了。

孟小闲把然然的手牵得更紧了些，她想通过手心的力度告诉然然，这一切都不算什么。母子俩静静地走了一段路。忽然，然然摇了摇他们拉在一起的手。

"妈妈，我们体育老师说的，一个优秀的乒乓球运动员，每天至少要有5000板以上的反复训练。"

"5000板？"

"是啊，刘犀睿想当一个乒乓球运动员，他说从上周开始，他爸爸每天都陪他练球，他们大多时候在少体中心练。妈妈，你知道吗？在我们班上，刘犀睿乒乓球打得最好，我们给他取了一个绰号。"

"什么绰号？"

"藏獒。"

"藏獒？他真的很厉害吗？"

"真的很厉害。我们今天晚上先是练习，后来才打的比赛。打了三局，三局他都赢了。"

"嗯，我感觉他爸爸在帮他助威。你当时是不是很想爸爸或妈妈也在你旁边，帮你加油？"

"不想。"

"为什么？"

"因为我乒乓球打得不好。你们看着我，我也打不好。我想我踢足球时，你们来看我。"

"好啊，你下次踢足球，妈妈来看你，要是爸爸回来了，我们就一起来看你。"

"嗯！"

"妈妈，刘犀睿给我讲了他这个新学期，有一个新目标。"

"什么新目标？"

"他说他爸爸为了激发他的进取心，特地让他在我们班上选了一个同学作为他的竞争对手，你猜这个人是谁？"

"谁？不会是你吧？"

"就是我。"

"啊？他老爸把你当作了他的假想敌，哪有这样当家长的！咱们不和别人比，咱们只和自己比。"

晚上10点过，然然房间里传来轻微的鼾声，孟小闲心底终于得到一丝宽慰。看来，然然没有受到太大的影响。临到她睡觉的时候，岑子兴的电话打来了。

这几乎是惯例，只要岑子兴出差在外，晚上10点左右，总有一个晚安会从天涯海角或是深山老林传来。

孟小闲把乒乓球事件一股脑儿道与岑子兴，末了愤愤地说："都怪你！你出门在外不说了，在家的时候，从来没有带儿子参加过什么体育锻炼和训练，别人家都是老爸带孩子去参加运动，你呢？你总是说孩子静得下来才是好事，你是把然然当植物在养了！你难道没有发现，自从爷爷把然然的马蹄足彻底治好后，这个小家伙多么活蹦乱跳，这是他失而复得的本能，他也许比一般孩子更乐意去蹦跶自己的四肢。"

"下次回来，我们一起带他去运动。我们去看他踢足球，但是，你知道，我也只能看，我又不会踢。"

"就是去看也好啊，至少儿子觉得他也是有亲友团的。"

"我觉得刘犀睿爸爸应该不至于像你说的那样，为了给自己儿子建立信心，故意去摧毁另一个孩子的信心。"

"耳听为虚，眼见为实，我是亲耳所听，亲眼所见，还不实啊！"

"可能你是太卫护然然了，听不得别人说一点不中听的话。"

"我是这样的人吗？我当老师十多年了，每带一个班，都是几十个孩子，我不知道什么是公平公正吗？在这方面，再小的孩子都比成人还敏感，只是他们比成人大度，很多时候，他们轻易就原谅伤害了他们的人。就像然然，今天晚上，他根本就没有责怪刘犀睿的爸爸，也没有抱怨我们没去陪他。"

"这孩子，挺能扛的。"

"我问他想不想爸爸妈妈去看他打乒乓球,他说不想。当时我心里还咯噔一下,以为儿子的心都冷了,结果,他说不想我们去的原因是,他的乒乓球打得不好。你看,他都是在找自己的原因。"

"你不觉得这样很难得吗?当伤害对他造不成伤害的时候,伤害也自讨没趣了。不像你,水果刀割破了手指,就一直盯着那个伤口看,这样,再小的伤口,在你眼里也放大了。"

"呃,呃,岑子兴,我在说你,你倒好,反过来教导我,你说的都是多少年前的事了?我现在哪儿还有那么娇气啊。你不在家,买菜做饭,当爹当妈,哪样不是自己扛?你都把我磨炼成一个男人婆了。只是现在然然长大些,好多事他可以搭把手。今天上午,买了十斤米,就是他扛上楼的。"

"所以,把心放宽,然然,大灾大难都过得来,这点小挫小折,算得了什么?"

"不能这样说啊,然然又不是铁打的钢铸的,他只是一个普普通通的孩子!他也只是凡胎肉身!"

"对对对,小声点小声点,你就不怕把然然吵醒了吗?"

十一　老庄主

青川的晨光被什么过滤过似的,特别温存和煦。每天,在新垦的坡地里劳作的村民们都对即将远道而来的白叶一号既充满期待又充满好奇。

茶,在青川这片土地,本是随遇而安的。特别是种植过当地绿茶的村民,说起那些绿茶苗子都会感叹:它们,随随便便扔在地头,喝风都会长得精精壮壮的。

绿茶在青川长得欢实,这的确让浙江来的茶叶师傅们眼见为实。他们知道青川这片山水对茶是宠爱的,但这是针对当地土生土长的绿茶,如果换作"远嫁"而来的白叶一号,这片山水还能视她如己出吗?白叶一号的娘家人并没有绝对的把握。他们心底捏着一把汗呢,除非自己的掌上明珠真正也能在这儿经风历雨、生根发芽,他们悬着的心才放得下。

来这儿一周了,通过观察、比对和分析,岑子兴深知白叶一号初来乍到之后,肯定对青川的一沙一砾、一云一雨有一个比较漫长的适应过程。如果把青川本地的绿茶比作经事、皮实的小伙儿,在他看来,白叶一号确实是有些娇气的闺秀。同样是茶,差别是客观存在的。所以,这些天无论走到哪个村,他都会跟村民聊一聊白叶一号的脾气、习惯甚至她的小性子。茶苗还没有到,当地人已经对白叶一号有了好多想象。

"她可能像刘棒头家养的舞金雀,俏是俏,就是砸不得笨(打不得粗）。"

"也可能像石大娘家种的红花芋，要把细（小心）伺候。"

这一周的前几天，岑子兴和邹洋汐都在旺甲村和曲胜村，这两个园区坡度适宜，不需后期改造，土地平整后就可以种植。

"曲胜的土壤富含腐殖质，利于茶叶生长。旺甲的土壤偏沙性，需要后期增肥……"

岑子兴给邹洋汐、炖板栗、蓖麻交代后，决定让他们联手负责这两个前期工作相对较少的园区，自己和牛皮菜回到大坤镇去推进那片白叶一号示范基地的建设。那边现有的一些土地，以前大多种植玉米、红薯，长期的消耗导致肥力缺失，需要技术改良。新开的几片荒坡，要通过深翻大土块来调整局部地形，挖高填低，回铺表土，每一道程序都不能松懈和马虎。

大坤镇从村民手中流转了很多土地。茶地规划好后，这些工作全都需要有条不紊地推进。好在村民们个个都卖力，他们每天在茶地务工，可以获得八十元的报酬。村里给他们算了个账，仅仅是务工，每年他们都会有两万元左右的收入。

"怎么各家各户出工的大都是妇女？"

岑子兴纳闷地问牛皮菜。

"村里的男人们基本上外出打工了，没出去的，尽是些老弱病残。"

"好在茶山上的劳动强度不算特别大，她们还吃得消。"

"是啊，岑老师，我们大坤镇来茶山上务工的虽然大部分是女人，但是她们一点也不输男人，关键她们比男人更心细。我跟她们说了，县里给每个白叶一号种植园区都下了任务的，要互相比拼，不能掉队。"

"种茶不是搞体育比赛，要尊重人的劳动，也要尊重自然规律。"

这段时间，杭州的天气时阴时晴。有几天，雷雨过后大太阳，大太阳过后又阴雨连绵。温差变幻无常，宋云笺患了热伤风，后来转成重感冒，孟小闲和然然周末一直陪着她。宋云笺担心把孟小闲母子俩传染了，让他们回去，他们又不肯，只好吃饭的时候和他们分开吃。

宋云笺精神不太好，然然免了奶奶的英语作业。也许生病了，人变得消极起来，宋云笺说："然然，你教奶奶学英语，是为了锻炼奶奶的记忆力，但是，我最近总在想，我要那么好的记性做什么？能忘了的，任随它忘了，有什么不好？"

"奶奶，那你会不会把我忘了？"

"你啊？不会，奶奶把自己忘了都不会把你忘掉。但是也说不定啊，我有个老朋友得了老年痴呆症，全家人她都记不得了。以后要是奶奶认不出你，一定是奶奶也得了老年痴呆症。"

"不会的！奶奶，等你这次病好了，我除了教你学英语，还要教你其他功课，对，我教你学奥数，这个最锻炼思维！"

"啊，还学奥数啊？"宋云笺被然然逗乐了，"这学习压力也太大了吧，看来奶奶千万不要得老年痴呆症，不然每天作业多得做不完。"

"呵呵，然然，"孟小闲忍不住说，"现在学校都要求我们给学生减负，你还要给奶奶增负！"

"他是怕我得老年痴呆症。"

"妈，等你这次感冒好了，还是多参加一些集体活动，别老是一个人待在家里。要不，我给你报个老年合唱团，再报个老年书画班？"

"哈哈，妈妈，你这是让奶奶上课外兴趣班！"

宋云笺跟着然然笑了起来："你们啊，都是怕我得老年痴呆症。"

"妈，我是想让你多和外界接触，子兴在电话里也给我说过好几次。"

"你们都别担心，我现在还照顾得好自己。倒是子兴，一个人在外，有什么事要让他和家里的人说。子兴，从小就是个闷葫芦，不像然然这么开朗。"

"奶奶，爸爸妈妈说我的名字是豁然开朗的意思，所以我这么开朗！"

"是啊，乖乖，你就是个开朗的孩子，和你在一起，奶奶也开朗好多。"

星期天晚上，孟小闲带然然回到家里后，正考虑要不要把然然奶奶重感冒的事告诉岑子兴，不想电话那端，岑子兴心事重重。千里之外，孟小闲也明显感觉到了他的声音和语气里郁结的沉抑。

不会也是生病了吧？应该不会，这么多年跋山涉水的历练，他是有经验的，一些小病小灾他自有抵御的办法和能力。不会是技术方面的失误，工作有差池？这个也应该不会，他不是初出茅庐的新兵，理论结合实践、具体问题具体分析，他早已运用自如。那会是什么？孟小闲对青川那片遥远的山水一片迷茫，她不知岑子兴遭逢了什么，会弄得一筹莫展。

此刻，岑子兴的声音如同一面奇异的镜子，凭借它，孟小闲分明看到了他双眉紧蹙的样子。

"怎么啦？说话呀，到底发生了什么？工作进展不顺利？"

"很顺利。"

"当地村民不配合？"

"很配合。"

"地方政府不支持？"

"很支持。"

"基础设施跟不上？"

"跟得上。"

"那，是浙江这边的茶苗出了问题？不能保质保量按时交付？"

"没问题，浙江培育的全是优质茶苗。第五组和我们对接了，茶苗会按时启运。"

"那……那是你的联络员牛皮菜没有炖板栗和蓖麻得力，拖你后腿了？"

"不存在啊，牛皮菜很有能耐。"

"那……"

孟小闲排除了她所知道的会导致岑子兴情绪失常的诸多可能，电话那边还是闷闷的。不对啊，这不是他的做派。孟小闲心里嘀咕着。

有一次，岑子兴在一片老高山的茶园里被马蜂叮了，还把肿得不成样的半边脸拍了照给她看。还有一次也是下乡，在狭窄的山道上，岑子兴坐的车转弯时被对面的车撞上了,他们的车翻了个底朝天,幸亏车身朝向山体内侧,不然就滚下崖去了。结果他说,他们从车里爬出来,大家互相看看只是受了点皮肉伤,就把车子掀正,坐上开走了。孟小闲知道,岑子兴不是个计较的人,更不会庸人自扰,他的小智小慧自带消烦解忧的功效。

电话那边还是沉默。时间在电流声中流逝。这样的沉默,恍惚间孟小闲觉得似曾交锋。只剩下最后一种可能了,那是孟小闲最不愿也最不敢启口的。可是,这份沉默,几乎已经将最后一种可能的可能和盘托出。

"难道,难道和然然有关?"

孟小闲低声问道。

电话那边依旧是沉默。可是,这一刻的无言无语,更像一份确凿无误的证词。孟小闲的声音终于被它磨得一根针似的又细又尖:

"到底怎么回事,你说话啊!"

电话那边沉静得就像没有人。

"岑子兴,你这个哑巴狗!你信不信,我把电话给你砸过来?"

孟小闲的声音刺痛了岑子兴的耳膜,隔着千万里之遥,他最终无处可遁地站在了她面前。他的嘴唇木木地阖动着:"他爷爷,好像,好像还活着。"

"他爷爷?好像还活着?什么叫'好像还活着'?岑子兴,你在青川是累傻了,还是中了什么邪?他爷爷,你老爸,不是早就去世了吗?走了八年多了。"

"不是,是他亲爷爷。"

"亲爷爷?那不是更早之前,在'5·12'大地震的时候就去世了?"

"我今天注意到一个老人家,他给我的感觉太奇怪了。本来我是在大坤镇的茶山上,后来看到坡坎下有一个缺了一条腿的老人。村里人说他姓庄,地震前住在庄木村,地震时他老伴、儿子儿媳全部遇难,后来他侄女侄女婿才把他接到现在这个大坤镇。你看:这个老人家,他姓庄,以前住在然然出生时的村子庄木村,在地震中断了一条腿……这些不可能全是巧合。关键是,村里的人还说,他见到浙江来的人,总会眼泪汪汪地守着别人。今天,他也一直守在茶园的山坡下,我从他身边经过时,他也泪流满面地看着我,所以我推测……"

"你推测什么呀?又没有谁说到他儿子的儿子,你连最基本的问题都没抓住!"

"村里人没有说到他孙子,但是,我有个直觉……"

"岑子兴啊岑子兴,你让我怎么说你,叫你别去青川,你先斩后奏,非去不可,去了就去了,你好好负责白叶一号的技术服务就行了,谁让你冒出这些直觉弯觉来的?你不要捕风捉影,更不要疑神疑鬼!"

"但是,我真的觉得那位老人很有可能就是然然的亲爷爷。"

"什么是'很有可能'?你这是胡思乱想!"

"闲闲,你听我说。"

"你不要说!"

孟小闲已经毛焦火躁了,岑子兴只好硬碰硬,他几乎也吼了起来:

"你到底听不听我说?你到底要不要真相?如果要,你就让我把话说完,好不好?"

现在是岑子兴电话的另一端没有声音了。他知道,孟小闲的忍耐是有限度的,他必须抓紧时间,把他要表达的都向她表达清楚,但是他自己首先不能急,他得把他所有真真实实的感受一一告诉她。

自从来到青川,岑子兴确实对这里的村民有种特别的亲近感。虽然二十多年来,长期辗转在田间地头的他早和一方一俗的村民打惯了交道,这些交道也具体而微,但总免不了有些千篇一律的生分。青川的村民,在他内心深处,却有一份秘不可宣的"亲情"——他知道,这片山水的父老乡亲,有很多是和然然血脉相通的亲人。

不用任何提醒,在这里,他常常会暗自注意和揣摩,特别遇到姓庄的人户,他会不由自主地细细看看他们的眉眼,听听他们的声音。这些,旁人当然毫无察觉,但是他内心却常常波澜郯郯。所有的想象和猜度一闪而过,它们都是他潜意识里一些奇思怪想的蛛丝马迹。

但是今天太不同寻常了，因为今天，他在一位老人的眼中看到了老人对浙江来的外乡人的揣摩。老人也在想象和猜度啊，岑子兴甚至捕捉到了老人潜意识里那些奇思怪想的蛛丝马迹，感觉到了老人内心的粼粼波澜。

坡地里的人一边劳作，一边东聊西扯，坡地边那个老汉整个下午都眼巴巴望着他们。从午饭后到晚饭前，这个苍老得像截枯树疙瘩的老汉，一直守在地头。最开始岑子兴并没有注意到他，后来他们下山的时候，从老汉身边路过，他才有了非同寻常的发现。

岑子兴从坡地下来的时候，随他同行的余支书，老远和这个老汉打起了招呼。

"老庄主，还不回去煮晚饭？"

"煮一顿，管三顿。"

"你一个人还是不要太将就。"

"牙要掉光了，嚼不动了，吃啥都是，打浑吞（整个吞下）。"

"人是铁，饭是钢，能吞一口算一口。要攒劲吃啊！"

"我半截身子都入土了，还指望啥子哟。"

"种了白叶一号，大家生活会越过越好的，要有信心哟！"

快走到老汉面前了，余支书对岑子兴说：

"这个老人家是个残疾人，每天能出门晃悠一下已经不错了。"

"老人家平常的生活有着落吗？"

"有，他本来是庄木村的，"牛皮菜接过话来，"'5·12'大地震后成了孤老头，他侄女侄女婿才把他接到我们大坤镇和他们一起住。这个老人家虽然不能下地，但他有门手艺，会编竹篓、背篼、箩筐、簸箕、撮箕……他编的东西很结实很耐用，我们茶叶基地都要收购他编的这些农用家什，小的四五十一个，半大不小的六七十一个，大的八九十一个，他想编的时候，每天编一两个，比这些下地的人挣的钱还多。"

余支书说到这儿，岑子兴注意到，这个老汉的一只腿没了。

"他那条腿怎么回事？"

"08年大地震,他们全家五口只剩下他一个。当时他埋在废墟里,怎么弄都弄不出来,活生生锯了一条腿才把他拖出来。后来伤口感染,差点死了。"

"哦。"

"岑师傅,你不知道啊,那场大地震,庄木村人员伤亡惨重,好多人户一家一家没有了。"

余支书平静地说着,双目不由得眯缝了一些。十年前那惨不忍睹的一幕幕似乎早已陷入岁月的皱褶,他必须眯缝着眼才能隐约遥望到它们一样。但是他的声音越是平静,越让人觉得那些陷入岁月皱褶里的往事不堪回首。

"当时,大坤镇情况稍微好些,虽然房子全倒了,但死伤的人没有其他地方多。老人家这个侄女,地震前嫁到我们大坤镇,地震的时候,她全家都跑出来,保住了命。地震后,侄女侄女婿见这个老人家孤苦伶仃,就把他接到我们镇来,后来侄女婿在镇上做生意赚了些钱,就在县城边上买了房子,本来要接他一起去住的,他自己犟着不去,现在就成了一个留守老人。"

"老人家姓什么?"

"庄,庄木村的庄。"

余支书说到这儿,岑子兴突然恍惚,觉得脚下这片大地在摇晃,山体在倾斜,十年前地震灾难的阴影瞬间笼罩了他。他禁不住朝老人慌张望去。

沾满尘垢的一顶檐帽,皱巴巴地扣在老人头顶。皱纹密布的脸,尽染深沟险壑的幽涩。他佝偻着倚在坡坎上,晃眼一看,就是裸露在泥土外的一截树疙瘩,走近才会注意到,他左腿的裤管打成了一个结,空瘪地垂落着,如同指向大地的一个惊叹号。

"你说他姓什么?"

岑子兴又问了一遍。

"庄,他之前是庄木村的人,他家的遭遇我也是听说的。我们青川,每家每户在地震中的遭遇都细说不得。十年过去了,再多的眼泪也流干了,现在一切都有了新常态,再伤心的往事,大家都走出来了。就是他,十年了,好像一直还没有走出来。说来也怪,这个老汉,看到浙江来的人就要哭。我们这儿，前前后后，来了好多浙江人。有帮我们搞灾后重建的，有帮我们开展脱贫攻坚、东西部协作的……只要是浙江来的人，他一见了，就要守着别人，眼泪汪汪的……"

"为什么会这样？老人家有什么心事吗？"

"找不到。"牛皮菜边走边摇头。

青川人说"不知道"都说"找不到"。

"外人找不到情有可原，他最亲近的侄女，也找不到他是怎么回事，有些人觉得他是心存感恩。有一次，一个记者还把他泪水长流地拉着一个浙江干部的场面照了下来，还发表在了一个画报上。但他这个样子不是一次两次，每次见到浙江人，他都会哭。大家都觉得这个老汉的行为有点怪异，我们也跟他说了，莫要老是在别人面前流眼抹泪的，喊了也不听。这么多年，他就是这个样。再说，很多来到我们这儿的浙江人，根本听不懂我们当地人说的土话。他的牙快掉光了，说话不关风，含含糊糊的，别人更听不明白他在说些什么。岑老师，如果他拉着你说什么，你也别见怪啊！"

牛皮菜提醒着岑子兴。

"嗯，没事的，没事的，老人家可能是有话想说。"

"说他有话想说吧，我们正正经经问过他，他呢，又摇头又摆手的，什么都不说。他如果找你说什么，你可能也听不明白，反正知道他就这个样，别见怪就好了。"

听余支书这样说来，岑子兴的心一刻比一刻更紧促地被什么捶打着。岑子兴走南闯北，全国各地的方言，没有他听不懂的。到了青川，他还兼了个"翻译"，给黄杜专家和邹洋汐当翻译。这个庄老汉会说什么？越是其他人不甚明了的，岑子兴越想清清楚楚地弄明白，他知道，他一定能听懂庄老汉要说的话，但是他又害怕老人家对他开口。因为即便老人还没对他说什么，他已隐约知道了什么。

快到老汉身边了，岑子兴的心跳声突然像一阵密集的鼓点。他目不斜视地往前走，只想让自己的双眼刻意避开老汉，不想他的双目被老汉的身体特别是老汉那只空裤管紧紧吸附着。更让岑子兴异常不安的是，老汉的目光似乎也被他这个浙江人的身影吸附着，再确切一点说，老汉的目光已经粘在了他身上，即使岑子兴已经从他面前走过，老汉的目光还是粘着他这个浙江人的背影。

"余支书，你说白叶一号，是从浙江来的？"

老汉浓重的地方口音从背后传来。

"是啊，从浙江省安吉县黄杜村来的。"

"这些帮助我们，种白叶一号的师傅，也都是从浙江来的？"

余支书回过头对庄老汉说："是啊，有从黄杜村来的，有从茶叶研究院来的，土专家、'科特派'都有，他们就是要帮我们把白叶一号种活、种好、种出效益、种出希望。这位师傅，"余支书拍了拍岑子兴的肩头，"他就是从浙江华东茶叶研究院来的，人家是专门的茶叶科技特派员呢！"

岑子兴被余支书这么一拍，猛然回过神来的他不得不转过身面对庄老汉，这一次他们的目光交汇在了一起。

对于岑子兴来说，这一眼包含着多么突兀而复杂的况味，突兀而复杂得让他无以应对。就在这一瞬间，他已经得出了一个不可思议而确凿无疑的结论。尽管这个结论还是飘忽的、捉摸不定的，但是他真真切切预感到了它必将产生的一系列变化和反应，他的思绪似乎又回到了大地痉挛、天空抽噎的十年前。这一瞬间，他突然想逃离，逃离眼前这个老汉，逃离这个山村，逃离青川。

然而他的双脚却抽离了他的身体和意识，它们不由自主地向这位老汉走去。他和老汉从来没有如此切近地出现在对方眼前过，他甚至确定这位老人家根本不知道他是谁，更不知道他们之间的关联，但是老汉的目光让他无法回避，老汉的眼神里披着无数言语。这也是一双会说话的眼睛啊！岑子兴已经强烈感受到。

"老人家，你家的土地也流转了吧，等白叶一号从浙江过来，它们就要在这里扎根了。"

岑子兴一开口是"科特派"的常规口气。他用了标准的普通话，老人家听明白了他的话。

"流转了的，流转了的，我侄女家流转了将近三十亩呢。"

老人家急忙答上。

余支书跟过来说道："土地流转金一亩三百元，你侄女家三十多亩，一年光这一样收入都有万把块钱哟。"

"是啊是啊。"

"所以大家喊你老庄主呢。老庄主，你要好好保重身体，你侄女侄女婿又能干又孝敬，你要学会享福啊！"

"命数要尽了，我各家（自己）晓得。以前是，我撞到阎王跟前，阎王都不收我，现在是，他要派人来索我了。"

庄老汉说着，浊泪让双眼有了迷迷糊糊的亮光，他整个身体干枯晦暗得只剩下这两粒晶莹。他又把它们投向岑子兴，好像这个浙江人是他面前触手可及的一个梦，他多么想通过岑子兴得到一丁点的抚慰。

"茶叶师傅，你……你是从……浙江……来的？"

庄老汉望着岑子兴，声音颤抖着，泪水又模糊了整个世界，他挂着拐杖，就要走上前。

"老人家……"

岑子兴点了点头，接下来，整个人都蒙了，不知如何应对。

"走吧，岑师傅。"余支书催着岑子兴往前走了。

"这个老庄主真是，每次见了浙江人就这个样，岑老师，你千万别见怪啊。"牛皮菜埋怨着，走在岑子兴身后，预防庄老汉再上前。

"走吧，时间不早了，"余支书对岑子兴说，"今天我们就在村上的伙食团吃饭。饭菜已经做好了，我让他们少放辣椒，上次把你眼泪都辣出来了，我还批评了我们伙食团的老黄。"

"哎，这怪不得别人，是我自己吃不得辣。"

"哈，慢慢来，一次一次少吃一点就习惯了，来了四川，还是要感受一下酸甜苦辣的辣。"

余支书、牛皮菜和岑子兴终于头也不回地一步步走远了。

十二　树疙瘩

这天晚饭到底吃没有吃辣，岑子兴敏感的味蕾竟然感受迟钝。余支书、村上的干部劝着他一起喝了几杯包谷酒。尽管大家说说笑笑，岑子兴的心里却迷雾重重。他怎么会对那位姓庄的老汉过目难忘？那位老汉真的是然然的亲生爷爷吗？他不是已经去世了吗？如果他真的是然然还活着的亲生爷爷，他该多么牵挂自己远在异乡的亲孙子啊！

饭桌上，岑子兴对庄老汉只字未提，他不能让旁人看出他和这位老汉有什么特别的关联，但是他确实又很想知道庄老汉和他儿子全家的遭遇，他更忐忑不安地想知道，在青川，是否还有人记得十年前那个在大地震中侥幸活下来的马蹄足婴儿。白炽灯下，围坐在一个翻板圆桌前，大家谈论的话题几乎都围绕着白叶一号。

他们担心，白叶一号即将经历那么远的车程，路上会不会因为土壤、水分的缺失而干枯；他们担心，白叶一号来到青川这个完全陌生的环境后，会不会水土不服；他们还担心，种惯了黄豆、包谷的当地村民，他们过于粗放的种植方式会不会跟不上白叶一号的精细化管护……总之，他们对白叶一号既爱又怕。爱，是因为它不仅仅是一片茶叶，更是一份凝聚着嘱托和信任的深情厚谊；怕，是因为他们唯恐自己照顾不好它，影响它的成活和生长，辜负了所有美好的心意。

这样矛盾的心理，与十年前岑子兴和孟小闲准备迎接那个小婴儿的心情多么相似。岑子兴端起面前的一满杯酒，敬向众人。

"余支书、马乡长、段主任、齐师傅、牛皮菜、小张、小王，这一杯，我敬青川的父老乡亲，我酒量不好，但是这一杯，我干了。"

"好，好！岑师傅，来，我们一起干杯。请你多指教我们啊，我们一定会竭尽全力栽好白叶一号。"

"不要客气，来到这儿，我们大家的心愿是一样的。"

"对对对，一切都在酒中，岑师傅，这一杯，我们敬你，来，干了。"

"干了。"

回到大坤镇的宿舍，面对窗外缄默不语的黛色山峦，岑子兴的脑海又闪过庄老汉枯树疙瘩一样的身影，闪过那双噙着无数话语的眼睛，闪过这双眼睛泛起无限忧戚的泪光。蛙声此起彼伏，蟋蟀的鸣叫间或插入，遥远的星斗一闪一烁地应和着，一切是那么晦涩，一切又是那么明晰。在这天籁的乡村之夜，岑子兴内心突然响起一个声音：明天一早，去找那位姓庄的老人家，到底什么情况，一定要弄清楚。

"你不要去找他！"孟小闲在电话那端把声音压得又沉又重。

"有百分之九十的可能，他就是然然的亲爷爷。"

"然然的亲爷爷去世了！"

"你知道，十年前大地震过后，很多消息都是混乱的、不确切的，然然爷爷的去世极有可能是误传，老人家当年截肢后确实生命垂危，但后来他有可能意外地活了下来！"

"那更不能去找他！你去找他的目的是什么？去百分之百地求证他就是然然的亲爷爷？就算是，接下来能做什么？你难道要让他和然然相认？如果不相认，那就算你证实了他是然然的亲爷爷，又有什么意义？"

"我……我也很矛盾啊。闲闲，我现在只是想去看望一下这位老人。爸离开我们之后，然然已经失去了一位爷爷，如果这位老人家真的是然然的亲爷爷，就因为这一点，他也是我们的亲人啊，我想去看看他有没有什么需要帮助的，在他有生之年，作为他孙子的父亲，我也应该在他面前尽尽一个晚辈的孝道。"

"这样太危险了，你想过没有？这位老人家难道不会怀疑，你这样一个陌生人为什么会平白无故地对他好？"

"我当然会注意，现在完全不能透露我和他孙子的关系。"

"那不是很蹊跷？再说，你想过没有？如果这位老人现在的状况比较困难，我们在物质上尽可能提供一些帮助是应该的。但是如果这位老人现在的生活状况比较好，他万一知道了你和他孙子的关系，提出来要把然然接回去怎么办？然然怎么应对这一切？我们怎么应对这一切？这些问题，你考虑过没有？所以啊，你不能去见他，你忘了你去青川前，妈是怎么交代你的吗？叫你不要节外生枝，更不要弄巧成拙！"

"……"

岑子兴又缄默不语。

"如果那位老人确实需要帮助，你就以茶叶科技特派员的身份去帮助他，绝对不能牵扯到然然。至少在眼下，当前，绝对不能！"

孟小闲的声音斩钉截铁。

这一夜，杭州和青川有两盏灯久久未熄。它们小心地映照着两个焦灼的身影，悄然吸纳着他们内心的纷乱。偌大的夜空下，这两盏灯隔着千山万水，东西两地面面相觑，在深夜幽幽闪烁的亮光中，只有它们才知晓彼此不能归于宁息的苦衷。

孟小闲懊悔自己怎么就让岑子兴去了四川，事到如今，接下来会出现什么更复杂而难以应对的局面，几乎不可预判。她感到了地震来临前的惊慌和惶恐。这一夜，除了狠狠地，从来没有如此强烈地怨恼岑子兴的一意孤行、捕风捉影，她已找不到任何排解郁闷的其他途径。

岑子兴仰躺在床上，茫然地望着雪白的天花板，他不知道自己执意来到青川究竟是明智还是冒失之举。他很少怀疑自己，但这次，不用谁追问，他已经揪住自己的衣领口,把自己逼到了一个不可能躲避和逃离的角落。

"你来青川之前,为什么没有把所有的可能想到?然然的爷爷还活着,虽然在常理上不可能,但这是事实上的有可能。"

"……"

"现在你怎么面对这位老人?佯装不知?视而不见?"

"……"

"你以后怎么面对长大成人的然然?瞒他一生一世?"

"……"

"如果老人家真的是然然的亲爷爷,他们是这世界仅存的有着血缘关系的两个生命。老人已经风烛残年,你难道没有从他的眼神里看出他抛舍不下的牵挂?"

"……"

"接下来怎么办?找到老人,去确认他是不是然然的亲爷爷?还是就此打住,永无下文?"

"……"

一个岑子兴把另一个岑子兴问得哑口无言。前者感到了无尽的后怕,后者触摸到了内心的颤栗,他们又合成了一个茫然不知所措的岑子兴。

孟小闲的电话又打过来了。

"岑子兴,这是我给你的警告,你给我就此打住,再不准纠缠下去。要不然,你明天就从青川给我滚回来!"

"那个老人家真的极有可能就是然然的亲爷爷。"

"是又怎样?你能做什么?我们没有能力应对啊!我们这十年的生活看似平常,实际上哪一天不是如履薄冰?然然现在半大不大的,但他已经完全是一个有自我意识的孩子了,他怎么能接受这么沉痛而复杂的变故?"

"闲闲,你不要再说了。这件事,先不要告诉妈,我怕她担心。"

"你终于想到妈要担心了。"

朝霞穿过山林,晨光熹微中,早早醒来的鸟儿像快嘴的婆姨们,叽叽喳喧拨弄着东家长西家短。在这烦人的欢快声中，岑子兴睁开了迷糊的双眼，他的心口隐隐作痛，他想起自己全家已陷于一场不可捉摸的动荡之中，这不是梦，是必须面对的现实。

昨天的酒过量了。他本来不胜酒力，结果还硬撑着喝了几个满杯。岑子兴起床后，首先关掉了亮彻一夜的白炽灯，随即烧了一壶水，泡上一杯茶。

略略苦涩的茶咽下肚，他混沌的思绪渐渐明朗清晰起来。今天，要教授村民们做耕种前的两次开垦。第一次初垦，第二次复垦，各有要领，这一周，岑子兴都要和黄杜专家在现场给村民们做指导。

现在天色还早，岑子兴正好可以去找庄老汉，对，他必须找到老人家。岑子兴心里有个声音始终在提醒他，老汉有话要说。

匆匆洗漱后，岑子兴从背包里抓出半袋饼干，就着茶水当早饭吃了，快速收拾今天出门要带的东西：草帽、多功能手表、钢卷尺、雨伞、茶杯……他正准备往旅行水壶里灌开水，转念又把刚旋开的瓶塞重新拧紧，随后把空水壶的带子往肩上一挂，推门而出。

老汉住在茶园示范基地附近，具体哪家，岑子兴不清楚。十分钟左右，他从大坤镇到了白叶一号示范基地前，一眼看去这里有两户人家，一户面南，一户向北。老汉会住在哪一处？岑子兴停下了脚步。

面南那家已升起炊烟，几只大白鹅摇摇摆摆走出院门，一只接一只扑进屋外的小池塘，紧随着，一群麻鸭也歪歪扭扭走出来，扑通扑通，三五成群地浮在了水面上。阵阵涟漪从这片小小的水域，一圈圈扩散到晨曦中，岑子兴的视线也随之波动起来。

向北这家沉静得好像空无一人，没有炊烟，也没有一盏亮光。老汉孤独留守的日子，无论晨昏，也许正是如此缺少生气。

岑子兴向北走去。这户人家院门未闩，空落落的院子寂寥无声。岑子兴四下张望着，终于在一个角落里看见一只母鸡和几只小鸡。母鸡正带着小鸡啄食，它一抬头发现了岑子兴这位陌生的造访者，突然提着一只爪一动不动地侧头望着他。它似乎有些警惕，正在考虑要不要让小鸡们赶快集合在它的翅膀下，又像与这位造访者似曾谋面，它那驻足审视的神态，似乎在极力回忆，什么时候，什么地方，与他见过。岑子兴也一动不动地与母鸡对望着，他不知自己的突然出现，是否惊扰了这里静悄悄的一切。

"有人吗？"

岑子兴试着问了一声。没有回音，他更大声地问道：

"有人吗？"

还是没有回音。岑子兴知道自己的口音对于当地乡亲们是陌生的，但那只独脚站立的母鸡却从他的声音中听出了亲疏似的，它放下提着的一只脚爪，又安安心心和小鸡们一起啄食。

这是一个有两层楼正屋和东西两间厢房的小院。岑子兴走上正屋前的水泥台阶，贴着门神的正门半掩着。他刚把身子探进去，嘎吱一声，西厢房的门从里往外推开了。

"呃……"

拄着腋拐的庄老汉完全没有料到这个浙江人会大清早来到自己的住处，这份突然让他不知所措。

"呃，你，你……你是……"

"老人家，我是浙江来的。"

"你……你就是……昨天那个……茶叶师傅？"

"是的，老人家，我来接壶开水，泡茶喝。"

岑子兴取下肩上的空水壶，摇了摇。

"快……快进屋，我马上……烧开水去。"

"老人家，给你添麻烦了。"

"莫客气，快坐啊，我这就去，烧壶鲜开水。"

老汉把西厢房门一下推开，正要请岑子兴进屋落座，一口漆黑的大棺材赫然突兀在眼前。岑子兴心底一惊，差点把迈出的脚收了回来。这日常起居的屋子里，怎么会有一口大棺材？老汉怎么会和棺材守在一起？岑子兴迅速扫了一眼整个房间，虽然屋内除了这口棺材，一切陈设都再普通寻常不过，他还是感到背脊隐隐发凉。

这些年在农村，特别是西南农村跑得多了，岑子兴其实听说过好些地方有在家里为老人备放棺材的习俗，但第一次亲眼所见活人与棺材这样相看两不厌，岑子兴还是感到了一份无以言说的苍凉。

"这是我侄女侄女婿给我备的寿材，"老汉担心岑子兴心里发瘆，赶紧解释道，"我们这儿，家里有老人的，大多提前就备了寿材。"

"你侄女侄女婿真是孝敬你老人家，你自己的……"

岑子兴的话还没有说完，老汉的双眼已潮湿得眨巴了。

"茶叶师傅，你……你听我说。我本来有……一儿一女。女儿，从小多病，不到五岁，走了。儿子，07年成家，08年生了一个孙子。我们全家，五口人，"老汉说着，伸出一只手，张开五个手指头，他使劲让每一根手指头都绷得直直的，"五口人啊。"

老汉把这五根使劲绷直的手指，举在岑子兴面前，岑子兴明白老汉想表达的意思：他们一家有五条鲜活的生命。老汉从岑子兴的表情中感觉到了这个陌生人的心领神会，这个浙江人完全听明白了他的话！庄老汉的手突然不由自主地颤抖起来，五根绷直的手指头在源自心底的摇晃中，渐渐萎顿、凋敝，如同霜欺雪侵后的残枝败叶，满缀凄惶。老汉的身体跟着无力的手指颤抖起来，他几乎不能再往下说出一句话，但是他又竭力要让已经涌到嘴边的话全部吐露出来。

"'5·12'大地震，只剩下……我一个人，其他……都走了。"老汉哽塞的声音含混不清，"他们，都走了。"

"他们四个都走了？"

岑子兴小心地问道。

"走了。有三个，我老伴，儿子，儿媳，是永远地走了，5月12日那天，就赴了黄泉。"

"还有一个……"

岑子兴的心弦，已紧绷得吹弹即断。

"还有一个，是我孙儿，也走了，是送走了，去了浙江……我这样子，混吃等死的，这么多年，死不了，就是想着……我那个……孙儿啊……"

老汉每说一句话，岑子兴的整个身体都被沉重地捶撞一次，再不需要更多的一个词、一个字，他已经清楚无误地知道这个老人和然然的关系。他握着老汉颤巍巍的手，想告诉老汉不用再说了，不用再回顾从前。

老汉的泪水滚出了眼眶。他很久没有这样酣畅淋漓地泪如雨下了。这个来自浙江的外乡人，正是他多年来渴求抓住的一线希望，昨天他没有勇气把憋在心里的话当着余支书说出来，今天，这个外乡人居然从天而降似的，一大早出现在他面前，他再也不能把这一辈子最想说的话吞回肚子。

老汉把自己被岑子兴握住的双手，一下挣脱出来。他反过来握着岑子兴的双手，把它们紧紧捂在自己瘦骨嶙峋的掌中。

"茶叶师傅，你真的是从……浙江来的？"

岑子兴使劲点了点头。

"你听说过没有？有一对浙江夫妻，收养了我们这儿的，一个地震孤儿？"

老汉把岑子兴的手捂得更紧了，他的双目迸发出灼人的亮光，那是经年累月聚沙成塔的塔顶最尖端处的辉芒。岑子兴的脑子突然被这道高能量的亮光，照耀得一片空白，他不知该怎样回应这位迫切渴望得到一个答案的老人。面对岑子兴的茫然，老汉没有灰心，他无比清醒在人海里寻人比在大海里捞针还要困难千万倍，他知道自己接下来必须向这位外乡人，再提供一些更确切的信息。

"那个孤儿，是个……两三个月大的婴儿。"

岑子兴被包在老汉双手中的双手，随着老汉全身的颤抖而颤抖着。老汉越是具体详尽地描述，他越是无从应对。

"很好认的，那个婴儿，天生带残，两只脚脚儿，是马蹄足。"

老汉说得更细致了。说到这儿，老汉唯恐岑子兴没有见识过马蹄足，他忽地松开岑子兴的手，把自己一下腾空的两个手掌左右相对，模拟着婴儿的病足。

"茶叶师傅，你听说过没有？"

老汉一脸期待地望着岑子兴，他挂着泪水的脸突然间有了无比生动的神色，然而他无限的期待，最终只换得岑子兴的哑口无言。

老人垂下了头，他眼里的亮光和脸上的神色随着头颅的沉坠荡然无存。就在刚刚那一刻，他好像经历了一场盛大的幻想，现在一切烟消云散，他又跌落到生铁一般坚硬的现实。世界上哪里有地方可以存放一丝幻想啊？老汉瞥了一眼自己的棺木，那是他的归宿，那才是他唯一可以确知的结局。这个世界太大了，大得他的双眼一旦稍微离开这口棺木，他就会迷失自己和他生命中的一切。

　　"我这个孙儿，在浙江，十年了，不晓得，成了什么样啊，医生说，只怕他长大了，站都站不稳。想着这个，我每天，睡，也睡不着，死，也死不了。十年前，我就想带着他，一起去找他死了的爸和妈……"

　　老汉已经泣不成声了。他用袖子左一把右一把地抹着自己的眼泪，孤立的右腿和左腋下的拐杖，支撑着他愈加佝偻的身影。地心的力量日复一日地吸附着他，他离地面越来越近了，若不是那根腋杖的阻隔，他可能早已被吸入泥土。

十三　腋杖

岑子兴的目光落在了这根腋杖上。

顺着腋杖从上往下看去，岑子兴忽然想起父亲在世时，曾和他一起探讨过怎样改进腋杖底部的防滑装置。

父亲说，腋杖是下肢重度残疾者的必需品，一般拐杖都要讲究稳定和防滑，腋杖对这两方面的要求更高。腋杖的底爪不能太宽太大，这当中对技术含量和人性关怀的诉求更多。父亲从众多患者实际使用过程中收集到各种问题，和他一起琢磨着，怎样让腋杖底端的防滑头既能实现角度可倾、平行扭转、自动回位，又能保证高度稳定和防滑，他们设想在腋杖底部加装弹性护颈胶套，中间采用鳞片、齿层设计……当时，他只是向父亲提出了一些力学方面的建议，真正把有实用价值的想法最后落实到腋杖的改进中，是父亲自己坚持完成的。为此，父亲还取得了一项专利。

老汉的这根腋杖显然是最简陋的。看着这条僵硬得没有丝毫灵活性能的"腿"，岑子兴心底悄然涌起一股深深的愧疚。这份愧疚来得如此突兀，恍若无声处的一道惊雷。这位满腹心酸的老人一定是然然的亲爷爷，岑子兴伸出双手扶住庄老汉，老人的身子骨随着抽噎在震颤。作为当年那个马蹄足婴儿的养父，自己怎么能对这位老人不闻不问！纵然十年间，自己完全不知道这位老人的存在，但是一想到漫长时日里老人对孙儿的忧心，岑子兴几乎不敢直面庄老汉突然抬起的泪水漫延的脸庞。

扶着老人的双肩,岑子兴当下首先决定的是,下次回杭州一定要到父亲生前工作的骨科医院,买一根经父亲改良后的新式腋杖送给庄老汉。而此刻,也不知哪里来的勇气,岑子兴竟然直截了当地对老人问道:

"老人家,你的孙儿一定能找到的。你的孙儿,他……他叫什么名字?"

老人与然然之间仅隔着一层几近透明的薄纱,岑子兴此刻执意把它彻底捅破。

"十年前呢,他才两三个月大啊,还没得正式的名字。我们喊他小名,小庄庄。"

"小庄庄"这三个字,刚从庄老汉干瘪的嘴中一字一顿地吐出,刹那间岑子兴的整个身心都被这三个字紧紧钳住了。

"老人家,"岑子兴的声音禁不住也颤抖起来,"你……你当时……当时到民政部门去打听过你孙儿的下落没有?"

"我这样子呃,哪里出得了远门哟。我后来,听到那个照顾我……照顾得最多的……志愿者,那个志愿者叫……叫小唐山,她说,她听说我的孙儿,被一对浙江夫妻……收养了啊。"

"那你应该放心,既然有人收养他,肯定会对他好的。"

"如果这样,我躺进棺材,也安心了。只是我孙儿……天生带残,我怕人家……嫌弃他啊。我这个样,就是废物。我老了,要入土了,我孙儿,他还小啊。"

"说不定,他脚上的问题治好了呢。现在医学这么先进,你多往好处想,放宽心。"

"十年了,小庄庄,长成什么样,我就是想,亲眼看看,我心里才有底啊,这样,我入了土,见到,他爸他妈,才有个交代啊……"

老汉的泪水又溢出了眼眶。岑子兴知道,庄老汉对自己孙儿的印象始终停留在嗷嗷待哺的婴儿期。十年了,几乎足不出户的庄老汉,可能永远想象不出那个婴儿与他离别之后的人生际遇。岑子兴掏出包里的面巾纸,撕开封,一张张递给老汉,老汉悲恸的哭泣,一声声透着平生的无助和绝望。

岑子兴扶着庄老汉,又说了些宽心的话。

"老人家,你要放心。那对浙江夫妻,十年前既然决定收养你的孙儿,他们肯定是愿意接受你孙儿的一切的,你要相信,他们应该有能力把你的孙儿抚养好……"

"是啊是啊,怕只怕……"

庄老汉一边抹泪,一边喻喻应着,日积月累的顾虑还是盘桓在心头。他何尝不知,宽心的话谁都可以说得轻巧,但是,但是,实际的情况呢?他真的不敢想象啊!岑子兴又撕开一包面巾纸时,庄老汉才想起,客人进屋这么久了,自己还没有给客人烧开水。

"茶叶师傅,你坐一下,我……我这就去,给你烧水泡茶。"

"老人家,你坐好,我来烧。"

岑子兴反客为主地拖了张条凳让老汉坐下,又按了按老汉的肩头,不让他起身。岑子兴走进这间厢房隔壁套着的灶房,只见锅碗瓢盆一应俱全,电冰箱、电磁炉、电水壶、电瓦罐都齐整。灶房里面还套了个杂物间,重重叠叠堆放了好多新编的竹篾背篼箩筐……这些应该都出自老人家粗糙而灵巧的那双手,它们几乎堆满了整个杂物间。余支书说,庄老汉是有手艺的人,凭着他这门手艺,能挣些钱不说,打发日子,也是一种消磨。

岑子兴用电水壶烧上水后,又看了看灶房的里里外外。

"5·12"地震后,浙江援建青川新修了不少农村住宅,房屋结构、建筑材料、设备设施的细枝末节,尚存浙江印迹。岑子兴看到,灶房窗户的铝合金,室内管道的标识上还依稀有"浙江"的字样。浙江其实从来就没有与这里的一砖一瓦、一枝一叶挥手作别,即将落户在青川的白叶一号会再度延续并升华"浙川"两地的携手之缘。只是庄老汉至今不知他的孙儿在浙江过得如何,这个啼血之问,最能一一解语的非岑子兴莫属,然而,答案真真实实摆在面前,却不能如实相告。

"老人家,如果我打听到了你孙儿的消息,并且确定他过得很好,你还有什么交代的吗?"

"我就是想，亲眼看他一眼，只要他过得……好好的，我入土，就安心了。我……我就这么一个愿望啊。"

"老人家，有一点，你考虑过没有？"岑子兴不知自己接下来这番话，应该怎么表达更妥帖，只好把声音放得更低沉更严肃一些。

"十年前，你孙儿才两个多月大，地震造成的灾难无论多么深重，他都没有记忆。如果他的天生残疾，也在他还没有形成记忆的幼儿时期就医治好了，他的心灵应该不会留下阴影，也不会受到伤害。这些记忆的空白，对他的成长来说，是极为宝贵的，它们无形中会保护你的孙子。"

"嗯……嗯……嗯……"

庄老汉几乎集中了自己的最大注意力，惶惶地侧耳倾听，半张的嘴不时应着。这么多年，从来没有一个人像今天这样和他说到过他孙儿，尽管他暂时还不清楚这位浙江人究竟要说的是什么，但是他的心噔噔噔地腾跳着，这么多年，垂垂老矣的他几乎都没感觉到自己的心还能跳跃、还在跳跃。

"老人家，你的孙子今年应该十岁了，他这样一个半大不大的孩子，如果，如果你现在与他见面，很可能，很可能会，打破他平静和正常的生活，他一旦知道了自己的真实身世，这对他的心灵，肯定，肯定——会产生很大的冲击，这样，反而会伤害到，正在成长的他……"

岑子兴也不知道自己在说些什么，这些话这么突兀，就像不是从他自己嘴里说出来的。他莫明地，也感到一片惶然。

"不，不，不是这样，我只是想……亲眼看看他。我最担心的是……他的天生残疾啊。如果他，没有被人嫌弃，他过得还可以，我就放心了。我不要他来认我，我都给……我侄女侄女婿……和外人说，我全家五口人，地震后，只剩下我……这一个……老不死的，其他的，都走了。我当时……真的……稀里糊涂啊，害怕自己，活不下来，害怕孙儿……没得人管，求着人，收养他……哪个晓得，我这条老命，老不死。要是我孙儿，见了我，也不得认我，这个不配做他爷爷……的爷爷……"

庄老汉说着，眼里又是一片汪洋。

"老人家，千万别这样说，'5·12'大地震，好多人家破人亡，您和您孙儿能活下来，就是最大的幸运。他长大了，一定会体谅您当时的难处。"

"茶叶师傅，如果打听到……我孙儿，只要他过得好，我不会打乱……他的生活，他一辈子……还那么长啊。我宁愿他永远不晓得，有我这个爷爷。我只怕……只怕他过得造孽啊。他要是过得不好，现在我可以，可以养活他。我每天编竹子，挣了些钱，我可以养活他了……茶叶师傅，你是浙江来的，我只有请你，帮我这个忙，帮我打听我的孙儿，是好是坏，我都想找到他，看看他啊……"

灶房里的电水壶噗噗噗响起来，水烧开了。

庄老汉这才想起客人来了，还没有行一点待客之道。他急忙一步一拐地走到床头的小木柜前，拉开一个抽屉，取出一个生了锈的小铁盒。

"来，茶叶师傅，我给你泡杯茶。这是我们这儿……土生土长的绿茶，我侄女……自己炒的，你尝一尝。"

岑子兴赶紧取出装在背包里的茶杯，旋开盖子。老汉抓了一撮茶叶放进杯子："水开了，我给你加上。"

老汉从灶房出来时，手中的杯子已溢出一缕泛着铁锈味的清香。岑子兴双手接过杯子，这是这片屋檐下柴米油盐酱醋茶之中的一道滋味啊。他的双目禁不住在这片茶香升腾的小小雾霭中潮润起来。

"老人家，我把我的电话留给你。你认得字吗？"

"认，我只认得数字。"

"那就好。你把我的电话号码存好，有什么事，你可以随时联系我。"

"茶叶师傅，我就只有，只有那一个请求，我想亲眼……见见我孙儿……"

"我知道了。"

"我就这么，一个请求……"

"我知道了……"

地震后，庄老汉一直羞于告诉侄女侄女婿和所有人，他的孙子小庄庄被人收养了。他听说过许多地震中和地震后的事，每一件都比他请求人收养小庄庄，更像青川人做的事。他知道他们的所有努力，都是为了对每一条还活着的生命不松手，而他，却对自己鲜活可爱的、不满百日的亲孙子松开了手。

当身边的人讲起那些真人真事时，庄老汉的眼泪总是止不住地淌，它们像河流一样冲刷着他的内心。没有人知道泪水滚滚的他，心底汹涌的是什么。

地震后，通讯一度中断。无论外界还是灾区，一切信息传递几乎都靠奔走相告。有些话，传来传去怕传走样，人们不得不采用最原始的联络方式——送纸条。

地震后的第二天，石坝乡的书记舒元，一直忙于抢险救灾，在那段昏天黑地的日子，他连续收到两张从父母所在的木鱼镇捎来的纸条。

第一张纸条，告知父母在地震中受伤严重。

第二张纸条，告知父母双双遇难。

每展开一张纸条，舒元都心如刀绞，最终他却留在了救灾更刻不容缓的石坝乡。因为他眼前的废墟下还有很多活着的人，等待救援。

庄老汉知道这件事是在地震一个多月之后，当时他躺在板房医院的病床上，一直耐心照顾他的志愿者小唐山在包东西的旧报纸上，发现了这篇关于青川地震的报道。

那是2008年5月26日的《人民日报》，报纸上刊登了舒元书记的抗震日记。小唐山一字不漏地念给庄老汉听——

5月14日，晴

灾民基本稳定，但还有很多事要做。罗清平带来纸条，父母受伤严重，叫回家照顾。托人带纸条转告父母：石坝灾情严重，无法离开，请二老自己保重！下午两点，副县长李开明来了，汇报灾情，李副县长安排工作，并告诉我父母可能受伤严重，可以回家看看。走不开。下午6点过，再接龚玉军带的纸条：父母去世，请速回家处理后事。泪流。

　　托人带纸条给罗清平:"帮忙联系姐姐,石坝的灾情非常严重,不能回家。儿不孝,请姐姐安葬好父母!"心痛,没能见上父母最后一面,儿不孝!

还没念完,小唐山已哽咽难言。这则日记,写于"5·12"地震后的第三天,小唐山知道这是最艰难的时候,废墟下好多受了重伤还顽强坚持着的人,都在渴求救援能带给他们生还的奇迹。这则日记写得这样简短,连父母去世这么重大的变故,都只是以"泪流""心痛"如此仓促的字眼记之,可见这个忠孝不能两全的男儿当时面临的局面有多么紧迫,肩上的责任有多么重大,而他要做出的选择有多么艰难。小唐山不忍让自己难以抑止的情绪影响病床上的庄老汉,她跑到板房外,仰头望向俯瞰人间的天空。

此刻,天空一碧如洗,几朵白云娴静而典雅地刺绣在这片湛蓝的锦缎上,秀美的苍穹下,遍体鳞伤的震后山川仍然触目惊心。小唐山双手合十,只求老天爷再不要让他的子民饱尝苦难。

庄老汉的心,早坠着石头般沉重。日记中的两句"儿不孝"深深刺痛了他。做儿子的有做儿子的难啊,这个当儿子的"不孝",也许没有人比庄老汉更能体谅。就像他,做爷爷有做爷爷的苦,这其中的苦,真的是有口说不出啊。

还有一件真人真事,也让庄老汉一想着就心尖发痛。

观音乡河坝村的王绍安,地震后一直忙于救援。5月12号那天,天都黑了才赶到儿子所在的木鱼中学。凌晨两点,他终于在废墟中找到了儿子,儿子还活着!

王绍安把儿子身上能搬开的重物都挪走了,还是不能把儿子的身体拉出来。他只好脱下衣服盖在儿子身上:"儿子,坚持住,爸爸一定会救你出来。"

"爸爸,我不行了。"

没想到,废墟中的儿子说完这句话,再没有睁开眼睛。眼睁睁看着儿子永远离开了自己，王绍安却没有时间号啕大哭，因为儿子身边还有三个同学，他们还活着！

王绍安在废墟上奋力挖啊掘啊，不能用工具再挖再掘的时候，就甩开工具手脚并用地挪啊刨啊。最终，他连续救出了那三个孩子。之后的日日夜夜，这位父亲就靠抗震救灾的忙碌，让自己忘记丧子之痛。

庄老汉知道，那段时间，所有在地震中侥幸活下来的人，都在想尽各种办法从废墟下救人，救出一条条活着的命是对大家最大的告慰。确实，在青川人心目中，没有什么比"活着"更宝贵，在他们朴素的观念里，只要还有一口气，就有无限可能。

"有手有脚有条命，天大的困难能战胜"，这是日后在全国都喊响了的"青川声音"。然而这句凝聚和浓缩着青川人顽强抗震精神的"狠话"，每响起一次，都让庄老汉痛彻心扉一次。

这两桩真人真事中的儿子和父亲，在庄老汉心目中，他们真正是青川这片土地生养的儿子和父亲，他们是真正的青川男人。谁不苦？谁不痛？然而再大的苦，再深的痛，他们都扛住了，只有他这个当爷爷的，不像青川这片土地上老去的爷爷。

"枉自啊！"

"你枉自活了这么大的岁数！"

"你这个老挨刀的，老鸹啄的，老贼杀的，老砍尸的……"

失去小庄庄之后，庄老汉常常自己对自己怒吼着、咆哮着。他捶胸，但是顿不了足，一条腿没了，他现在站都没法站起来。看着自己残缺的身体，庄老汉的泪水又汹涌而出。是啊，他这样一个自身难保的老汉，哪里养活得了他那双脚是马蹄足的嗷嗷待哺的孤孙！他没有这个能力啊！

举着小手，天真无邪地笑着，这是小庄庄和庄老汉分离时的模样。这个小屁孩笑得多么甜美，他哪里知道人世的苦难和心酸。他的明天、后天，他从今往后的每一天，从此与庄老汉一别两茫茫……

举着小手，天真无邪地笑着，早已成了小庄庄定格在庄老汉心中的永恒记忆。每当脑海里又浮现出孙儿的模样，庄老汉就觉得自己不配在大地震中活下来，甚至不配再做青川人。他的无能为力，在他心里造成了比地震灾难更巨大的阴影，这片阴影暗无天日地笼罩着他的余生，令他一刻也未能走出。

今天突然来到庄老汉面前的这个浙江人，恍惚从天而降，他本是上门讨壶水喝的，结果，庄老汉又在他面前不能自已。前几天，他在黄杜专家面前，也这样。没有办法，庄老汉知道，他的时间不多了，他只能见菩萨就拜。就算这样，一切希望仍旧是渺茫的，他等了十年了，他还能等多久？难道他要带着永远的遗憾离开这个世界？庄老汉不敢想象，他知道自己所做的一切可能是徒劳，但是除此之外，他还能做什么？

今天总算和以往的情形不一样。这个浙江来的茶叶师傅给了他一线希望，这线希望就像透过沉重大门的缝隙射进来的一道亮光，虽然真相的大门对他仍然紧闭着，但是有一道光透了出来！庄老汉举起岑子兴留下的纸条，纸条在他手中颤抖着。

139×××××××××。

他把这串数字，看了又看，念了又念。这一串数字，每看一遍，每念一次，愈发变得无限神奇。如果说大海捞针是痴心妄想，这串数字该是他这十年来捞到的十一根针吧。这十一根针，一根也不能疏忽。它们对他来说，就像是一串灯笼、一排火把，也许有一天，它们就会照亮小庄庄回到他面前的路。那时，他真的会看见他的孙儿小庄庄吗？

想到这儿，庄老汉的双目又迷雾蒙蒙，手中的纸条更加颤颤巍巍。

十四 梦

走出小院,岑子兴看到不远处的茶园示范基地已经陆陆续续汇聚了务工的乡亲。他们都喜欢早上出工。此刻,天空恬淡得像一湖秋水,站在刚开垦出的山坡上,每一阵呼吸都充盈着大地的新鲜气息。见到沿着边坎拾级而上的岑子兴,村民们欣喜地大声喊道:

"茶叶师傅,你早哟!"

这一天,岑子兴和黄杜专家不仅在茶园示范点细致察看了土地开垦的情况,还到了茶园规划地的其他区域。有的区域是在荒山上开辟的,看着近,走着远,真应了青川人说的"一眼看得穿,一走要半天"。无论走到哪儿,岑子兴发现黄杜专家总会躬身抓起一把泥土随手捏一捏,搓一搓。

"要种好白叶一号,土壤太重要了。既要透气,又要能保湿、保肥……"

黄杜专家对土壤的看重,就像蒸馍时面粉和好后,要用手掌拍一拍,再用手指戳一戳面团,以此感受并判断面粉的筋道。

他们果然是地地道道的"土专家",用手一抓,揉搓揉搓,就能辨别出土质。他们下判断、做鉴别,凭借的是数十年与茶长相厮守的经验。他们用这些"土"方法,与乡亲们沟通,似乎比岑子兴给大家做专业术语偏多的交流更顺畅。

说起土壤的酸碱性,岑子兴一再申明:质地疏松、透气透水性强的大多是酸性土壤;质地坚硬、容易板结成块、透气透水性差的大多是碱性土壤。

黄杜专家则让大家抓一把土,捏在手心里自个儿去判断:酸性土壤,握在手中有一种"松软"的感觉,松手以后,土壤容易散开,不易结块;碱性土壤,握在手中是一种"硬实"的感觉,松手以后容易结成块,不易散开。

岑子兴是一个喜欢亲近泥土的人。很小的时候,他就知道了泥土的秘密:它们可以埋葬绝望,也可以孕育希望;它们可以吸纳,也可以生发。可是如今,他对土壤的表达和讲述越来越概念化、数据化,似乎不依赖概念和数字,就不够专业和精准。

说到第一次初垦,岑子兴对村民们反复强调深度要在五十厘米到六十厘米,主要针对园区的树根、石块等杂物进行清理;第二次复垦,深度是三十厘米,复垦的同时做种植行,如果园区的坡地倾斜幅度比较大,为了防止水土流失,还要修筑内低外高的等高梯田。

村民们说:"哎呀,我们又没有尺子。"

黄杜专家说:"呃,不需要那么麻烦。我们手掌的长度大概是十五厘米之间,土层厚度如果要求三十厘米,就是两个手掌长;如果要求六十厘米,就是四个手掌长……"

"嘿嘿,这样说,我们就好办了,各家(自己)的手就是一把尺子嘛。"

乡亲们觉得和黄杜村的茶叶师傅交流起来更容易。这一天,或许是心事太重,岑子兴确实在表达上有些机械和木讷。他感觉到自己整个人是恍惚的,混沌的。他心里翻涌着无数的想法,有些一冒出头来,就被他打压下去,有些任它萌芽,又生长得奇形怪状。它们缠绕着他,<u>丝丝缕缕</u>,几乎像个茧子似的要把他裹缚其中。

"岑老师,你今天是不是身体有点不舒服?"

牛皮菜小心问道。

"没什么,可能是昨晚酒喝得有点多了。"

"老师，喝不得就不要硬喝。我们这儿的人，喝酒都巴不得别人多喝几杯，最高兴把别人喝翻，觉得这样才尽兴。下次，我帮你挡酒，谁想把你喝翻，先把我喝翻。"

"哎，牛皮菜，我也不是喝多了，我只是……"

"只是什么？"

"没什么，没什么。"

牛皮菜越是关切和热心，岑子兴越是支吾、躲闪。牛皮菜一时也不知自己什么地方没表现好，惹得岑老师突然疏离他。

夜晚，岑子兴和衣躺在床上，没有给家里打电话，孟小闲还在生他的气。事情走到这一步，足以可见岑子兴的感觉和判断都不是空穴来风，庄老汉确实是然然的亲爷爷，眼下岑子兴却不敢把实情告诉孟小闲。虽然瞒着不是办法，但岑子兴确实需要好好想一想，怎么和孟小闲沟通，包括母亲，要她们接受这个事实的确太难了，但他们都必须面对这一切，不仅如此，还必须考虑下一步怎么办。庄老汉风烛残年的心愿，他们不能置若罔闻啊。更重要的，还有然然，是啊，该怎么顾及然然？

什么时候，才能揭开然然的身世之密？什么时候，往事才不会对然然造成心理重创？什么时候，事实和真相终将可能在然然面前豁然？

迷迷糊糊地，岑子兴只觉得满脑子晕涨。

夜越来越深幽，岑子兴梦见自己不知什么时候竟变成了躺在棺材里的庄老汉。棺材盖还没有合上，人们围在旁边，不知道与庄老汉合为一体的"他"究竟是活着的还是已经死去。有人说，庄老汉走了，可"他"的眼睛还睁着，眼珠偶尔会死水微澜般轻轻一颤。有人说，庄老汉还活着，可"他"的皮肤、毛发僵硬得像石头。

只有岑子兴知道庄老汉还活着，因为他自己就是躺在棺材里的那个人。但是岑子兴不能说话，也不能动弹，"他"只能把眼睛睁得大大的，眨都不敢眨一下，只怕一眨，别人就说庄老汉真的去世了，立马就把棺材盖合上、钉死。

有人说，庄老汉这个样是死不瞑目，虽然眼睛没闭上，但已经走了。一个老妇人把手放在"他"的鼻孔前试了试，证实"他"确实没了呼吸，要大家用力把棺材盖合上。岑子兴呢，没有任何办法，只能用眨都不敢眨一眼的目光，把棺材盖死死"顶"着，不能让它挪动。棺材盖何其沉重啊，一个人的目光居然有不逊于此的巨大力量，这是岑子兴在梦中也不可理解的一种抗衡。"他"的眼睛一直大大睁着，直到双目发干，还是不敢有丝毫松懈。突然，一只蚊子嗡嗡嗡地飞到"他"耳边、鼻尖、眼前，"他"不得已眨了一下眼，啪的一声，棺材盖重重地合上了。

"好了，"人们的声音从棺材外传来，"庄老汉终于闭上眼睛，可以安安心心走了。"

世界一片漆黑，就像没有一丝光线的深渊。这就是另外一个世界吗？"他"问自己。那些先来的人呢？庄老汉的老伴、儿子、儿媳，他们在哪儿？他们能看到"他"吗？

"没有人能看到你。"漆黑世界里一个清晰而冰冷的声音说道，"君自故乡来，应知故乡事。你没有带来人间的一点消息，你消散的气，不能聚合成形，没有人能看到你。"

清晰而冰冷的声音消失了，漆黑愈加深重。"他"感觉自己已经被漆黑挤压成了碎片，碾成了粉末，最后，"他"完全消融在了漆黑之中。不仅如此，"他"的每一粒粉末，正一刻刻加剧着漆黑世界的漆黑。就在这时，"他"听到一阵轻轻的哭泣声。是谁在哭泣？"他"苦思冥想着。他自己，还是庄老汉？

不，不是。

"他"的心忽然在梦里又酸又疼起来，哭泣的人是然然，不，是小庄庄……

来青川这么多天了，这是第一次下雨。岑子兴翻过身，侧耳仔细听了听雨声，雨声不疾不徐。这里的土壤有些干燥，下场雨润润，正好让白叶一号的新窝软和一点。

一周的时间很快过去，这些天的夜晚，岑子兴老做着相似的梦，不是梦见自己变成了庄老汉，就是梦见庄老汉变成了自己。

这天清晨，天刚蒙蒙亮，手机突然响了，唬得熟睡的岑子兴脚一抽，不知被谁从梦中拽回现实。奇怪，这么早谁会打电话？岑子兴的眼皮实在不想抬起来，他闭着眼睛想，肯定不会是小闲和然然，他们一般都是下午和晚上打电话，大清早，母子俩忙的忙洗漱，忙的忙做早餐，匆匆吃了，两人都急着出门，怕路上堵车，怕进校迟到，哪有工夫给他打电话。难道是……岑子兴一下睁开眼睛，惊惶如同一盆冰水猛然向他当头泼来，难道是母亲出了什么事？岑子兴翻身一跃，赶紧抓过桌子上还充着电的手机。

来电显示是四川广元的号码，岑子兴舒了一口气，不过，这也是奇了个怪，当地人谁会这么早给他打电话？

"你，你是，是浙江的，茶叶师傅吗？"

原来是庄老汉。电话那头，老人家的声音很清晰，想必庄老汉一定是早早就起床了，挨到现在，才把憋了许久的话说出口。

"是我，老人家，你早啊，有什么事吗？"

"茶叶师傅，我……我就是想问问，我拜托你，帮我打听的事，有……有消息了吗？"

岑子兴心头一惊，从庄老汉把事情托付给他到今天，整整一周过去了，他都没有给老人家一个交代。他不是不给老人家回复，只是一直没有想好怎么回复。这一拖就是七天，这七天对眼巴巴盼着回音的庄老汉来说，一定漫长如七个春秋。

岑子兴一时开不了口。

"茶叶师傅，我是怕，怕你走了……"

"老人家，别怕别怕，我没走，我还在这儿，我要在青川待很久呢。白叶一号还没运来，还没种下地，我怎么可能走？等白叶一号在青川生根发芽了，长得像在浙江的黄杜村一样好，我才会走。"

"哦，茶叶师傅，你还不得走啊。但是，我还怕……怕我等不到了……"

"老人家，你别急啊，你千万别急，我请人在浙江那边打听，浙江那边已经有消息了，我，正打算今天早上，就到你那儿，把消息告诉你。"

"有消息了？"

"有了。"

"啊……啊……"

电话那边已经激动得说不出话了。隔着电话，岑子兴感觉到了庄老汉的万分惊讶。

"老人家，你别担心啊，都是好消息，别担心。我马上就出发，到你那儿来，我当面告诉你……"

话说到这儿，岑子兴才觉得事情不能再拖了，庄老汉大清早打来电话，想必鼓了很多勇气。这对一位老人来说，一定是迫不得已的事。老人家已经望眼欲穿，今天，他必须要给老人家一个交代。岑子兴急急慌慌出门，以至于出门必备的一些东西都没有带全，他能确定的是，手机在他衣服包里。够了，今天只要有这一样物件就够了。

是的，今天必须给老人家一个交代。岑子兴知道，自己是老人家唯一的指望，其他人，谁也给不了老人家一个交代。别人无从了解实情，而他不一样，他就是当事人，他就是与老人家孙子最亲密的人，他知道一切。这一周，其实他一直在提醒自己，应该尽快给老人家一个回复，只是这个回复既要诚实又要巧妙。因为这既是老人家的隐秘心事，也是岑子兴自身不想被披露的家事。这一切的一切更直接关乎千里之外的那个对所有往事懵懂不知的天真少年。

岑子兴边走边思忖，该向庄老汉从何说起。其实，岑子兴心里早有主意，最简单的办法，就是把小庄庄被收养后，医治好双脚并健康成长的实情告诉老人家，小庄庄具体被哪家人收养了，并不重要。老人家只想知道小庄庄过得好不好，有没有被嫌弃，如果小庄庄确实过得好，庄老汉内心就会得到宽慰。岑子兴考虑过，他只需告诉老人家，知情人从小庄庄的养父养母那儿，得到了小庄庄的照片，接下来他便可以在手机上，把然然的照片，最好是能看到他双脚的照片，翻出来给庄老汉看，庄老汉完全能从手机上把昔日的小庄庄看得清清楚楚。

这样行吗？岑子兴越是走得快，越希望得到一个肯定的答复。但是他内心的节奏显然跟不上他脚步的节奏。快到庄老汉门前时，他的步子终于一步比一步慢下来，最后在院门口的苦楝树下停了下来。

岑子兴抬头望了望满树的碧云翠霞，这层层叠叠的枝叶多么像他此刻的心绪，深幽掩映着困惑，婆娑摇曳着迷离。晨风吹来，枝叶沙沙，无尽的倾诉，都包罗在这沙沙声中。呼啦啦，一群鸟儿从枝叶中振翅腾飞，借助这份冲向天空的势力，苦楝树深藏于地底的每一缕根须似乎都积蓄了一份振奋的能量，它们瞬间奇妙地打开了岑子兴深设于心底的重重关隘，他一下变得敞亮了许多。

必须把真相告知老人家，他有权知道自己孙儿的消息！是的，就在今天，就在此时此刻，一个内心煎熬了整整十年的老人，应该了却他最大的心愿。岑子兴已完全清醒地意识到，自己此时此刻应该怎么说怎么做。

"老人家，我找了很多人打听，已经有了你孙儿的消息。因为这个叫小庄庄的孩子带有明显的特征，所以消息千真万确。请你一定要相信啊……"

"嗯……嗯……"

庄老汉泪光粼粼地望着岑子兴，这个浙江人，又一次从天而降似的，来到了他面前。这个浙江人的每一句话语都像灯笼像火把，在庄老汉的整个感官世界里扑闪着光芒。

"老人家，你听好啊。"

"嗯，我听着呢。"

"十年前，小庄庄确实被一对浙江夫妻收养了。这对夫妻没有孩子，他们对小庄庄像亲生儿女一样好。"

"嗯……嗯……"

"小庄庄的浙江爷爷，是一名骨科医生，在小庄庄一岁左右就治好了他的马蹄足。"

"嗯……嗯……"

"现在，小庄庄长得很好，生活得也很好，他的浙江爸爸妈妈都很爱他……"

"嗯……嗯……"

当岑子兴把小庄庄这十年的人生浓缩成简明扼要的几句话讲完之后，激动得不知如何是好的庄老汉，眉头却越皱越紧。老人家几乎比从前更焦虑地望着岑子兴。

"真的吗？"庄老汉又问了一遍，"茶叶师傅，这是……真的吗？"

"是真的，绝对是真的！老人家，你看，我这里还有小庄庄现在的照片。"

岑子兴说到这儿，禁不住也有些激动，这一刻，他即将把自己和孟小闲养育了十年的孩子的模样，展现给孩子的亲爷爷。那是一个人见人爱、花见花开的阳光少年。作为小庄庄的养父养母，他和孟小闲是无愧的，也是无悔的，更是幸福的。此刻，他就要和小庄庄的亲爷爷一起分享这份无愧、无悔和幸福。

岑子兴克制着自己的情绪，尽量从容地从衣服包里掏出手机。

"老人家，你看，这是浙江那边的朋友发来的小庄庄的照片，看，小庄庄现在已经长这么大了。"

岑子兴握着手机的手忍不住有些抖动，他把然然在绿茵场上飞身一脚、凌空射门的一张照片展示在庄老汉眼前。

"你看，这个足球小将就是你的孙儿——小庄庄。他的双脚已经完全治好了。看，他这一脚球，踢得多有劲。"

庄老汉用更加颤抖的手接过岑子兴的手机，他把手机屏幕举到眼前，目不转睛地望着屏幕里那个四肢健全、腾空而起的少年……

"他……他真的是……小庄庄？"

"是的，他真的是小庄庄，他真的就是你的孙儿。"

"我……我怎么……不敢相信啊……"

老人的手颤抖得几乎握不住手机了，他把手机还给岑子兴，绝望而无比痛楚地把头埋向挂着拐杖的肩头。他的另一只手臂缓慢抬了起来，埋着的头在上面来回抹动着。

老人大声悲号起来，好像受到了莫大的欺骗和愚弄。

"这是真的啊，老人家，你要相信我，我……我给你看的，都是真的……"

岑子兴扶着庄老汉，一时不知所措，整个世界只剩下老人的恸哭。更让岑子兴揪心的是，恸哭不止的庄老汉此时更加孱弱，孱弱得就像在风中摇晃不定的一片枯叶。

"我不敢，相信啊……茶叶师傅，我不敢，相信啊……我……我只想……只想……亲眼……亲眼看到……我的孙儿……"

十五　麻柳刺绣

岑子兴是怎么走出那个农家小院的,他后来怎么也想不起了。那一天,他只觉得自己非常失败非常不负责任,他在庄老汉面前的做法太唐突太草率。假如他是庄老汉,一个没有任何凭据的人,在他面前随随便便从手机里翻出一张小孩子的照片,就说这是他十年不见的孙儿,他也不会相信啊。老人家的哭泣,几乎是对他的痛斥和鞭笞,一声声,抽打在心坎上。

凉风拂面,岑子兴幡然醒悟自己的虑事不周,直接导致了弄巧成拙。明明一切都是真的,结果被自己搞得完全像是在糊弄人。岑子兴再次品尝着愧悔的滋味,晚上又彻夜难眠。幸亏还有补救的机会,这一次,岑子兴几乎逼迫自己:必须找到最有力的证据,一定要求得庄老汉对他的信任,然后采取最细致、周密而可靠的办法,实现老人家的心愿。因为在岑子兴看来,庄老汉想见孙儿一面的要求并不过分,只要尽心尽力去促成,这个愿望一定可以满足。

岑子兴首先反省了今天早上带给老汉"消息"时,问题出在哪里。也许因为"消息"本身是没有任何虚假的事实,所以他给老人家讲述时,完全忽略了"消息"的说服力和可信度需要用什么证据来支撑。作为知情人和当事人,他本人就是最确凿的证据,然而他又必须隐藏在幕后,可是除了他自己,整个事件没有第二个证人。

没有人证，有物证吗？

一个晚上，岑子兴就这样把问题一个接一个地推着往前走。物证？他的脑子被这两个字左挖右掘，终于他想起了一件绝对可以作为证据的物件——小庄庄婴儿时期的襁褓。那是一张充满乡土气息的绣花布单，孟小闲后来在网上查过，布单上的刺绣是盛行于广元的一种民间绣活——麻柳刺绣。

"麻柳刺绣？"

岑子兴还记得自己当时的一无所知。孟小闲给他的解释是，东汉时期，有很多羌族人迁移到广元，广元朝天区的麻柳人就是羌族人汉化来的。随着羌族迁移、羌绣传入，麻柳刺绣便成了广元特有的、融合了传承与创新的一门民间工艺。孟小闲说着又把小庄庄的襁褓铺展开，这幅纯朴守拙的刺绣，在他们眼里确实别有韵致。襁褓中央绣着一组对称的图案，四周有鱼儿和蝴蝶。

"不，不是蝴蝶，是蝙蝠。"

岑子兴记得，他和孟小闲仔细辨别过，那扑展双翼的果然不是蝴蝶，是蝙蝠。绣蝙蝠，也许是取它的谐音"福"。孟小闲当时还猜测，这个襁褓可能是小庄庄的亲生母亲绣的。孟小闲摸着精巧的图案，对他感叹道："这千针万线，缝着多少绵密的爱啊。"

这个襁褓，孟小闲一直收藏着，这是小庄庄变成然然之前的唯一贴身之物。若干年后，如果长大成年的然然问及自己的身世，这将是他们作为养父养母能够给到他的唯一一件旧物。

这件旧物，不就是最好的物证吗？

想到这一点，岑子兴只觉得漆黑的夜忽地闪耀起一束灿烂的烟花。对，这就是最好的物证，庄老汉见了它，一定会想起它曾经包裹的，就是他长着一双马蹄足的小孙儿。凭借它，庄老汉一定会相信，岑子兴带给他的消息确凿无误。

可是，眼下怎么找到这绣花襁褓？

这段时间，岑子兴没敢把自己两次去找庄老汉的事告诉孟小闲，她要是知道了，不知会怎么焦灼和愤懑，她甚至会把岑子兴恨得咬牙切齿。岑子兴知道，孟小闲倔强起来，就是一块炖也炖不烂的牛板筋，但是一旦转念，她又完全可能和自己扭成一股绳。

孟小闲就是这样一个人，她往往会在最不靠谱的假象下，担当着最靠谱的责任，这就是孟小闲。二十多年前，从他们认识的第一眼开始，她总会在他对她的某种期待就要崩塌的时刻，忽然让他喜出望外。他俩面临的大事小事，从来也是如此，希望渺茫处，总会峰回路转。

这一次，岑子兴同样在几乎毫无指望中，怀有一份侥幸。就凭他对孟小闲的了解，他相信，孟小闲终究会通情达理，和他一起帮助庄老汉了却毕生的心愿。

只是，这个终究会是多久？岑子兴不得而知。

岑子兴很清楚，孟小闲最担心的，还不是他们这十年好不容易营造的平静生活突然被打破，而是不忍心然然的人生再次被颠覆，特别在然然还只是个孩子的当下。是啊，别说她这个"护儿婆"，就是岑子兴自己，也惧怕庄老汉面见孙儿时，这场设想和行动稍有不慎，都可能波及正在成长的然然。十年的成长，对于一棵树来说，早可以成就抵御霜欺雨淋、虫咬石击的能力，但对于一个孩子来说，却不足以让他具备直面世事无常和命运多舛的坦然。善意的遮掩，在当下是岑子兴和孟小闲不得不为然然擎起的一把遮风避雨的伞。

这几天，青川白叶一号专班邀请浙江茶叶专家和县农业局的负责人会商了不少工作，邹洋汐和岑子兴又碰在了一起。邹洋汐说，他负责的旺甲村、曲胜村都希望依托白叶一号项目，带动乡村振兴。在炖板栗、蓖麻的日常督促下，村民干劲都很大。炖板栗、蓖麻不仅是联络员、茶技员，也是两个好劳力，很多时候，他们都和村民一同上阵，挖土、挑土，利索得很。岑子兴说，大坤镇的积极性也很高，镇上还想扩大茶业园区，延伸更多业态，帮助老百姓增收致富。县农业局的干部听了，又喜又忧地感叹道，现在不只是村上、镇上有干劲、有盼头，青川县、广元市甚至四川省委、省政府都高度重视白叶一号落户青川，青川县上上下下都想把这件利民富民的民生好事办实，把体现浙江人民情深义重、先富帮后富的这件实事办好，落到我们肩头的责任重大啊！

大家商讨一阵，岑子兴、邹洋汐才知青川县对于把白叶一号"种活、种好、种出效益"的要求确实很高，青川要在白叶一号产业带动下，建设万亩茶叶现代园区，同时还要建设十万亩以上的贡茶现代产业园区，抓住机遇做大做强青川茶产业。所以，青川县对白叶一号示范种植园区的建设一开始就坚持高标准，特别对于改土建园，要求务必按照现代茶叶产业园模式进行全园深翻、培肥土壤、坡地改台地，对于修筑排灌渠系、整修生产道路、完善电力设施……也是严要求。在栽培技术上，县农业局恳请浙江专家结合青川海拔较高、坡度较大的实际情况，为青川量身定制一套管用、高效又便于推广普及的技术方案。他们说，老百姓对白叶一号的种植还没做到心中有数，大家对这个即将远道而来的新鲜茶种是陌生的，更多的乡亲都还不知道该怎么去"疼"去"爱"那些小茶苗。

会上，岑子兴和黄杜专家都抛出了不少切实可行的、具有操作性的栽培经验，也回答了很多问题，解释了一些疑惑。牛皮菜协助青川白叶一号专班的技术员认真梳理着：

> 浆根是为保护茶苗根系，避免根系在栽植时受到损伤，防止根系失水，促进茶树生根；覆膜是为保持土壤的温度，提高土壤墒情，抑制杂草生长，保障茶苗安全过冬；间作是为保持茶行湿度，控制杂草生长，夏季为茶苗遮阴，改良土壤结构，提高土壤肥力；滴灌是为解决新栽茶苗需水问题，保障春干伏旱茶苗成活，同时节约灌溉用水……

后来说到施肥，岑子兴建议要严格按照有机食品茶的有关技术要求进行施肥管理，针对不同的茶园土壤，施用发酵腐熟的圈肥、堆沤肥、畜禽粪便、饼肥，同时种植豆科绿肥……

牛皮菜和青川白叶一号专班工作人员详细记录了种植白叶一号的一系列实用技术，准备把其中的一些种植要领提炼出来，用通俗易懂的话整理好，印发给老百姓，让他们多了解多掌握。牛皮菜还担心他们的表述不够准确，印制成手册前专门请岑子兴再作审订。

好一阵没见邹洋汐，这个小伙子的皮肤已经晒得黑里透红了，衬得他一口"玉玲珑"的牙齿更加白亮。

"师父，旺甲村、曲胜村的前期工作，都准备得差不多了，万事俱备，只欠东风，就等白叶一号出阁了。国庆，反正回不了杭州，我们找个时间去唐家河自然保护区看看吧，那儿有杜仲、金钱槭、水青、连香、鹅掌楸，还有你喜欢的珙桐，说不定还能碰上一两只大熊猫呢。"

"唐家河，天然基因库！有时间，是应该去看看。只是这次不能陪你一块儿去。院里有一个项目论证会，昨天还在征求我的意见是否回去一趟。我想，如果回去，正好可以报告一下青川这边为迎接白叶一号，前期工作的准备情况和当前面临的一些具体问题。不过现在还没最后确定。你如果不回，可以先去唐家河跑一趟。"

这天晚上，岑子兴一边审订《青川县白叶一号种植实用技术手册》的文稿，一边感念青川人的踏实劲儿。如今青川的茶叶种植再不是某个家庭、某个劳动力的个体劳作，而是一场全方面、多层次的总动员，每个白叶一号茶叶种植园区都在争先恐后地你追我赶，负责各园区的村干部和茶叶技术员也明里暗里地较量着。牛皮菜是要强的，炖板栗、蓖麻不甘示弱，马进步、王顺路……谁也不服输，他们骨子里的比拼劲儿和韧性悄然给了岑子兴新的勇气——他帮助庄老汉实现心愿的打算又卡住了，没有人证，也拿不出物证，他没法向庄老汉证明自己是实话实说。这个信任度建立不起，庄老汉凭什么还会指望他？但是，岑子兴不想就这样放弃，他相信，只要他像牛皮菜一样舍得琢磨，总会有办法的。

临近十一点，审定完文案，岑子兴正准备关了电脑休息。就在他把笔记本电脑入袋装包时，不经意摸到电脑包里有一个硬东西，这是他备在电脑包里的一个移动硬盘，尽管平常用不着，走南闯北也伴随他多年了。就在他拉上电脑包拉链的一瞬间，他突然想起，这个硬盘应该存贮着然然最早时候的视频，视频里应该有然然在襁褓中的模样！对，他几乎确定这个硬盘忠实承载着他的更多记忆，他立刻重启电脑、接入硬盘，里面果然好好保存着然然婴儿时期的视频！踏破铁鞋无觅处，得来全不费工夫，岑子兴好不振奋。

时光一下回到了十年前，岑子兴不期见到了那个嗷嗷待哺的小婴儿，小婴儿当真包裹在那张麻柳刺绣的襁褓里。天哪，然然那时候简直小得可怜！这个幼小的崽崽，他和孟小闲是怎么把他一天天拉扯大的。此刻岑子兴只觉得这个婴儿陌生得恍若隔世，他忍不住把这一小段视频看了一遍又一遍，直到自己的双目被泪光模糊……

现在一切疑问都迎刃而解了，这个视频就是最充分最有力的证据，小庄庄自己就可以充当"人证"！在这个视频里，庄老汉会穿过时空隧道似的，看到十年前的小庄庄。哎，庄老汉要是真见了这个视频，不知道会激动成什么样，老人家一定不会再有任何质疑。岑子兴想了想，他可以这样告诉庄老汉：这个视频是收养小庄庄的那对浙江夫妻提供的，由此，老人家将完全相信，小庄庄确实是被那对浙江夫妻收养。

岑子兴把硬盘里的视频拷在了笔记本电脑上。好了，实现庄老汉心愿的第一关，打通了。接下来，就要具体谋划实现老人家心愿的详细方案。老人家不是一再请求要亲眼见到自己的孙儿吗？岑子兴一下变得兴奋起来的大脑，突然萌生了一个胆大妄为的想法——带庄老汉去杭州！

这真的是一个胆大妄为的想法，这个主意一冒出来，岑子兴自己都吓了一大跳，但他十拿九稳的是，这个主意最有可能一步到位地实现庄老汉的心愿。

这个想法切实可行吗？岑子兴整晚都在心里反复掂量着。既要对得住庄老汉声泪俱下的托付，满足他今生最大最隐秘的心愿，又要保证整件事的知情范围不会扩大，更要确保然然不受任何影响。带庄老汉去杭州，这的确是岑子兴能想到的最有效而稳妥的办法。不过，这个办法的前提是，老人家愿意跟他一同去杭州。

为了保证万无一失,岑子兴必须在这个设想付诸实施之前,把它考虑得更充分更完善更经得住推敲。半夜月色如水的时候,他把自己的整个想法又大致预演了一遍。

他会全程陪同庄老汉,到了杭州也和老人家住在一起,而不会住在家里。这样,然然完全不知道老爸回到了杭州。接下来的计划,实施起来会更保险。

到了杭州,岑子兴会和庄老汉一起入住离自己家不远的,一所叫作"轻云"的民宿。岑子兴对这所民宿很熟悉,去年他们大学同学聚会,就包了这所民宿。他知道这里有一排房间的窗户外,是桂花公园的小足球场。站在房间里,透过窗户可以清清楚楚看到球场上的人。他可以先在网上预订这样的房间。

平常然然就喜欢在这里踢球玩,国庆大假,然然肯定会和伙伴们来这儿。那时,庄老汉站在窗户内就可以清楚看到球场上的这群少年,还可以听到他们的叫喊声。岑子兴会告诉老人家,穿10号球衣的那个少年就是然然,不,穿10号球衣的那个少年就是长大了的小庄庄。老人家认识数字,10号,他一定老远就认得出来。

岑子兴还会给庄老汉准备一个望远镜,这样老人就可以更清楚地看到孙儿。那一定是令庄老汉异常惊喜的时刻。就算老人家不能自已,他的反应也不会影响到然然,因为奔跑在绿茵场上的然然,根本不知道近在咫尺有这么一位忘情凝望自己的老人。

孟小闲那边,只需提供信息,然然什么时候要到这里来踢球,什么时候出发……如果然然不打算来,为配合这个计划,她要想办法让然然出现在球场上。

如果庄老汉还想更近距离地看看自己的孙儿,怎么办?岑子兴的脑子像在推演一道方程,难度升级了,方案必须更升一级!岑子兴大脑的运行速度也更快了,几乎不到一分钟,又萌生出一个主意:

然然踢完球,让孟小闲带他到"轻云"民宿去吃他喜欢吃的叫花鸡。那时，岑子兴会让庄老汉先在这里独自用餐，母子俩"不经意"坐在老人家对面。当然，岑子兴会事先告诉老人家，这一对母子就是小庄庄和他的养母。庄老汉终于可以和小庄庄面对面了，这下，老人家就能更清楚地看到孙儿的面目、神态、举止，也可以更清楚地听到孙儿的声音。庄老汉的毕生心愿如期实现！

但是，岑子兴无比清醒，这个主意虽然能让庄老汉与然然离得最近，真正实施起来，难度却很大，自始至终都需要孟小闲的高度配合，万一老人家情绪失控，孟小闲还要负责临场应对。

如果一切顺利，整个计划最好在国庆大假期间完成。老人家的心愿完美实现后，只需把老人家平平安安从杭州带回青川，之后爷孙俩的生活依然平静安宁如常。

天蒙蒙亮了，岑子兴不能再编剧似的构想，农舍的鸡沙着嗓子打过了几道鸣，他终于迷迷糊糊睡着了。

十六 风轻云淡

大坪镇白叶一号示范基地正全面跟进种植区的相关配套，这一大片山坡已经分划好各个区域。为了给白叶一号的栽培提供更可靠的保障，浙江技术团队在进行道路和排灌系统的规划时，根据不同情况预设了不同方案，他们还鼓励村民们在茶园周围、道路两旁以及灌溉沟渠的两侧种植防护林，用于改善茶园的生态环境。

黄杜专家已经告知大家，10月18日，白叶一号就要从他们的家乡安吉黄杜起程了，预计20号到达青川。日子一天天临近，大家都盼星星盼月亮地盼望着。

村民们很久没有这样盼望过什么了。

"5·12"大地震后，他们盼望解放军、医疗人员，天降神兵似的来到这里帮助他们救死扶伤。地震后，他们盼望对口帮扶青川的浙江人民千里迢迢来这里帮助他们开展灾后重建。后来，脱贫攻坚，东西协作，他们盼望浙江亲人再度踏上这片土地，教给他们致富的本领。而今，白叶一号茶苗即将从安吉黄杜来到青川，这小小的一片叶子，凝聚着多少情，牵动着多少心，他们虽然还没有见到这片叶子，但是隐隐约约地，他们都掂量得出这片叶子的分量。

在浙江技术团队的带动下，这里的村民们干劲一天比一天足。以前，大家也在农忙时节互帮互助，但那些农事，各家是各家的，而今不一样的是，白叶一号是大家的，即将远道而来的这片叶子，每个人都触手可及。是的，每个人都对这片叶子怀揣着梦想，他们都盼着这片叶子也能把青川的绿水青山变成金山银山。

风轻云淡，天边的月儿薄得像一颗就要被抿化的水果糖。空气里泛漾着甜馨的滋味，在这晨曦旖旎的园地里，黄杜专家早已躬身在地头，要是不留意，很难把他们与当地的乡亲区分开。对于白叶一号的栽种，黄杜专家和"科特派"是指导者，又是参与者，更是见证者。日出而作，日落而息，每天，他们都以自己的实际行动带领村民们给每一棵白叶一号建造新家。

这天早上，岑子兴比往常起得更早一些。他只睡了一两个小时，就从有点紧张的兴奋中醒来。他的脑子里默默枕着一个脚本、一幅蓝图，这次他不会再像上次那样草率，他相信庄老汉一定会扭转对他的质疑。

岑子兴一边洗漱，一边在脑子里重新捋了捋昨晚的计划。这个计划，确实是在保证然然不受到丝毫影响的前提下，实现庄老汉最大心愿的两全之策。但是，这当中有两个关键点。第一，庄老汉愿不愿意去杭州？岑子兴一边笃笃笃地刷牙，一边推想，只要他把整个计划给老人家讲清楚，十有八九，老人家会迫不及待地前往。去杭州，不仅可以亲眼看到孙子，还可以亲眼看到孙子成长、生活的环境。十年来，亲眼见见孙子的生存状况，不正是庄老汉梦寐以求的吗？如果孙儿一切都好，老人愧疚不安了十年的心，终将得到慰藉。只是，庄老汉这一生可能都没有出过远门，加上行动不便，路途上的安全存在很大风险，行程中需要仔细照顾。对于这一点，岑子兴是有信心的，他相信凭自己的耐烦和谨慎，往返途中他可以照顾好庄老汉，庄老汉只需提供身份证号用来预订机票，其他所有问题一概不用操心。

岑子兴洗了几把冷水脸，沁凉的水扑在脸上，激得他更清醒地确定昨天晚上冥思苦想出来的这个计划没有大问题。但是这会儿，他心里怎么还是有一丝犹豫，是对老人家跟他一起去杭州的意愿拿不准？还是对孟小闲的支持和配合没有绝对把握？

整理好衣物，准备出门时，岑子兴特地背上笔记本电脑，无论如何，今天他要在去白叶一号基地之前，先到庄老汉那儿。他要把然然婴儿时期的视频展示给庄老汉，他还要把整个计划向庄老汉和盘托出。他要让庄老汉看到，老人家托付给他的事情，他没有敷衍，他正在竭尽所能地推进。这次，他一定要取得庄老汉的信任，如果庄老汉愿意去杭州，今天早上就要拿到身份证号，紧接着就可以订机票了。

心里想着事，步子迈得更紧。晓风轻拂，澄净的空气让他神清志明。

"岑老师！"

一个兴奋的声音突然从岑子兴背后喊道。岑子兴一回头，牛皮菜正小跑着赶上前。

"老师，你不用每天这么早去茶山上，有我呢，你放心，我把这片茶园示范基地早晚都盯着呢。你说了，我们的示范基地就要起示范样板作用，我们的每一道程序都是按高标准严要求来规范和推进的。"

"牛皮菜，这段时间你真是辛苦了。"

作为联络员，牛皮菜已经成了岑子兴的得力助手。岑子兴拍了拍牛皮菜的肩头，表示感谢和鼓励。可是，没想到这么大清早会碰上这家伙，真是不巧。怎么才能摆脱他一会儿呢？毕竟，庄老汉和自己的隐秘关系，岑子兴不希望泄露一点蛛丝马迹。

"岑老师，白叶一号技术手册，你审了吗？"

"呃，昨晚修改好了，只是一早出门，忘了带上纸质稿。这样吧，反正今天时间还早，你先到茶山上去，我回去取，你拿到后可以尽快印制出来，发给乡亲们。今天要挖窝了，有些技术要领，一定要大家掌握。"

出门时，岑子兴确实忘了带白叶一号技术手册纸质修订稿，折回去正好可以摆脱牛皮菜。

终于，岑子兴又可以独自去到庄老汉住的农家小院了。这个院子在茶园示范基地的东北方。岑子兴这是第三次造访。路边的一草一木,都认识他似的频频颔首,院子门口那棵高大的苦楝树轻舞着枝叶,它们仿佛也灵敏地感应到再度登门的他,携带着隐秘已久的福音。

走到树下,周围仍是一片寂静。庄老汉起得早,这会儿正该在屋里吧。岑子兴快步走上台阶,正准备推开闭合得并不严实的院门,仔细一看,这才发现院门上了锁。怎么回事?老人家不在?岑子兴弯下腰,从院门缝隙往院子里张望,里面没有一点动静,庄老汉会到哪里去呢?快放国庆大假了,难道是他侄女把他接到县城去了?

岑子兴只好满腹疑虑地往茶山上走去。

新砌的梯步沿坡逶迤,等水泥铺上,今后不论是物资运输、种植劳作,还是采摘茶叶,观光游览,都会更加方便。看着白叶一号示范基地的变化一天一个样,欣慰和喜悦不禁又在岑子兴心底油然而生。

"茶叶师傅,你早哟!"

地里的妇女们又像往常一样热络地招呼着岑子兴。

"你们也早。"

"茶叶师傅,今天出来这么早,还没吃早饭吧,我恰恰带得有鸡蛋饼,快来吃两个。"

这位大姐,岑子兴认识,姓柳,一开口总会说到"恰恰",大家叫她"柳恰恰"。

这不,岑子兴刚推辞:"谢谢,我吃了早饭的。"

"我这鸡蛋饼做得小巧,恰恰够你尝个味。"

柳恰恰果然又说了个"恰恰",岑子兴忍不住笑了,走过去,接过柳恰恰递给他的鸡蛋饼。

"快尝尝,恰恰热的呢,我家鸡自己下的蛋。"

"嗯,味道好!"

岑子兴刚赞着,地头的另一个女人大着嗓门嚷了起来:

"柳恰恰,你家鸡不自己下蛋,未必你帮它下蛋?"

大家一下哄笑开。最后上山的岳麻花，闻到香味，凑过来对柳恰恰说：

"给我尝一个噻。"

"恰恰没得了，"柳恰恰把她装鸡蛋饼的小箩篓扬了个底朝天，"要吃明早，莫挨到最后。"

大家又一阵哄笑，辛勤的劳动就这样在笑声中变得欢愉起来。

今天要带领村民们挖窝了，直径、深度、窝距、行距都有讲究。松土、挖窝，地里的活，黄杜村的茶叶师傅更在行，看他们一挥锄、一抡锹，便知这把式，是长期和泥土相依相存的习惯使然。

时间还早，岑子兴和牛皮菜、青川白叶一号专班技术员小成一起，上上下下几个山坡，一边商讨排窝布阵，一边查看灌溉沟渠。牛皮菜和小成把每一个要领都搞得清清楚楚，那细致劲儿，让岑子兴觉得，他们就像是向自己讨教育儿经验的"新晋奶爸"，白叶一号就是即将转交到他们怀里的婴孩，婴孩吃什么、喝什么、穿什么，吃多少、喝多少、穿多少，甚至怎么喂、怎么抱、怎么诓，都要做到心中有数。是啊，青川将受捐540万株白叶一号，茶苗定植后，要保证成活率95%，种植1517亩，带动9个镇18个村增收致富，而大坤镇园区要作为白叶一号在川种植的示范基地，作为联络员和茶叶技术员的牛皮菜、小成们早已感到了肩上责任的重大。

今天，除了带领村民们挖窝，岑子兴还要负责这片新翻土壤的精细分析。他一边采集着不同层级的土壤，一边往山坡下回首，换作往日，庄老汉一定又该拄着拐杖守在那里，眼巴巴地望着乡亲们劳作。

"今天怎么不见庄老汉呢？"

刘大婶也发现她们的劳动少了一个旁观者。

"前天摔在沟里了，恰恰有人看见，把他弄起来，送到镇上卫生所了，很老火（严重），不晓得挺得过来不。"

柳恰恰应道。

镇卫生所不就在镇政府隔壁吗？岑子兴心底一惊，自己不就住在镇政府，怎么都不知道？大家又七嘴八舌说起庄老汉的遭遇，都叹道，幸亏他以前对他侄女好，侄女出嫁之前家里穷，上学、打工、成家，一直是庄老汉帮衬着，如今，侄女反过来帮庄老汉这个孤老头。

下午回到镇上后，岑子兴急匆匆买了些水果，拎了两袋就往卫生所走去。庄老汉还会在那儿吗？岑子兴对老年人的摔伤心存余悸。当年父亲走得那么匆忙，很大程度就是因为不小心摔了一大跤。他知道老年人最怕摔，父亲走后，他和孟小闲张罗着，把母亲家里的地面，包括院子里的、露台上的、楼梯间的，全都换成了防滑地板。

整个卫生所这会儿只有一个小护士在值班。

"你是他家的吗？"

护士见他拎着水果，料想是来看望庄老汉的。这两天，卫生所就只住着庄老汉一个重病号。

岑子兴不知如何作答，含糊应道："我来看看。"

听岑子兴是外地口音，护士有些不解。

"你是他什么人？"

"他在我们工地边摔倒的，我来看看。"

护士不再追问了。她一边收拾一些医疗器材，一边说：

"我们只能给他做最简单的包扎和处理。他的情况很复杂，手脚摔伤了不说，还失血过多，加上他的老毛病又犯了。刚才我给他量了量，血压很低，心电图也不稳定，昨天几乎一直在昏睡。今天，只有看下午能不能醒过来。昨天，我们就联系了他侄女，他侄女听说我们要把他送到县医院，已经在县医院联系好了病房，只等今天下午救护车把他送过去。呃，你进来嘛。"

护士推开值班室旁边的一间病房。

"看嘛，他还昏迷着。"

岑子兴轻轻地走到庄老汉的病床前，把水果放在床头柜上，看了看吊着的输液瓶和药液的滴速。两只手臂和右腿都缠着白纱布，庄老汉面无表情地半张着嘴，眼睛也半睁半合，白眼仁儿愣愣露出来，晃眼一看，样子怪吓人。此刻，他皱巴巴的面容却有些许舒展。这个被疾患和愧疚折磨着余生的老人，可能暂时忘却了身心的疼痛。

"救护车多久能到？"

岑子兴轻声问护士。

"我们卫生所只有一辆救护车，是浙江捐赠给我们的，出去做急诊了，可能也要下午晚些时候才能回来，到时候，正好拉他去县医院。"

"我在这儿守着他，但愿他能醒过来。"

"你是浙江人？"

护士忍不住问道。

"是，我们是做茶叶种植的。老人家摔倒在我们茶叶基地旁边，所以我来看看。他的费用是多少？我来付。"

十七　小骏马

岑子兴坐在老汉床边,默默注视着昏迷不醒的老人。这一刻,庄老汉应该暂时没有痛苦吧,日积月累的悲伤和忧愁,暂时也抛舍了这具残缺的肉身。这张饱经风霜的脸,到底拥有了余生都不曾属于它的安宁。

枯寂如槁木,无声无息的庄老汉好像再也无力醒来。他的呼吸、脉搏都虚弱得随时可能休止。岑子兴清楚,这片刻的安宁是不祥的征兆,一个备受命运摧残和身心折磨的生命已徘徊在弥留之际。

庄老汉还会醒来吗?

岑子兴心底泛起一片凄惶。八年前,父亲离世的情景又浮现在眼前。守在父亲病床边,他和母亲一人拉着父亲的一只手,父亲的手是暖和的,哪里像就要孤独上路的远行者?岑子兴和母亲的手反而冰凉至极,泣不成声的他们把头埋在父亲胸前,父亲的心跳一刻比一刻微弱,绝望无助的他们只有把父亲的手拉得更紧。孟小闲抱着然然站在旁边,一边抹泪一边让然然叫爷爷加油。幼小的然然完全不知那是爷爷与他们最后别离的时刻,奶奶和爸爸妈妈的哀恸,只是让两岁大的他隐约感应到了那个黄昏的不同寻常。

"爷爷,加油!爷爷,加油!"

稚嫩的童音在病房里响起,父亲终于睁开双目,无限眷念地望了他们最后一眼……

而今，庄老汉还会醒来吗？他的心愿还没有实现啊！愧疚又潮水般涌上岑子兴的心头，他忽然想起了自己当前最应该做的事。他赶紧从背包中取出笔记本电脑，打开屏幕上的新建文件夹，这里面已经有小庄庄初到杭州的视频，但是这些还不够。岑子兴在移动硬盘和电脑里东搜西找，找到了小庄庄成为然然后的更多视频，现在他要做一件事，他要把它们合成、连缀在一起。

下午四点左右，护士给庄老汉换输液瓶的时候，庄老汉的眼皮微微抖动了一下。

"老庄主？"

护士轻轻叫了一声。

岑子兴快步走到床边，他在电脑上的操作正好完成了。

"老人家？"

岑子兴俯身叫着庄老汉。

庄老汉的身体颤动了一下，慢慢地，他睁开了双眼。看着陌生的四周和不知什么时候来到这里的岑子兴，满目茫然。

"老人家。"

岑子兴又轻轻叫了一声。

"你……"

庄老汉微弱地发出一丝声音。

"医生，老庄主醒来了。"

护士走出病房高声叫着。

"罗医生正在联系其他地方的救护车，卫生所那辆跑广元市医院了，回来可能太晚，怕来不及了。"

病房外有人应道，护士跑回来谨慎地看了看庄老汉的心电图。庄老汉侄女的电话打来了，护士又跑出病房告知她老人的最新病情。

喝了几口葡萄糖水，老人家略略有了点精神。岑子兴赶紧把老人的床头调高了一些，老人家上半身稍稍立了点起来，这会儿，他看上去完全清醒了。岑子兴赶忙抱过笔记本电脑，放在老人面前。

"老人家，那天我告诉你的消息全是真的，给你看的那张照片也是真的，请你一定要相信。你看，这是浙江那边，收养你孙儿的那对夫妻传过来的视频，全是你孙儿从小到大的一些图像，你看，这是不是小庄庄？"

庄老汉的双目更加茫然了。岑子兴点开视频，麻柳刺绣襁褓中的那个婴儿一下出现在了老人面前。

"啊……啊……"

庄老汉颤抖的手伸向电脑屏幕，他抚摸着屏幕上那张小小的脸、小小的脸上黑黑亮亮的大眼睛，艰难地发出啊啊啊的声音。

"你看，这是小庄庄吧？"

"啊……"

"你看，这里还有小庄庄手术前后的图像。他双脚的手术很成功，加上康复、护理很到位，后来他这两只脚生长、发育得完全正常。你看，这是他在床上慢慢爬动的样子……"

"啊……啊……"

庄老汉目不转睛地望着屏幕，生怕遗漏了任何一个瞬间。

"这是小庄庄站稳的样子……"

"小庄庄可以迈步了……"

"这是小庄庄在学走路……"

"小庄庄可以自己走动了……"

"小庄庄可以小跑了……"

"这是两岁多的小庄庄，蹦蹦跳跳……"

"上幼儿园了，小庄庄参加六一儿童节的跑步比赛……"

"这是小庄庄五岁左右，在学溜冰……"

"上小学了，小庄庄在骑自行车……"

最后一张，一个英俊少年在绿茵场上，凌空一脚，飞身射门，球进了！

"这是小庄庄在踢足球……"

……

朝思暮想的十年，都浓缩在了这短短几分钟的视频里，也许信息量太多太大太密集，庄老汉一时不能完全反应过来。

"啊，啊……啊……"

老人家很想说什么，但是什么也说不出来。

岑子兴看到，随着视频的播放，老人家枯寂的面容不断迸发着惊讶、欢欣、幸福甚至甜蜜得焦灼的神色，他好像看到了一个不敢相信的奇异世界，那里芳草连天，馨香馥郁，一个可爱如一匹小骏马似的孩子正在那里跳跃、欢腾。

"啊……啊……"

庄老汉抱着岑子兴的笔记本电脑，泪水融化了他的一切表情。他一遍又一遍地触摸着屏幕上的那个孩子，他把自己的脑袋凑得离屏幕更近了，恨不得自己也全身探入那个不敢想象的奇异世界。

另外一位年纪稍长的护士进来了。这位护士，姓谢，就住在镇政府，岑子兴和她打过很多次照面。谢护士知道，岑子兴是浙江来的茶叶"科特派"。

"岑老师，你怎么在这儿？"

岑子兴已经把笔记本电脑收回背包，这会儿，他正扶着庄老汉，让他慢慢躺下。

"我来看看，这位老人家是在白叶一号基地的坡坎下摔倒的。"

"这位老人叫庄文生，他腿脚不方便，以前也摔倒过几次。你别担心，救护车马上就来了。"

谢护士又查看了一下庄老汉的心电图。医生也来了，他们麻利地做着转移病人的准备。

庄老汉被送上救护车了，救护车直奔县城而去，一路上只留下不绝于耳的鸣笛。鸣笛声越来越弱，当这揪心的声音完全消失的一刹那，岑子兴猛然警醒到，昨晚彻夜未眠构想出的那些方案，此刻全都如飘浮在空中的气球，啪啪啪啪，被尖锐的鸣笛声——戳爆了。眼下，老人家危在旦夕，昨晚推演出的所有构想完全不可能再实现他未了的心愿。

怎么办？庄老汉要亲眼见到孙儿，在他弥留之际，还有什么办法？岑子兴大脑这会儿的反应速度灵光得有些反常。他刚走出卫生所的时候，就得出了一个让他自己都觉得不可思议的主意：

让然然到青川来，见他亲爷爷！

"你是疯了吗？岑子兴，你要让然然国庆节到青川去，站在一个素不相识的老人面前，让老人把他当作自己的孙子来辨认？你想没想过，然然会怎么想？在然然心目中，他只有一个爷爷，就像他只有一个爸爸和一个妈妈一样，你要打破他的认知，那不等同于宣布他不是他自己？我们为他隐藏了十年的他原本是一个孤儿的身世，难道就要这样一瞬间揭穿？"

"不，你肯定不能告诉然然来青川是为了见他的亲爷爷，你要告诉他，来青川是为了见他老爸！来这儿还可以去唐家河自然保护区，还可以去广元女皇故里，你要让然然觉得，来青川只是国庆假期的一次出游。"

"那去见他'亲爷爷'有什么理由？我不可能平白无故地把然然带到医院去看望一个垂危的老人吧？"

"你到杭州骨科医院，买一根OUC型的拐杖，注意是腋拐，带到青川来。"

"买拐杖来做什么？"

"如果老人家这次挺过来了，这根新拐杖可以用来替换他原来那根旧拐杖，老人家的拐杖是最简陋的。OUC型腋拐有爸的发明专利，更适合下肢重度残疾者使用。带上这根拐杖，你正好可以告诉然然，青川有一位残疾老人，需要用他爷爷设计改良后的这种新型拐杖，你们要把拐杖送到青川这位残疾老人的手中，这就是你们到医院来的理由。到时候，我会在那里等你们。"

"岑子兴，你那木头脑袋什么时候变得这么机灵了？你想得多么轻巧啊，还设计了一个道具？别忘了，你这是在揭然然人生的伤疤！他一旦发现了什么，你让他怎么面对他自己的过去、现在和将来？别说他只是一个十岁的孩子，就算一只老狐狸突然有一天发现'我不是我'，也会无所适从啊！"

"闲闲，老人家现在病重得话都说不出来了，他见到然然，只会啊啊啊地叫着，不可能吐露出任何秘密。"

"见着这样一个老人，你就不怕把然然吓着？"

"闲闲，庄老汉是然然的亲爷爷啊，他是然然在这个世界上唯一一位至亲！在他弥留之际，只要我们考虑周密，完全有可能在然然不产生任何怀疑、不受到任何影响的情况下，让老人家亲眼见到孙儿最后一面，满足老人家的最大心愿！"

"整整十年，他们音信杳无，没有任何交集，现在陡然要彼此面对面，这也太突兀了吧！面对面，这当中会有多少不可控的因素？会有多少不可预知的情况发生，你想过没有？到时，连回旋的余地都没有！岑子兴，你放心，我坚决不同意！"

"闲闲，你不能这么冷酷！庄老汉想亲眼见到他孙儿的愿望并不过分！这是人之常情！然然长大了，要是知道他曾经完全可能与他的亲生爷爷见最后一面，而我们没有给他这个机会，那将是他心里永远的痛。你不为庄老汉着想，也要为然然着想啊！你不能这么冷酷无情！"

"岑子兴，不是我冷酷无情，是你太没有理智！你只站在一个角度考虑问题，而且你总认为你的想法是高尚的、人道的，实际上你的自以为是隐藏着极大的危险，它可能给另一方带来不可想象甚至不可逆转的伤害。这样的伪善才是更大的冷酷和无情！"

啪，孟小闲挂断了电话。

国庆节前一天，邹洋汐的女朋友Lisa从杭州过来了。邹洋汐在广元盘龙机场接到了她。半个月不见，两人都发现彼此变了不少。Lisa变得更迷人了，邹洋汐在她碧潭一样深幽的眸子里，看见了渺小如蝼蚁的自己，幡然晓悟自己已深深沉醉其中。Lisa发现，经过蜀地的风吹日晒，邹洋汐的皮肤越发有了一种面包烘焙后的棕色光泽，他的肌肉也更紧实了，全身上下洋溢着一股爽朗的山野气息。

两人早计划国庆期间去皇泽寺、剑门关和唐家河自然保护区，他们仔细做了攻略，门票、客栈全在网上订妥。Lisa最期待的是到唐家河观鸟寻兽，特别是夜巡唐家河，想着都兴奋和刺激。邹洋汐把两人的行踪，从一开始就发在了朋友圈，岑子兴看见了总要给他点个赞。这天造地设的一对俊男靓女，走到哪儿都自成一道风景，何况十月的唐家河层林尽染，五彩山林渐次变色，作为这对情侣的背景，时时处处尽展多娇。

这两天，相比邹洋汐的神采飞扬，岑子兴的心情特别沉郁。

回杭州的计划落空了，让孟小闲带然然来青川也不可能，庄老汉的病情不知怎样，这位老人还能不能从阎王庙逛一圈再次幸运地折回，都不得而知。唯一能确定的是，孟小闲的专横已越来越不近情理。自从岑子兴来到青川，她已经摔过他好几次电话，每次过后都继续拿大，绝不会主动缓和。以前，她并不是这样硬邦邦铁板板的，曾经她也像Lisa一样柔媚可人。而今，她好像很少顾及自己作为女人的这些讲究了，只要然然有可能受到一丝一毫不利侵扰，她就会横刀立马，剑指来犯。

岑子兴也不是埋怨孟小闲偏袒然然，而是懊恼她不分青红皂白就把她和自己对立起来。其实任何时候，他们都是一个整体，他从来就没有怀疑过这一点，她却越来越淡忘了他们这种天然的亲密。岑子兴记得，孟小闲以前很认真地说过，他俩是一个"人"，岑子兴是那一撇，她是那一捺，他们互相依靠在一起，就是一个立得稳稳的人。那时，岑子兴觉得这个比方太形象了，确实，要是没有孟小闲的支撑，他的青春、他的人生都不知会跟跟跄跄扑倒在哪里。现在呢，岑子兴觉得，他还是那一撇，她也还是那一捺，但他们之间有了间隙，他俩位置的摆布更像是一个尴尬的"八"字。

就说带然然到青川来这件事，她根本就没有给他留一点商量的余地。要是庄老汉这次再也回不来了，老人家的心愿最终都不可能实现，作为然然的养父养母，他们这一生其实都会陷于良心的谴责。眼下，唯一能够让岑子兴稍稍心安一点的是，他把然然从小到大的视频播放给老人家看了，老人家也许会在一片混沌的欣慰中相信，这一切是真的。但事实与庄老汉不仅隔着时空，还隔着一个电子屏幕，如果庄老汉能再亲眼见到孙儿现今的模样和状况，老人家的心愿才算完美实现。那样的话，老人家以后倘若去到另一个世界，也许会因此更安然而从容，见到老伴、儿子儿媳时，也才能带给他们经过他亲眼印证的小庄庄的音讯。但是，现在，现在还有什么办法？岑子兴的脑子再也想不出新的办法了。

　　国庆第一天，岑子兴决定到旺甲村、曲胜村，在邹洋汐负责的那两片白叶一号种植园区再检查一遍所有前期工作是否到位。特别是土地平整是否达标，蓄水池、提灌站是不是按设计标准修筑。邹洋汐这次特派到青川，无论在技术咨询、情况分析、对策提供……各方面都表现得很不错，但是关键问题的落实情况，岑子兴还是打算亲自再验核一下。

　　旺甲村白叶一号园区的土壤果然培得很细。岑子兴想起邹洋汐给他说过，"那个炖板栗不只是炖板栗啊，石头也被他炖得化！"这里的土壤细培得一看就是下了深功夫。其实清除大石块，保留少量的小碎石还有助于透气，但是活儿已经做到这个份儿上了，下一步反倒还要注意防止板结。

　　曲胜村白叶一号园区抗旱能力较弱，保水措施一定要落到实处。岑子兴仔细察看了大半天，看到这儿的引水干管、支管、毛管，整个排灌渠系都布设得妥妥当当。邹洋汐夸过"布管是蓖麻的强项"，岑子兴没想到蓖麻这个不出声不出气的家伙真还有这么一大能耐。

　　这两个园区的基础工作都做得很扎实，看得出邹洋汐的指导和督促全面到位。但这些工作都特别费工耗时，他们对村民的要求一定有些苛刻。岑子兴本想在电话里和邹洋汐沟通一下，又担心影响到邹洋汐和女朋友的甜蜜之旅，更担心邹洋汐误以为师父对他独自负责的旺甲村、曲胜村的工作不放心，索性暂时不去打扰他。

　　岑子兴返回大坤镇的时候，路过镇卫生所，迎面碰到谢护士。他本来想问问庄老汉的病情，谢护士不待他开口，非常遗憾地说：

"庄文生老人已经走了。"

"啊？老人家什么时候走的？"

"今天上午，他侄女打电话给我们说的，县医院已尽力抢救了。她说老人是在最后一次重度昏迷中走的，她和她老公要把老人送回来安葬。"

"啊……"

岑子兴只觉得此刻心底对老人家的愧疚像一棵疯长的植物，急速地抽枝、拔节，一下冲破了他的头颅，还在不停攀爬、蔓延。他的整个身心都被缠绕起来了。

"岑老师，你不要担心，庄文生老人是自己在茶叶基地的山坡下不小心摔倒的，茶叶基地没有任何责任。"

"我……我没有其他的什么意思，但愿老人家一路走好。"

"这个老人确实造孽，临到最后，给他送终的儿孙都没有。幸亏他还有个侄女。庄文生老人以前帮衬了侄女很多，侄女结婚时的嫁妆都是他置办的，现在他侄女侄女婿会像儿女一样给他送终，哎，说来这也是应该的。"

"是啊，是啊。老人家的后事怎么办？这里兴土葬是吧？"

"是的，我们这儿兴土葬。庄文生的寿材，他侄女侄女婿早就给他备好了的，一直放在他屋头，我们这里有这样的风俗。他侄女给我说，他们风水先生也请了，日子都算好了……"

在回宿舍的路上，特别是上楼的时候，岑子兴的步子沉重得有些拖沓。他的所有计划和方案全都成了永远不可能付诸实践的妄想。这些天，他的不安、愧疚，他的彻夜难眠、他的绞尽脑汁，他和孟小闲的争执、他的恼怒……在他听到庄老汉已经走了那一刻，统统消散了。他的心里感到一阵阵的虚空，他的身子却因为越来越虚空而变得越来越沉重。每登一步楼梯，都像在攀越一道山坡。

岑子兴又想起了那个枯树疙瘩一样的身影。庄老汉摔倒之前，大坤镇白叶一号茶园示范基地的山坡下，每一天都有他眼巴巴的期盼。为了这份几乎渺茫的期盼，庄老汉已经竭尽所能地去努力和争取，他是一位多么无奈而又多么执着的老人。可自己能给到庄老汉的只有他孙儿的照片和一段视频，它们真的能抚慰老人的心吗？让岑子兴无限沮丧的是，而今纵使他再有更多更好的实现庄老汉心愿的办法，也彻底没有任何机会去付于现实了。

十八　落木

"只是因为在人群中多看了你一眼，再也没能忘掉你容颜……"

岑子兴的手机响了，这是孟小闲来电的专门铃声，听筒里传出的却是然然的声音。

"老爸，你猜，我和妈妈在哪儿？"

"在哪儿？"

"你猜嘛，哈哈！"然然不等岑子兴思索，迫不及待地说，"老爸，我和妈妈到广元了，我们来看你啦！"

"啊？"

岑子兴脑子里的一片空白，瞬间被然然兴奋不已的声音充斥得铁铁实实。

"老爸，你快来接我们吧！"

岑子兴在青川县城接到孟小闲和然然时，让他愕然一震的是，母子俩齐心协力提着一根平放的拐杖。这根拐杖正是经过父亲改良和优化设计过的OUC型腋杖，杖体既结实又轻巧。母子俩一前一后提着，无意中，他们竟然采取了这样周到的形式，把它从杭州护送到青川。此时此刻，看着这根没有被轻慢的拐杖，岑子兴心头一下打翻了万千滋味。

这些滋味，平常或许妥妥帖帖分装在他内心的不同瓶子里，酸是酸，甜是甜，互不串味，哪一种情绪冒出，相对应的哪一种滋味就自行弥散，单调而清晰。这一刻，它们却全部泼洒于怀，稀里哗啦渗透着、挤对着、冲撞着，最终混为一体的它们，穿过岑子兴的五脏六腑，漫出了他的眼角。

"老爸，你见到我们都激动得哭了啊！你是不是太想我们了？"

然然望着岑子兴的面庞，机敏地发现了他眼角渗出的晶莹。

"你不想老爸吗？"

"想！我和妈妈给你带了好多好吃的。奶奶给你做了你最喜欢吃的荷叶煎饼，昨天晚上才做的。奶奶感冒刚好，还需要休息，要不然，她说她都想和我们一起来看你。"

"嗯，等奶奶身体好了，以后还可以来。嗯，你们走了，雪豹怎么办？家里还有那么多花花草草。"

"外公和外婆从余杭过来玩，正好住在我们家，外公和外婆会照顾它们的。爸爸，你猜我的白叶一号长成什么样了？"

……

然然只顾缠着老爸说话，都没有留一点空档给孟小闲。孟小闲看见岑子兴本来就不厚实的身板又单薄了些，目光早在柔软中夹杂着一丝嗔怪。岑子兴第一眼就感觉到了，虽然和儿子在一问一答，他心里却和孟小闲有了默默无声的对语。孟小闲神色中流露出的久违的娴婉，让岑子兴一下觉得今天青川的天气格外清新怡人。

此刻，然然的双脚正踏着他离别十年的故土，他有没有一丝一毫的异样？隐隐的不安很快掺杂进岑子兴和孟小闲刚见面的恬淡，夫妻二人的所忧所虑毫无二致，有意无意间他们都在留心。还好，然然没有一丝一毫的异样，甚至对自己手中提着的这根拐杖也没有感到一丝一毫的不自在。

"老爸，你可以带我去看大熊猫吗？你不是说，唐家河最容易遇见野生动物吗？我和妈妈在飞机上看了唐家河的宣传纪录片——《川河之灵》。我们看到那儿还有扭角羚、毛冠鹿、羚牛、金丝猴……还有蛇！妈妈说，要是时间合适，还要带我去参加唐家河的国庆科考小分队！是不是，妈妈？"

"是啊，我们来青川，主要是去看那些野生动物，顺便才是来看你老爸。"

"哈哈，你们要是不来看我，我也会变成青川的野生动物了。"

"老爸，那你最好变成大熊猫，还是国宝哟！"

然然最喜欢爸爸妈妈都在自己身边，即使两个大人斗斗嘴，他也觉得全家人在一起是最美好的事。

"我看，唐家河科考小分队的安排还挺有意思的。有野生动物痕迹追踪，珍稀植物探访，还有昆虫王国探秘……"

"妈妈，赶快报名吧。老爸，你要和我们一起去啊！"

"当然，那是必须的！"

"老爸，我们在青川住哪里呢？"

然然一下想到了这个最现实的问题。

"是啊，"孟小闲也问道，"我们住县城吗？找一个比较干净舒适的小酒店？"

"跟我走，在青川，有一块地皮我都踩热了。"

"什么地方？"

"大坤镇，我大部分时间都住在那里，你们可以现场体验一下白叶一号'科特派'的真实生活。"

岑子兴把母子俩带到了大坤镇政府小院，打开他住的宿舍。孟小闲在屋子里逛了一圈："麻雀虽小，五脏俱全。不错嘛，一套二，带厨卫，还可以自己做饭。"

"我睡这张小床。"然然取下背包往小床上一扔，顺势倒在了床上。

"好啊，这张小床平常都空着。"

"嘿嘿，我们在青川也有家了！"

然然兴奋地从床上弹起来，在这个陌生的屋子里蹿来蹿去，结果没有发现一样好玩的东西。忽然，他听到了什么熟悉的声音，从窗户往楼下一看，原来院子里有个和自己差不多大的男孩正在独自颠足球。

"老爸，他是谁？我可以下楼和他一起踢球吗？"

"去吧，那个孩子是卫生所谢护士的孩子，你们正好可以做个伴儿。"

打开行李后，孟小闲一件一件收拾着东西，该拿出来的食物要拿出来，该挂起的衣物要挂起。岑子兴见她又像在家里一样忙碌，有她的身影在眼前穿梭，这个简陋的宿舍转眼就有了家的味道。岑子兴走过来，拉着孟小闲，让她和自己面对面坐下。

"怎么啦？你让我们来，我们不乖乖来了？现在所有一切，不都顺了你的心意吗？"

"老人家，他……已经走了。"

"啊？"孟小闲睁大了眼睛，刚刚还妩媚的神色一下变得凝重而惊诧，"你怎么不早说？"

"你又没告诉我，你要带然然到青川来。我还以为你一直在生我的气。"

"老人家，什么时候走的？"

"前天。"

"我们来晚了，到底还是没能实现老人家的心愿。"

孟小闲愧疚地看着岑子兴，对这个再也不能弥补的遗憾满怀歉意。

"你知道我为什么带然然来这儿吗？"

"不知道，说真的，我根本没有想到。电话里，你那么专横霸道，根本没有商量的余地。"

"是妈让我带然然来的。"

"你给妈说了？"

"周末，我和然然又去看她时，我把青川这边的情况一五一十告诉了她。她听到然然亲爷爷还活着的时候，最开始很吃惊也很诧异，后来她突然说，一个弥留之际的老人的心愿不能被辜负。她说，她比我们更能体会一个老人的苍凉和无助，而且，她相信你会把事情考虑得比较周全。所以，真的是她让我带然然来的。你看，OUC型拐杖，我们也按你的要求带来了，但是，我们还是来晚了……"

楼下，然然和那个颠球的孩子混熟了，他俩正在你一脚我一脚地对踢足球。趁然然在楼下玩，岑子兴把他和庄老汉交往的前前后后，包括三次去庄老汉的小院，包括到卫生所看望庄老汉的所有情形，都告诉了孟小闲。

"然然那个麻柳刺绣的襁褓还在吗？"

"当然还在。"

"把它收藏好吧。这是然然身世的唯一物证了。不过，也许，永远也用不着证明什么了。"

"子兴，你已经尽心尽力了。我和然然也来了，只是，还是没能尽善尽美。我想，老人家看了视频后，如果能相信他的孙子确实在这个世界上过得好好的，他走的时候，应该也没有太大的遗憾了。"

"但愿吧。"

"这次虽然没有和老人家见上一面，但是你已经确定他就是然然的亲爷爷。不管怎样，就像你说的，老人家是然然在这个世界上的最后一位至亲，他和我们也有一份特殊的关系。现在，老人家走了，你看，我们还能做点什么？"

岑子兴看了一眼立在门角处的拐杖："我想，这根腋杖都带来了，我们还是要把它送给老人家，这是我们能为老人家尽的最后一份心意了。"

"送到家里，还是……"

"我想想再说。你赶紧把唐家河国庆亲子科考团的名报了吧，既然答应了然然，还是要带他去看看。"

第二天中午，岑子兴带母子俩到小镇上去品尝了这里的特色菜——铜锅羊肉汤。汤锅里加了不少青花椒，有一股特别的鲜香。回来后，孟小闲有些肠胃不适。岑子兴担心她是水土不服，让她吃了两片黄连素，睡个午觉休息一下。

轻手轻脚，岑子兴把然然带出了门。

"老爸,我们拿着拐杖去干吗?"

"去把它送给需要它的人。"

"妈妈说,需要它的人是一个缺了一条腿的老爷爷。"

"是的。"

"他在哪里?"

"树林里。"

"树林里?我们要去找他,是吗?"

"是的。"

岑子兴和然然提着横放的腋杖,一前一后地朝白叶一号示范基地对面的一座山林走去。

"然然,你看,那里就是马上要从浙江来到青川的白叶一号的家。"

"这些挖好的山坡坡,全是它们的家?"

"这些都是,但是还不止呢,其他地方还有。"

"白叶一号什么时候来这儿?"

"快了,就在这个月。"

"等它们栽上,这里也会变得像黄杜村一样到处都绿茸茸的吗?"

"它们长成蓬要三五年之后,但是等它们在这里生根发芽后,它们就和青川所有的一草一木一样,成了这里的一部分,到时候它们就是青川的白叶一号了。"

父子俩一边说,一边走进了山坡上的一片小树林。

"老爸,你喜欢青川吗?"

"还可以,我喜欢这里的蝉。"

"为什么?"

"因为这里空气好,它们的声音特别大。"

"你还喜欢青川的什么?"

"我还喜欢青川的晚上。这里的晚上,像安吉的黄杜村一样,天上的星星特别亮,四下可以听到青蛙叫、蟋蟀叫。有一天,一只蟋蟀还跳到我电脑的键盘上,个头很小,但是很精神,有点像《促织》里的那只小蟋蟀。"

"老爸，我也想碰到那只小蟋蟀！你在这儿还见过什么？"

"还见过一只特别大的蜘蛛，肚子上有白色的花纹，是只吓人的花蜘蛛。"

"哈哈，它会不会是蜘蛛侠？老爸，除了这些，你还碰到过什么动物？"

"松鼠，我碰到过好几次。"

父子俩说着说着，不知不觉走到了树林密处。透过婆娑枝叶，斑斓阳光洒在铺满枯叶的地面上，有些旖旎的幻彩，午后的小树林在大自然的华裳里歆享着天籁的宁馨。突然，然然止住了脚步。在他们前方不远处，一堆大石块上安放着一个漆黑的长方柜！它的形状是那么怪异，一头略略翘高，一头缓缓降低，周身的漆黑，在这片葱翠的树林里显得格外沉郁，沉郁得好像浓缩了所有夜晚的黑。

漆黑很快映入岑子兴的眼帘，这是一口棺椁。岑子兴第一次见到它，惊讶于它和庄老汉的"相看两不厌"，而今再度见到它，岑子兴知道，它正忠诚而体面地盛装着庄老汉的所有哀伤和期幻。它要捎带着这位老人去往另一个世界。

此刻，棺椁周身的漆黑越是深邃，越是显出一份归于山水的安谧。沉睡其中的庄老汉一定再也没有泪水了。他的时间止歇了，他的愿望也止歇了。他的孙儿终于出现在他面前，这片漆黑也端凝得波澜不惊。在岑子兴的梦里，他融入过这片漆黑，他体验过漆黑的尽头是无边无际，不像此刻，漆黑的尽头是风和日丽。

谢护士昨天跟岑子兴说到，大坤镇当地人有把逝者棺材停摆在小树林里安放几天后再下葬的风俗。岑子兴带着然然出门，正是想到这是然然和他的亲爷爷告别的最佳时刻。

"老爸，那是什么？"

然然摇了摇手中提着的拐杖，拐杖把然然心底的茫然和惊诧传递给了岑子兴。为了不让儿子感到恐惧，岑子兴极力思索该怎么给然然表达，幸亏他想起了一个可以降低然然惊恐度的切入点。

"然然，你还记得《白雪公主》的故事吗？"

"《白雪公主》？记得啊。"

"七个小矮人把昏睡不醒的白雪公主装在了什么里面？"

"水晶棺材。"

"他们把装着白雪公主的水晶棺材放在了哪里？"

"树林里。老爸，前面这个，就是棺材？"

"是的。"

从童话过渡到现实，然然忽地明白了什么。

"老爸，我怕，我们赶快回去吧。"

"老爸和你在一起，不要怕。"

"老爸，我们快走吧！"

然然一下松开了拐杖。他扑过来拉着岑子兴的手，要他赶快离开这里。岑子兴立在原地，一只手拿着竖直起来的拐杖，一只手拉着然然的手。此时此刻，他不知如何再向然然开口，只好用自己手掌的力度安抚着这个急于要离开的孩子。

"走啊！"然然急得叫了起来。

"然然，不要怕，躺在棺材里的，就是需要这根拐杖的那个老爷爷，我们要把拐杖送给他。"

"啊？老爷爷已经用不着了啊！老爸，我们快回去吧！"

"我们的心意，老爷爷一定能感受到。"

"不，我怕……"

"然然……"岑子兴把然然的手牵得更紧了。

"走啊！"然然几乎急得要跺脚了。他确实感到了从未有过的恐慌，可他老爸在原地一动不动，就像林子里根基稳稳的一棵树。

"老爸！"然然一下把声音放低，他抬头望着岑子兴的眼睛，希望他能理解自己的惊惶。

岑子兴看着儿子满含企求的眼神，内心一阵犹豫，他把手臂放在然然的肩头，把他拥得更紧了，面对前方这口沉寂无言的棺椁，轻声说道："儿子，有一天，爸爸妈妈也会离开你的。"

"不，不会的！"

然然的眼泪突然大颗大颗扑落在衣襟。长这么大，这是他听到过的最难受的话。以前，他养的小兔小鱼死了，他也难受过一阵，但是没有哪次像爸爸今天说的这句话，让他的内心禁不住颤栗，他多么希望爸爸说的话，永远不要成为现实，可是眼前，这口棺材分明就是不可辩驳的事实！——每一个生命都会有离开的时候。这口棺材，似乎让他看到了这个世界的终点。

"儿子，你看，这个树林多么青翠。我们脚下踩着这么多枯枝败叶，有的落叶在空中飘扬，有的枯叶还挂在枝头，伴随着凋零的是，小草在发芽，小树在抽枝，匍匐在地上的那些苔藓也在顽强生长。你看，那些树多么茁壮，还有一些已经把手臂伸在了云朵里；那些花朵，硕大的，渺小的，有名字的，没名字的，它们开得这么娇艳美丽。这就是大自然的规律，有消亡也有新生，生生灭灭，永不停息。"

"但是，人死了，就永远不会回来了。"

"是的，生命对于每一个人来说，都非常宝贵。所以，我们活着的时候，要好好珍惜生命的时光，珍爱生命中每一个值得被珍爱的人。人死了，永远不会回来了，这是生命的遗憾，但是，这只是生命的一种自然属性，生命，还有可以超越这种自然属性的另外一种属性。"

"另外一种……属性？是什么？"

然然疑惑地望着岑子兴。

"我们可以把它叫作能量。比如，"岑子兴又说到了茶叶，"比如，一片茶叶，当它受阳光普照、雨露滋润，在四季轮回中一天天长成，经过采摘、摊晾、萎凋、杀青、揉捻，它失去了自己的生命，但是它并没有完全枯萎，它所经历的一切滋养和磨砺，都为它积蓄了一种奇异的能量。当沸水一冲泡，它又会重新舒展经脉，弥散芳香，在茶杯里，你又可以看到它曾经的模样，不仅如此，你还可以品尝到它更浓郁的味道。这就是时间不但没有从它身上带走，反而聚合得更丰富更奇异的能量，这个时候，它好像又拥有了第二次生命。"

"那人呢？人有什么能量？是时间带不走的？"

"棺材里的这位老爷爷，原本也是一位四肢健全的人，2008年汶川大地震，他失去了左腿，因为身体残缺，他不能参与到田地里的劳动，白叶一号基地的建设，开拓荒山，平整土地，修筑梯步，建造水池……他都不能参加，白叶一号落户青川之后的种植、管护、采摘……他也没法参与，但是这位老爷爷，他双手很灵巧，他会用竹条编箩筐、簸箕、背篼、巴笼、撮箕、竹棚……这些农用家什都是分装、运送、采摘、晾晒白叶一号需要的劳动用具，老爷爷活着的时候，编了很多，一个屋子都堆满了，他凭自己的技能同样挣到了工钱。他走了之后，他亲手做的这些劳动用品，还会在白叶一号的生长过程中继续发挥作用，这就是这位老爷爷留在这个世界上的能量。当然，还有他牵挂的亲人，他的思念，也是他留在这个世界上的一种能量。"

"妈妈说，我们从杭州带来的这根拐杖，经过爷爷的优化设计，它可以帮助很多腿脚残缺的人站得和走得更稳，这也是爷爷留在这个世界上的能量吗？"

"是啊，这是爷爷留在这个世界上的能量，它们现在都还发挥着作用呢。我们今天到这儿来，把这根拐杖送给青川的这位老爷爷，就是祝愿他在通往天堂的路上走得更安稳。"

岑子兴说到这儿，发现手心里握着的那只小手不知不觉放松了一些，再看然然的面容，也没有了刚才的恐愕和紧张。

"走，老爸和你一起去把这根拐杖放到这位老爷爷的身边。"

这一次，然然没有再拒绝。他们又像出门那样，一前一后提着横放的拐杖。父子俩慢慢走向那口缄默了所有心事的棺椁，轻轻把拐杖直立起，靠在了旁边。

山林里，云霞郁起，落木萧萧，它们如同凌空轻舞的羽翼，让这片天地悄然拥有了一份无声的灵动。置身于此，然然不禁仰头望向天宇，一片落叶轻盈地扑向他的面庞。来自天空的这一叩，如自然对他的抚摸，又像万物对他的点拨，他隐隐感应到了一片即将回归大地的落叶所蓄积的能量。

万籁寂静，岑子兴不知永远长眠的庄老汉是否也能感应到什么，如果老人家真的在天有灵，他一定会看到他心心念念的孙儿，就在身边。那个昔日被造物主挤压到命运最逼仄处的小庄庄，他的人生真的迎来了全新的逆转。

"老人家，他是你的孙儿，也是我的孩子啊！"这一刻，岑子兴终于可以在内心深处大声向老人家告白了，"这一切都是真的！老人家，你可以安心了。"

"你们到哪里去了？"

孟小闲一觉醒来，不见父子俩，正要打电话，他们刚好回来了。

"老爸带我去把拐杖送给了需要它的那位老爷爷。"

"老爷爷？他……你们把拐杖送到哪里去了？"

孟小闲疑惑地看着岑子兴，岑子兴赶忙解释道：

"我们把拐杖带到了一个小树林，老人家的棺材停在那儿，我们就把拐杖放在了棺材旁边。"

"小树林？我打个盹儿，你们就跑了那么远？"

"岑——开——然——"

楼下一个响亮的声音喊了起来，然然昨天才结识的小伙伴在叫他去踢球。

"来了，白震茂！"

然然跑到窗边大声应着，回头说：

"老爸你给妈妈讲。"转身便溜下楼去了。

房间里只剩下夫妻二人，岑子兴把他和然然去小树林的事从头到尾说了一遍。

"你也不怕把然然吓着！"孟小闲禁不住又拉下脸埋怨岑子兴，"别说是他，你就是把我带到那儿，我也要吓一大跳。"

"然然来这儿，你不觉得，我们一直有件什么事没做？今天，我把然然带到那里，就是让然然去和他亲生爷爷告别的。"

"你为什么不和我说一声？"

"我看你不太舒服，带他出去，可以让你好好休息一会儿。"

"小树林在哪里？幸亏是大白天，不然，孩子真会被你吓坏！"

"这里出门往茶叶基地前面那片小山坡走去，没多远。还好，在那个特殊的场景，正好可以和孩子谈谈生命和死亡。十年了，我们几乎没敢和然然谈过这些，今天，我们补了这一课。"

"你怎么说的？死亡教育，我们学校教育都不敢涉及。"

"最开始然然确实有些恐惧，后来，我跟他说到，有一天，爸爸妈妈也会离开他，你不知道，当时然然的反应……"

"然然的反应是什么？"

"他的眼泪突然大颗大颗滚了出来，一下把我的手拉得很紧。那一刻，我心里真的特别难受，特别纠结，我不知道该不该再和他继续面对现实——他还没有下葬的亲爷爷，就躺在我们面前！后来，我想到，十年了，然然的人生也该进入一个新的阶段了，以后再过若干年，如果他能回想起今天这一切，包括你带他到青川来，我带他到树林里去……包括我和他一起站在他亲生爷爷的棺木面前，包括他为爷爷送上爷爷永远也用不上的拐杖……我想，若干年后，然然如果回想起这一切，他一定会百感交集的。"

"你们把拐杖放在老人家的棺材旁，老人家的侄女安葬他时，见到这根拐杖，不会觉得很奇怪吗？"

"我给谢护士提到过，要给老人家送一根新型的腋杖。谢护士会告诉他们是怎么回事。"

十九　石头信

孟小闲在网上报了唐家河国庆亲子科考团。这天晚上,一家三口仔细做着出行前的准备。衣物、食物、野外必备用品都收拾好了。晚上十点过,正打算歇下,明天一早好精力满满地赶去唐家河国庆科考营集合,岑子兴看见微信上邹洋汐又在发朋友圈。

邹洋汐和Lisa到了唐家河的高山观察哨所,他们拍摄到了一只金雕抓着野猪幼崽飞上天空的视频。弱肉强食的自然法则一下扑腾在眼前,然然既惊喜又恐愕。

"老爸,我们去了唐家河,金雕会不会把我抓到半空中啊?"

"哈哈,它要是抓住了你,爸爸妈妈肯定要拉着你。我们三个人多重啊,除非是一只超级巨大的金雕,才能把我们三个人一起提到半空中。"

"那我们不是免费坐滑翔伞了吗?"孟小闲插过话来。

"哈哈哈哈!"然然一下笑得好开心。

"再给你们看个震撼人心的。"

岑子兴在手机上翻了翻,找到邹洋汐前天转发在朋友圈的一个视频。那是一群羚牛下河饮水。

"看,有一百多只羚牛!天哪,只是喝个水,你们看,它们这气势!"

然然和孟小闲凑过来一看,那一百多只羚牛像千军万马奔腾而来,震天动地的开路声、排山倒海的呼叫声，惊心动魄。

"这是真的吗？我们去了，也看得到这么多羚牛喝水吗？"

"这是可遇不可求的，说不定我们去，它们喝水喝饱了，在集体打饱嗝呢！"

"哈哈哈，那肯定响得像震天炮！妈妈你看，每一头羚牛的体形都好庞大，而且，它们长得好奇怪呀！"

"是呢，动物学家把它们叫作'六不像'。"

"哪六不像呢？"然然只知道四不像。

岑子兴定格了视频，指着一头比较清晰的羚牛对然然说：

"你看，它们隆起的背脊像棕熊，两条倾斜的后腿像非洲的斑鬣狗，又短又粗的前腿像家牛，绷紧的脸部像驼鹿，短短的尾巴像山羊，弯来扭去的角像角马。"

"老爸，羚牛就是扭角羚吧，它们是不是就是牛？"

"羚牛是偶蹄目牛科羊亚科的动物，在分类学上跟寒带羚羊更接近。别看它们体形臃肿，关键时刻却非常敏捷，特别善于在陡峭的山岩上攀爬，所以它们又被叫作'峭壁之王'。它们的牙齿、角、蹄子都和羊很相似，这个视频上看不清楚，等我们到了唐家河，如果有机会老远看到它们，你可以用望远镜仔细观察一下。"

在唐家河，虽然没有亲眼看到羚牛喝水，他们还是与这儿的野生动物有了许多邂逅。眺望高山草甸，毛冠鹿隐约可见；走在山间小道，猕猴偶尔和他们狭路相逢；路边湍急的河谷里，大群大群的野生鱼像天空倒映在水中的鸟群……在科考营老师的指点下，然然从单筒望远镜里，意外发现了藏酋猴、豹猫、小鹿。在夜巡时，他们还看到了鼬獾、水獭和黄脚渔鸮。

这里也是鸟儿的天堂。这些天，他们几乎随时随处都有惊喜，银脸长尾山雀、绿翅短脚鹎、红嘴相思鸟、大斑啄木鸟、白颊噪鹛、橙翅噪鹛、白顶溪鸲、大嘴乌鸦、红尾水鸲……不时惊鸿一瞥。特别让然然惊喜的是，他们还偶遇了两只造型超酷的冠鱼狗。

五天时间一晃而过。

回到大坤镇，然然和白震茂又在一起踢球时，兴奋地讲到了那两只冠鱼狗。

"我看到了两只，它们一起停在小溪边的一块岩石上，但是我没来得及把它们照下来。后来，它们飞到岸边的树枝上，也是两只停在一起，我还是没来得及把它们照下来。"

"什么狗，还会飞？"小白一脸惊奇。

"哎，冠鱼狗不是狗，是一种翠鸟。这种翠鸟守在岸边捕鱼的样子就像蹲着的一条狗，所以人们叫它'鱼狗'。又因为，它们头顶上的羽毛特别好看，像皇冠一样，所以它们被叫作'冠鱼狗'。"

小白很喜欢从杭州来到青川的然然，他们有共同的爱好——踢足球，然然喜欢梅西，他喜欢C罗。小白还发现然然知道很多东西，关键是然然和他探讨的都是他特别感兴趣的。就像"冠鱼狗"，他第一次听然然说，就觉得好有趣。然然还告诉他，唐家河之前并不叫唐家河，而是叫"关虎沟"。"关虎沟"，小白就觉得这个名字听上去更像是野生动物出没的地方。然然还说熊的前肢后肢都是五趾，猫呢，前肢是五趾，后肢是四趾，问他知不知道大熊猫有几个"手指"和"脚趾"。

然然还给小白讲到了他和爸爸妈妈在唐家河边捡石头的事。他说他们每个人都互相送了一封"石头信"。

"我给我老爸的石头信是一颗又光又亮的小圆石头。光滑是代表心情好。我给我妈妈的石头信是一颗扁扁的石头，扁石头代表轻松。我妈妈给我的石头信是一颗红色的磨砂石，红色代表平安。我老爸给我的石头信，你猜是什么？"

"不知道。"

"那封石头信大得我带都带不走！"

"有多大？"

"是河沟里的一块大岩石。不光滑也不圆润，就是大，它身上还长出了草，开出了花。"

"这封石头信是什么意思呢？"

"老爸说，它代表坚强。"

"你的爸爸妈妈真好。"

听然然说起这些无比有趣的事，小白打心里羡慕他。

"我给你带了一封石头信回来。"

"给我的？"

小白的眼里迸出一丝惊喜。

"是啊！"

然然从衣服包里掏出一个东西，放在了小白手心里。小白一看，是一块洁白无瑕的小白石。

"这封石头信是什么意思呢？"

"我也不知道，我觉得它白白的，跟你的姓一样。如果一定要说它是什么意思，我想它代表的意思是再见。"

"再见？为什么是再见？"

"因为明天，我就要回杭州了，如果下次我再到青川来看我老爸我们就可以再见，我们又可以一起玩。"

小白没有想到这么快就要和然然说再见了。他回到杭州后，还会再到青川吗？他们真的还会再见吗？小白心里突然有了一种空落落的感觉。这天晚上，小白问妈妈，青川到杭州有多远？妈妈才从卫生所回来，她疲倦地倒在沙发上，用手机查了一下地图。

"将近1800公里。"

"1800公里有多远？"

"很远。"

"很远有多远？"

"千里迢迢，你听说过吗？远不远？"

"远。"

"1800公里将近两个'千里迢迢'那么远。恩，不对，1800公里，将近四个'千里迢迢'那么远！"

四个"千里迢迢"？那一定是很远了。小白对然然再到青川来，已经不抱任何希望了。坐在小书桌前，他掏出然然带给他的那封石头信，对着台灯仔细看了看，它真的全身雪白，没有一丝一毫杂质，灯光可以朦朦胧胧穿过它，这颗来自唐家河的石头，真的代表"再见"吗？

然然回到房间时，岑子兴和孟小闲正做着各自的事。岑子兴在电脑上叭叭叭打着白叶一号的相关材料，孟小闲在厨房里剥水果。然然发现，妈妈和他的所有东西都没有收拾、打包，他最喜欢的那套奶奶送给他的梅西球衣，挂在阳台的晾衣竿上，还在滴水。不是说明天一早就要从青川到广元，再从广元飞回杭州吗？怎么一点动静都没有？

"妈妈，我们不收拾行李吗？"

"然然，妈妈可能暂时不回杭州了。"

"啊？为什么？"

"今天上午妈妈临时收到学校的通知，问我愿不愿意留在青川支教一个学期。"

"什么是支教？你不回去了吗？"

怎么给然然解释呢，这个问题说来话长。岑子兴摘下眼镜，又扯起衣角擦起镜片来。

"然然，是这样的。很多年前，应该在二十年前了，浙江就开始帮扶和支援青川，基础建设、产业发展、科学技术、医疗卫生……包括教育教学。支持教学，帮着这里的老师给孩子们上课，就叫支教。是吗？闲闲，我说对没有？"

"大概就这意思，"孟小闲接着说，"这学期本来要从杭州到青川来支教的那位老师，因为家里突然有特殊情况，临时来不了。杭州市教委就决定从我们学校重新选派一位老师，接替他完成这项工作。我们学校的教导主任呢，她知道你老爸正在青川做白叶一号'科特派'，还知道我们国庆期间在青川，就征求我的意见，问我愿不愿接替那位老师，参加这一轮支教。"

"妈妈，那你是怎么说的？"

"你希望妈妈怎么说？"

"你答应了吗？妈妈。"

然然瞪着一双大眼睛望着孟小闲。

"你希望妈妈答应吗？如果妈妈答应了，你面临着一个选择。"

"什么选择？"

"要么明天我和爸爸把你送到广元，再送上从广元飞回杭州的航班，到了杭州，外公外婆到机场来接你，你继续在杭州上学，外公外婆会照顾你的生活。要么你也可以留在青川，和爸爸妈妈在一起。"

"如果我留在青川，上学怎么办？"

"你可以在妈妈支教的学校插班跟读。"

"什么是插班跟读？"

"比如你现在念三年级，你就在妈妈支教的那所学校，插到三年级的一个班上跟着这里的孩子一起学习。这学期完了，妈妈支教结束了，你再和妈妈一起回杭州，回到你原来的班上继续学习。"

"啊？这样说，我也可以留下来啊？妈妈，那你答应没有？"

"你想妈妈答应吗？"

"我想你答应，因为我想留在这儿！妈妈，你答应没有，快说，你答应没有？"

然然焦急地望着孟小闲，孟小闲没想到然然想留在青川的愿望居然这么强烈。今天一上午，她都纠结着，不知道该怎么做决定。

事情来得太突然，又是临时替补，学校征求孟小闲意见时，也说了参不参加这轮支教，完全尊重她的个人意见。只是要尽快拿定主意，杭州教育局好做安排。

当时刚吃过晚饭，岑子兴正带着孟小闲在大坤镇买青川的土特产，木耳、羊肚菌、竹荪……已经买好几大包，孟小闲打算带回杭州分给然然的奶奶、外公外婆。还有蜂蜜，她想再带几瓶分给同事和朋友。

"这里的蜂蜜，真的有一股花香。"孟小闲刚接过一瓶拧开了的蜂蜜，教导主任的电话打来了。

"怎么办？子兴？"

回宿舍的路上，孟小闲才发现东西买得太多。

"看来，青川和我们家的缘分真的不浅啊。十年前，爸在这儿参加灾后重建的医疗帮扶；十年后，我在这儿做白叶一号的'科特派'。现在，你也可能留在这儿参与东西协作的支教。"

"关键是，"孟小闲为难地说，"我要是留下来了，然然怎么办？"

"如果你留下来，然然肯定会跟我们留在这儿啊。"

"让然然留在青川？"

孟小闲不可思议地望着岑子兴。

"有什么不可以吗？我突然想起了，这应该是然然和他的故乡最亲近最紧密接触的一次机会。然然在这儿已经没有至亲，他的身世，再没有人知道，之前的所有顾虑可以完全打消。他在这儿学习、生活一个学期，这段经历，也许会成为他人生中非常宝贵的记忆。等他长大成人后，如果他知道了青川与自己非同寻常的关系，他一定会感念我们，没有把他和他的故土完全剥离。"

"我的天，这也太突然了。然然能习惯吗？他的学习、生活立马从杭州的城市模式切换成青川的乡村模式？"

"这几天，他不是玩得很自在吗？"

"当然啦，那是因为他跟我们俩同时在一起。跟我们俩同时在一起，是他最开心的。"

"这学期，如果然然留在青川，我们一家三口正好在一起啊。但这次，我总觉得，是青川，是然然的故乡在挽留他。"

"还是问问然然吧，孩子一天天长大了，很多事他有自己的主意了。"

"对，这件事应该可以明白告诉他。"

"然然要是真的愿意留在青川呢？"

"那就让他留下来。"

"这样好吗？我怎么觉得不踏实呢？"

"跟我们俩在一起都不踏实，跟谁在一起才踏实？"

……

夜幕下一条短短的路，夫妻二人不知不觉走了很久。

"妈妈，你答应没有？"

然然急切地想知道结果。

"然然，你真的想留下来吗？"

"真的想。"

"为什么？这里的学校，学校里的老师、同学，和杭州的都不一样哦。"

"但是，这里，我可以和你、老爸在一起，我还可以和小白在一起。"

"小白？你们这么快就成好朋友了？"

"嗯！妈妈，快说，你究竟答应留下来没有？"

岑子兴见然然眼巴巴地问得急切，干脆说：

"你妈妈为了不让我变成野生动物，就答应了。"

"耶！"然然一下在屋子里蹦得老高，"砰！"他一下推开门，咚咚咚奔下楼，一口气冲到了小白的家门口。

"小白，小白，白——震——茂！"

小白家的一扇窗户哗地打开了。

"什么事？岑开然。"

"我给你的石头信呢？"

"在我这儿啊。"

"那是一颗有魔力的石头！"

"什么？你在说什么？"

"我说，我给你的那颗石头是颗有魔力的石头！"

"有魔力？为什么？"

"因为这封石头信应验了！"

"什么应验了？"

小白一头雾水。

"明天我可以不回杭州了，我们不就是再见了吗？"

"你不回杭州了？"

"嗯！我妈妈要留在这儿支教，就是要留在这儿当老师，我可以留在这儿念书了！"

"啊——"

小白一下高声尖叫起来。

"怎么了？"小白妈妈推开儿子的房门，"C罗又进球了吗？"

小白顾不着回答妈妈，仍对着窗户外大声喊着话：

"岑开然，我们可以一起去打全县小学生足球超级联赛啦！"

这是然然来到青川后最激动的一个夜晚，比他在唐家河看到了毛冠鹿、豹猫，在夜巡时看到了鼬獾、水獭和黄脚渔鸮还要激动。可是他在床上一个前滚翻翻过去，一个后滚翻翻过来后，突然怔住了，他想起了一件非同小可的事。

"怎么啦？"

"糟了糟了，奶奶怎么办？国庆节，我给她放了一个星期的假，只给她布置了一篇小短文，还没有检查呢！"

"你这小家教当得一点也不心慈手软啊，假期还有作业？"

"那当然，我们老师都给我们布置了作业的。还有，我要是留在青川上学了，奶奶背单词和学英语怎么办？不会中断了吧？"

"怎么会呢，和在杭州一样啊，你们照旧可以通过网络视频连线。"

"噢，对呀！现在几点了，老爸？"

"八点半。"

"奶奶应该还没有休息，马上连线奶奶！"

二十　草书

国庆节后第一天,华东茶叶研究院在网上召开特派组视频工作会。闻书记和杨院长首先问候了驻守在三省四县的"科特派"。随后,第五组首先汇报黄杜村白叶一号的培育情况。

茶仙子姚思逸说,往年这个时候,黄杜村的村民大多在国内外休闲度假,但是今年他们却蹲守在苗圃。自从认捐茶苗后,家家户户都上了心。他们知道自己要捧出手的不仅是"一片叶子",更是一份情谊。他们挑选了最壮实的茶苗扦插,现在5000多亩白叶一号茶苗已全部完成扦插。这些茶苗品质优异,符合当初设定的标准,经得起农业、茶叶产业等机构的专业检验。接下来,黄杜人还将会同有关部门对这些茶苗进行启运前的筛选,力争拿出手的都是最好的白茶苗。

贵州普安组接着汇报,他们说普安白叶一号种植基地的平均海拔1400米,平均气温14摄氏度,年降水量1400毫米,自然条件比较适宜。这里有不少苗族同胞,他们非常感激黄杜村民,也非常看重这"一片叶子",前期大家齐心协力开垦荒山,后来热火朝天推进基础建设,目前各项工作已准备就绪。

沿河组说到,沿河县受捐的三个村在这之前都没有主导产业,村民大多外出务工,留在村里的以种植水稻、玉米、红薯等传统农作物为主,长期以来沿袭锄挖手抠的耕作方式。白叶一号确定落户当地后,沿河县委书记、县长亲自参与选址和项目规划。全县把白叶一号种植当作一场攻坚战来打,茶园园区化、茶园景区化,是他们的愿景。

湖南古丈组报告,古丈县"九山半水半分田",当地白叶一号工作组从7月开始,顶着酷暑,走村入户,积极为村民介绍白叶一号项目。同时有效整合各类资金用于基地建设及水、电、路等相关设施建设,规划了翁草河小流域治理和景观打造、茶园和苗寨游步道建设,"茶旅结合"的发展思路基本成型……

轮到四川组了,岑子兴让邹洋汐先发言。邹洋汐说道,"5·12"大地震后,浙江省对口援建重灾区青川县,援建人员把青川当作浙江省的第90个县来建设。青川县的父老乡亲对浙江人民非常感恩,他们一直把浙江人当亲人看,如今把白叶一号"科特派"也当亲人看。县委县政府把白叶一号产业作为了全县增收富民的"一号工程",从一开始,就按高起点、高标准、高要求打造绿色有机茶园。

岑子兴补充道,青川气候特征是"冬干、春旱、少雨",针对白叶一号种植区域需要生态条件好、海拔高度适宜、土壤微酸性、有水源保障的要求,目前几个种植基地都配套了道路、水利设施建设。白叶一号栽种后,会采取浆根、覆膜、拱渠、滴灌等措施提升茶园防冻、防风、防旱能力。今年冬天,特别需要重视茶园的冬季管护,施足底肥,整理沟渠,清除杂草。青川有的种植区域,坡度大,土壤板结,有机质缺乏。他建议这些地方在白叶一号种植前进行土壤改良,种植后,还要在茶树间套种黄豆,争取后期有效改善土壤结构,提高土壤肥力,抑制土壤杂草……

大家又结合各地的差异性和共性讨论了一些问题。杨院长说,白叶一号不仅有一般茶叶的普遍特性,更有显著的特殊性,抗逆性差,对立地条件、精细化栽培要求高。现在能发现问题是最好的,大家一定要本着科学的精神、务实的态度做好技术服务。

闻书记照例最后总结,他说白叶一号首次落户这三省四县,大家要做好实地研究、跟踪观察、对比试验、规律总结和问题分析,各组要形成白叶一号落户当地的栽培技术的研究性报告，要及时为各地提供实打实的技术支撑。目前，黄杜村的白叶一号茶苗已经完全培育好，这几天，黄杜专家要实地督查检验每个茶园的基地建设，如果达标，就准备启运、发苗。大家分头联系的村镇，要做好准备，迎接验收！

视频工作会结束后，邹洋汐对岑子兴说：

"师父，你亲自督阵的大坤镇，绝对是当之无愧的示范点、样板区。我联系的旺甲、曲胜这两个村，也应该没问题。茶地里的每一块小石头，都逃不过我的火眼金睛。师父，你不知道我那两个村的村民管我叫什么。"

"什么？不会叫你'邹扒皮'吧。"

"哈哈，他们叫我'邹大嫂'！"

"邹大嫂？为什么叫你大嫂？"

"他们说我管事管得又多又细，像村里的大嫂子。"

"哈哈，邹大嫂，叫得好，这可是对你的称赞。"

"嘿嘿，师父，我那两个村的村民是没有碰到你，要是碰到你，你管得更细致，他们该叫你岑大妈啦。"

"哈哈，在家，我老婆都嫌我啰唆。"

说到这儿，岑子兴才想起问邹洋汐：

"假期玩高兴了吧？女朋友呢？"

"师父，确实嗨翻了。Lisa昨天回杭州了。师父，唐家河真值得去，虽然我被旱蚂蟥叮了。"

"啊？问题不大吧？"

"我们去之前都做了防护，到了堆满枯木的潮湿地带，袖管、裤管全扎得紧紧的，就是怕被那些家伙叮住。一路上，我还很老练地对Lisa说，旱蚂蟥的'老巢'就在溪水边杂草丛。结果，话没说完，一条旱蚂蟥弹在了我脖子上，叮得紧紧的，马上就吸了好多血。Lisa说，眼看着那只旱蚂蟥的身体就膨胀起来，她吓得手脚都在发抖……"

"千万不要生拉硬扯啊，如果拉断了蚂蟥的口器，残留在肉里，很容易引起感染。"

"是啊,我使劲拍脖子周围,就是想震动肌肉,让蚂蟥松口。结果,怎么拍那家伙都不松口。后来,我就让Lisa朝着蚂蟥唾口水。我记得野外急救有这么一招,把口水唾在蚂蟥吸盘上,就能让蚂蟥松口。可是Lisa吓得连口水都不敢唾。后来我急了,跟她说,唾,尽管唾,像泼妇骂人一样狠狠地唾!她终于鼓起勇气,攒了几口口水唾在我脖子上。哎哟,我的老天爷,又不见效!"

"那赶快找药水啊,有刺激性的,酒也行。"

"是啊,我正在翻药水。结果,还是Lisa灵机一动,她赶忙点了一支烟,用烟头去烫,终于把那家伙除掉了。"

"亏得人家救了你!嗯,都是英雄救美,你们成了美救英雄!"

"哈哈,师父,所以人们说,两个人结婚前,一定要有一次旅行。嘿嘿,师父,今年春节前,我们就打算把喜事办了。"

"好啊,洋汐,终于抱得美人归了!先祝贺你啊!"

"谢谢师父,你呢,国庆这几天怎么过的?千万不要告诉我,你就在这茶地里国庆七日游啊。"

"哈,洋汐,你不知道,我也去了唐家河。"

"啊?你一个人?"

"老婆和孩子突然来了,事先也没给我说一声,他们要去看野生动物,我们一家三口就报了一个亲子科考团,主要是带孩子去玩。"

"师父,我们怎么没有碰见呢?"

"是啊是啊,完美错过。还好,没有惊扰到你和你女朋友的浪漫之旅。"

"师父,那嫂子,还有然然呢?也回杭州了吗?"

"你嫂子,本来是带然然到青川度国庆大假的,没想到昨天接到她们学校的通知,临时安排她顶替一位支教老师在青川支教。然然呢,也赖着不想走,他妈妈说可以让他在这儿插班念书。今天,母子俩都到学校报到去了,就在这个大坤镇上,不远,我们互相还有个照应。"

"啊，他们都留在这儿了？然然还要在青川念书？他能习惯吗？"

"呵，来这儿的第一天，就交到了好朋友。听说可以留在青川，小家伙兴奋得觉都睡不着！"

"也好，让然然体验一下乡村生活。不要像我，小时候去农村亲戚家，见了山羊屎都觉得稀奇，见一颗捡一颗，宝贝似的揣在衣服兜里。我妈问我捡那么多山羊屎干吗，我说我以为它们是巧克力豆。到现在，我家亲戚都还拿这事笑话我。"

"是啊，我和你嫂子也觉得让孩子多体验多感受不同的生活环境，对孩子有好处，特别是乡村生活，平常然然确实接触太少，包括你嫂子，她也是个五谷不分的人。"

"嘿，师父，你们现在是全家都扎根青川啦！"

"还好吧，一家三口小团圆。洋汐，我现在在青川待的时间多，你平常要是有什么事需要回杭州，尽管回去，反正我常驻这里。对了，你春节前就要办喜事，也快了哈，现在都十月份了，结婚是人生大事，要好好筹备。"

"好嘞，师父。"

孟小闲到青川县教委报到时，县教委对来自浙江的新一轮支教老师专门组织了一场欢迎会。让孟小闲感到意外的是，另外九名支教老师中，有一位竟然是第二次赴青川支教。那是一位俊美得让人眼前一亮的女老师，叫黎淑。黎淑说她上一轮支教结束离开学校的时候，孩子们拉着她不肯让她走。后来她上了车，孩子们就一路追着汽车跑，汽车在山路上拐着一道又一道的弯，孩子们就顺着山路的直坡往前追，甚至追在了汽车前面。整整一座山，孩子们都奔跑、跳跃在她眼前。她回到浙江后才发现，她人虽然离开了青川，心却留在了青川。

黎淑说得很恳切，孟小闲禁不住朝坐在自己斜对面的这位江南美女打量了又打量：一袭白衫，一头乌发，干净明亮的面庞自带光彩。这份光彩忽然让孟小闲感觉到一份久违的情愫。

孟小闲大学毕业前，同寝室的五个姐妹响应学校号召到乡村参加社会实践，她们特地选了云南一所偏远的高山小学去实习。至今她都记得那所学校的校长，姓马。马校长办公室里挂着一幅自己挥毫的草书，乍一看，这幅书法运墨如云集水散、山崩浪奔，但写的什么，谁也认不出来。当时，孟小闲也只看出是两个字，究竟是哪两个字？左猜右猜都不对。后来学校一位老教师点拨了点拨，她们才认出那两个字是"求索"。念着"求索"，大家一下想起了"路漫漫其修远兮，吾将上下而求索"，想起了乡村教育的艰辛。

"没错，马校长是在上下求索。不过他还在'求'一条真正的、有形的'索'。"

老教师这一说，弄得五位姑娘云里雾里。看她们个个茫然，老教师索性一语道破天机："我们马校长啊，求的是一条能够把他这匹'野马'套住的'缰索'。"

这下，五位新来的实习老师才恍然，原来英武硬气、才华横溢的马校长一直还单身。

"你老在瞎扯什么！"

马校长一笑而过，大家也不再理会老教师的调侃。

在这所高山小学实习的两个月，和其他几位实习老师一样，孟小闲深深喜欢上了这里的孩子。她惊讶地发现，这些孩子的眼睛像泉水一样清澈，笑脸像山花一样灿烂。和孩子们在一起的那两个月，是孟小闲人生中最单纯而充实的时光。实习要结束时，孩子们都围着即将要离开的五位实习老师哭了，她们五位实习老师也像大孩子一样哭了。

泪珠是晶莹的，也是咸涩的。毕业后，一起实习的五位老师无一例外都选择留在了大城市。一个改行进了政府机关，一个自己倒腾做生意，一个早早嫁人做了全职太太，一个考研出国，一直守着老本行的是孟小闲。晃眼二十多年过去了，偶尔她还会想起那所高山小学里身影越来越模糊的孩子，想起他们揉碎在一起的泪花，想起英武硬气的马校长，还有他那幅难以辨认的草书"求索"。

孟小闲关于乡村的记忆，在欢迎会上就这样不知不觉被启开。大家还在感慨支教是一个系统工程，这项工程对全方位促进义务教育均衡发展，统筹城乡、区域教育资源向边远山区倾斜，加快缩小教育差距确实能发挥积极的推动作用，她的脑海却兀自浮出一片漆黑的群山。

漆黑的群山中，夜雨淅淅沥沥，一个小小的身影孤独而享受地立于一方光亮前。

那是她们实习不久的一天晚上，电影放映队来到村上为老百姓放电影，地点就在村委会。当时，孟小闲和其他几位实习老师借住在村委会。这天，她们看见院坝里，放映机支在一辆越野车的后备厢里，两棵高大的树杆间牵起了银幕，轻盈的银幕像块巨大的吸铁石，越来越多的人小铁屑般被它从大山皱褶中吸附在面前。那天晚上放的什么电影，孟小闲已记不清，她清楚记得的是银幕前聚集了很多人。有的坐在地上看，有的站着看，还有的爬在树上看。后来再赶到的人，连树上的位置也没有了，他们就站到银幕的反面去看。渐渐地，银幕反面的人也越来越多，坐着的、站着的、爬在树上的……那是一番多么奇特的场景。银幕像镜子一样映照着正反相互对望的人群，他们专心致志的神色如出一辙，他们眼里满满盛着的是一个同样陌生的世界，他们都把眼睛睁得大大的。

电影放到一半的时候下起了雨。雨越下越密，一些乡亲不得不一步三回头地离开银幕，爬在树上的人也不知什么时候消失了。最后空旷的院坝里只剩下一个少年，孤零零地站在银幕前。他看得那么专注，全然不顾雨水正把他当作山林里的万物一样无声浇灌。

"还要放吗？只剩下一个孩子在看。"

孟小闲问放映员。

"放，只要他愿意看，我们就一直放。"

"雨下大了，这个孩子回家可能还要走很远的路，怕路上不安全。"

"可以留他在村委会住一晚。"

偌大的夜空下，静谧的群山间，只有这一方小小的银幕在黑暗中闪烁，放映机投射出的光柱，把从天而降的每一串雨滴都映照得历历可见。孟小闲递给少年一把雨伞，少年举着伞伫立在银幕前，继续享受着那场未尽的视觉盛宴……

若干年后，每次说到乡村，孟小闲总会想起这一帧画面，这就是她印象中的乡村。难以辨认的"求索"、举着伞孤独站在雨中看电影的少年……所有往昔在孟小闲的记忆中都沉睡多年了，这一刻不知是它们唤醒了她，还是她唤醒了它们。

孟小闲没想到自己还会再次执教乡村。

青川县教委征求她意见，问她这次支教是留在县城还是去乡镇时，她说："我先生也从浙江到了青川，是白叶一号茶叶科技特派员，他主要驻扎在大坤镇，如果可以，我就到大坤镇去支教。"

县教委的领导都知道白叶一号即将从浙江安吉黄杜村落户到青川。

"那好啊，孟老师，你们夫妻俩都在援助我们啊！一个投身茶叶产业，一个投身教育教学。太感谢你们了！但是因为地处偏远，大坤镇要更艰苦一些，这些年大坤镇小学一直还没有支教老师去过，您到了那儿，不知能不能适应。"

"应该没问题，国庆这几天，我都在青川，青川挺好的，大坤镇也挺好的。我家小孩都耍赖，要留在这儿插班跟读。"

"孟老师，您真是以校为家了，青川将成为你们全家的第二故乡，我们期待您在大坤镇小学实地带给我们先进的教学理念、科学的教学方法和规范化的教学管理……"

"第二故乡"这四个字一下跃出县教委领导客气的话语，悄然撞击着孟小闲的心壁。没错，在旁人看来，青川是自己全家的第二故乡，但是对于然然，青川，却是他真正意义上的第一故乡。

孟小闲做出支教大坤镇小学的选择后，最高兴不过的是然然，因为白震茂就在大坤镇小学念书。

"妈妈，我可以和小白在一个班级吗？我们一样大，今年都十岁，他读三年级，我也读三年级。"

"我帮你问问小白的班主任张老师吧,看张老师愿不愿意收你。你要做好准备啊,你是插班生,第一天到班上去,肯定要给老师和同学做个自我介绍,让大家了解你。"

"好啊,我最喜欢做自我介绍了!"

"那,儿子,"岑子兴在一旁掺和道,"你到青川来,怎么没给老爸做个自我介绍?"

"您好,爸爸!我叫岑开然,今年十岁,男生,是您和孟小闲的儿子……"

然然一下蹦到岑子兴面前,抬头挺胸地做起自我介绍来,逗得岑子兴和孟小闲哈哈大笑。

二十一　人在草木间

真正去大坤小学三年级一班报到那天,然然带给全班师生的"首秀"让所有人都大为惊讶。他简单做了自我介绍后,就用流利而标准的英文给大家讲起了一个小故事。尽管班上的同学们听不大懂,但是他活灵活现、绘声绘色的表演已经让每一个人都感受到了他的大方、自信和友好。

A poor farmer had a friend who was famous for the wonderful apple he grew.

One day, his friend gave the farmer a young apple tree and told him to take it home and plant it.

The farmer was pleased with the gift, but when he got home he did not know where to plant it...

然然把英语小故事讲完之后,又用中文翻译了一遍:

一个穷困的农夫有一个朋友,这个朋友因为种了神奇的苹果树而有名。有一天,农夫的这个朋友送给他一棵小苹果树,让他带回家去栽种。农夫对这个礼物非常喜欢,但他回到家,却不知道应该把它种在什么地方。

他担心如果自己把苹果树种在路边，陌生人会摘树上的苹果；如果他把树种在自己的地里，邻居们夜里会过来摘苹果；如果他把树栽在自己的房子边，他的孩子们就会摘苹果。

最后，他把那棵树栽在了一个没有人能看见的林子里。但是这里没有阳光和肥沃的泥土，苹果树不久就死了。

后来，朋友问农夫为什么要把树栽在那样贫瘠的地方。

有什么办法呢？农夫无可奈何地说："我把苹果树栽在路边，陌生人就会摘树上的苹果；我把树栽在自己的地里，邻居们夜里就会来摘苹果；我把树栽在自己的房子边，孩子们就会去摘苹果。"

"是的，"他的朋友说，"但至少还有人来分享这些果实。现在你不仅让大家分享不到果实，还毁了一棵神奇的苹果树！"

这下，全班同学都听明白了，岑开然讲的原来是一个"好东西应该分享"的故事。张老师对然然在全班同学面前的"首秀"赞不绝口，她后来对孟小闲说："岑开然的英语太棒了，才小学三年级，就讲得这么溜。孟老师，看来，我们青川和杭州的教学差距真的太大了。"

"这孩子从小语言能力就比较强，他上幼儿园就是双语教学，基础比较好，后来越学越有兴趣。在家里，他还是他奶奶的英语家教。他奶奶为了锻炼自己的记忆力，每天要记10个单词。然然教他奶奶教得很细致，而且督促得可严了。国庆节还给奶奶布置了作业的，就是阅读《一棵苹果树》这篇小短文。"

"岑开然这么有责任心啊，我们班上这学期要成立一个英语兴趣小组，正好请岑开然担任小组长，他一定会带动大家的学习兴趣。我们这个班的孩子最喜欢有新鲜事了，来了新老师新同学，都是他们最高兴的事……"

班上来了新同学，最高兴的莫过于小白。他做梦也没有想到，自己和岑开然还没分别又"再见"了，而且现在还能在同一个学校同一个班级一起念书。岑开然走进教室的第一天，小白已经被他的英语秀震惊到了，他没有想到自己的好朋友英语这么棒,这一方面,小白很惭愧,他上学期的英语只考了60多分,勉强及格。

"不要紧,我可以帮助你。"

岑开然满有把握地安慰着小白。小白认真想了想:"好吧,我可以教你滚铁环。"

"好啊,我就想学滚铁环,可是我还没有铁环。"

"我让我爸爸给你焊一个。"

10月的浙北山区早晚温差大,为了不让即将启程的白叶一号茶苗干枯,这两天黄杜人起早贪黑给茶苗浇水保鲜。18日清晨天蒙蒙亮,黄杜村村口上千平方米的茶事业服务中心停车场上已热闹喧腾,一拨又一拨村民纷纷从田间地里赶来捐赠白叶一号茶苗。他们把自己刚移出土壤的茶苗理得齐齐整整,就像对即将出阁的女儿一样,临行前,还要为她捋捋秀发和衣襟。为了保护好苗根,他们为每一株白叶一号兜了个红色塑料袋。青翠的绿,鲜艳的红,每一株白叶一号今天都格外娇艳。黄杜人的无尽牵挂和祝福,和所有茶苗一样整装待发。

上午,白叶一号捐赠茶苗启运仪式在这里如期举行。浙江省安吉县溪龙乡黄杜村各级党委政府和部门代表、浙江茶叶界代表、"三省四县"受捐地代表齐聚现场。

任现场指挥的黄杜村党总支书记盛阿伟,感念今天是个特殊的日子——今天是黄杜人兑现承诺的时刻。"江南无所有,聊赠一枝春。黄杜无所有,予君一片叶。"黄杜人的想法很单纯,他们就是想让给他们带来了富裕和美好生活的"一片叶子",能给更多人带去富裕和美好的生活。

站在直立话筒前,盛阿伟试着平复自己激动的心情,他的神色在清早的霞光中透着一份庄重,但是他并不习惯讲大而空的话,伴着晨风,他实实在在的声音通过扬声器,传播在万亩茶地——

"预计到10月19日晚上,这批茶苗将抵达青川县城,运往贵州沿河和普安两县的茶苗也会在今天启运,首批茶苗合计运出约300万株。其他几个县的茶苗,都将根据天气状况及受捐地区的实际需求,在未来一个月内运到当地。为保证茶苗的新鲜度,我们启用了冷藏车运输,并要求中途不能长时间停靠或熄火……"

在此之前,由黄杜村派出的12名村民代表已提前赶赴三省四县,在受捐地现场示范种植,蹲点指导。这次,为帮助当地村民尽快种下茶苗,黄杜村又派出22名经验丰富的茶农,已在昨天到达受捐地区,做种植前的各项准备,他们甚至还细心带上了修剪工具。

专门赶来参加茶苗启运仪式的青川县县长难抑激动,他说:"白叶一号茶苗凝聚着浙江省委、省政府,5600万浙江人民,特别是黄杜村干部群众的深情厚谊。青川人民翘首以盼,悬悬而望,期待白叶一号茶苗在青川大地生根发芽。青川的1500亩土地整理已全面完成,其他辅助生产设施建设全面启动。具体受捐地还建立了政企合作产业模式,依托企业先进的管理经验、成熟的产销体系,构建院县技术指导机制,依托浙江茶叶专家和黄杜村的技术力量,制订了长期培训规划,为白叶一号落户青川提供强有力的技术支撑……"

捐赠茶苗启运仪式结束后,装满100万株白茶苗的大型冷藏车从黄杜村出发,驶向千里之外的四川省青川县。就在这一天,还有两辆满载茶苗的冷藏车,分别开往贵州省沿河县和普安县。

当天晚上的《新闻联播》报道了白茶苗启运。

"快看快看!白叶一号出发了!"

然然在电视机面前兴奋地叫着:"老爸,它们什么时候能到大坪镇?"

"后天。"

"白叶一号要坐那么久的车啊!"

10月20日凌晨,白叶一号茶苗最先运抵贵州沿河土家族自治县,它们被连夜分发到了村民手上。早上6点半,在贵州省沿河县中寨镇志强村,黄杜村党员刘炜和志强村村委会主任张勇,冒雨种下了东西协作的第一株白叶一号。

10月20日清晨8点，经过两天两夜的长途跋涉，一百万株茶苗抵达青川县沙州镇青坪村。

青川县为迎接白叶一号，在青坪村举行了简短而热烈的欢迎仪式。当地村民从来没见过九米多长的大型冷藏车，看这气势、这派头，他们就知道盼星星盼月亮盼来的白叶一号更加值得珍重。他们迅速而小心地卸着、搬运着茶苗。余下的白叶一号运到大坤镇时，是当天下午两点过。

这天正好是星期六，大坤镇白叶一号茶叶基地人声鼎沸，然然和小白挤在人群中，不时踮着脚张望着。十年、二十年，更多年后，两个孩子或许还会对这个场面记忆犹新：村民们背着背篼，挎着篾篓，提着竹筐，翘首以待，他们早就听说白叶一号已经到了青川，现在正发往大坤镇。他们都望着远处绕来绕去的盘山路、回头弯，只待装着白叶一号的车辆出现在他们的视野。

"来了，来了！"

牛皮菜最先看到了山弯处的冷藏车，随着他的叫喊，男女老少一下激动起来。在一辆小皮卡车的带领下，一辆赫然庞大的冷藏车出现在山底的第一个弯道。

"就是那辆大车子，装着白叶一号！"

皮卡车引领着冷藏车在每一个回头弯的拐点减速、转向、盘旋，又在一个新的回头弯减速、转向、盘旋……如此蜿蜒曲折地重复了十多遍，庞大的冷藏车终于朝着大坤镇的茶叶基地一步步接近。车子刚一停稳，震耳欲聋的鞭炮声突然响起，红红的鞭炮壳霎时溅落满地，鞭炮还没炸完，锣鼓又欢天喜地地敲打起来，锣鼓声还没停下来，噼里啪啦的掌声又从四面八方涌起。沉寂多年的山村好久没有这样沸腾过了，大家赶忙把背篼、篾篓、竹筐从背上、肩上、手臂上取下来，摆放好，准备装茶苗。

看着一地虚空以待的农用家什，然然一下想起了小树林里躺在棺材中的那位老爷爷，想起爸爸说这位老爷爷虽然离开了人世，但是他的能量并没有完全消失。老爷爷用竹子篾条编了很多装运白叶一号的用具，如今，这些东西果然派上了用场。

冷藏车的车厢门打开了，大家看到满车鲜活的茶苗堆放得规规整整，竹篱笆栏间隔着，在温度、湿度和空间尽可能"舒适"的保证下，每一棵白叶一号都精精神神。从浙江黄杜"远嫁"到四川青川的这批"江南闺秀"，从此就要扎根这片陌生的土壤了。

村民们的背篼、篾篓、竹筐都装上了茶苗，有的背，有的提，有的挑，老爷爷编的用具给了刚到青川的白叶一号第一个拥抱。虽然老爷爷已经不在人世，但长眠于此的他似乎也拥抱到了来自浙江的这一份份翠绿的希望。

能量，对，这就是那位老爷爷还留在这个世界上的能量吗？然然的思绪一下触碰到了什么。

"岑开然，快看！大家都开始装白叶一号了！他们肯定马上要把白叶一号搬运到茶山上去，很快把它们种在地里。"

小白激动地对然然大声说着。

"走，我们到茶山去看他们怎么种白叶一号！"

然然也跟着激动，这些茶苗是从他家乡浙江来的，它们对他来说无比亲切。

"我们也去背几背篼吧！"

"好啊！"

小白带着然然一人抓了一个背篼背上，兴冲冲地朝冷藏车奔去。

白叶一号一次运来了这么多，大坤镇的村民既欢欣又焦急，他们要在最短时间内，按要求把茶苗栽种好。黄杜专家说："苗子越早下地越好！"他们也知道经过两天两夜的长途跋涉，本来就娇嫩的白叶一号茶苗肯定早就渴了饿了，她们像鱼儿急需回到水里一样急需回到土壤，但是村子里人手不够，除了老弱病残，真正能够应急的劳动力没多少。这个问题岑子兴和邹洋汐最开始也没有预料到。

岑子兴、邹洋汐和黄杜专家们分散在茶地里，躬身给村民们强调白叶一号的栽种要领。岑子兴抬起头时，看见两个矮小的身影也背着茶苗往茶山上爬，那不是然然和小白吗？这两个小家伙，也跑来凑热闹了。他们不会种，便来来回回背茶苗上山,不知跑了多少趟。

有一趟,小白摔倒了,然然过来拉他,结果两人连带背篼里的茶苗都倾翻在地。

"你们这些小娃儿,凑什么闹热,不要以为这里好玩,仔细伤到了茶苗子!"一个气喘吁吁的伯伯没好气地让他们站一边去。

大坤镇的人手不足,为了保证茶苗尽快栽种下地,镇上紧急从外村借了几十个劳动力来增援,大家都加班加点地埋头苦干。天黑了,也没停下来,架起电杆电线,挑灯夜战。新来的这些人,之前没有参加过白叶一号种植的培训,现来现做,毛手毛脚,有的还跟他们以往种玉米一样粗放,急得黄杜专家和岑子兴、邹洋汐围着茶叶基地团团转。

"不行,不行,这样栽肯定不行,"黄杜专家不能容忍任何一株茶苗入土立地不规范,"第一步很重要,千万不要马虎,才能保证成活率!"

可是任务重、时间紧,借来的劳动力只图快,看着一棵棵宝贝茶苗被草草栽进了坑了事,牛皮菜大声喊着:

"先用黄泥浆蘸根再栽啊!"

"土覆到根颈处要踩实哦!"

"水要浇透呃!"

"定型修剪,定干高度在十到十五厘米!"

"留三到四片叶子啊!"

……

这样的叫喊几乎无济于事。"牛皮菜,牛皮菜!"岑子兴提着几株茶苗拽了拽他,"不行,他们种的有的根本不符合标准,赶快让我们培训过的村民分头带领这些外来支援的村民,我们几个人嗓子喊破了,他们都不明白。"

"对,今天第一次实战,我们的新手就要变成熟手!哎,老师,你看,我们的妇女们种起茶来比男人们好得多、精细得多!"

"是啊,赶快,发动大家的力量!"

岑子兴回到宿舍时，是清晨六点过。他把泥鞋子、泥裤子、泥衣服全都放在门外的走廊上，在卫生间冲澡，从头到脚淋下的水仍是泥沙俱下。

"栽下地就好了，你们也可以松口气了。"

孟小闲闭着眼对岑子兴说。

"万里长征，这才第一步呢。"

"养小孩都是愁生不愁长，种在土里了，白叶一号自己知道怎么长。"

"哎，今天真是搞得手忙脚乱。劳动力不够，借来的帮手对种植要领又掌握得不规范。那个牛皮菜，哎，这家伙又踏实得过头了！"

"怎么啦？你平常不是老夸他吗？"

"哎，我现在才算真正知道这个牛皮菜有多牛多皮了，培训的时候，我们一再强调，栽苗时要注意根系和土壤紧密接触。但是，这也有个度啊，牛皮菜就喜欢把事做过头，他负责栽的茶苗都栽得太深，他不知道，栽太深，根系生长分布层的氧气就会减少，这样会直接影响茶苗呼吸作用和吸收功能的发挥，甚至不能及时给发叶抽梢后的茶苗提供水分和养分。"

"你没给他说清楚吗？"

"说清楚了的啊，可能是他看见现场有些茶苗栽得太浅，所以就宁肯往深里栽。移栽白叶一号，讲究大呢，深浅有度，这个度的把握就是一个技术关键点。"

"那栽深了怎么办？"

"能重栽的又重栽，所以折腾过去又折腾过来。"

"呃，你嗓子怎么这么哑？"

"哎，好多人的思维和行动，还跟种植传统农作物一样粗放……"

"我说，你也不要太担心，入乡随俗，为了生存，白叶一号在青川自己也得学会适应。"

"是啊，适者生存。但是这一晚到亮不停歇，还是有些茶苗没来得及定型修剪，接下来任务还重呢！"

"你快睡一会儿吧，鏖战了半天一夜。"

岑子兴躺上床时，孟小闲正该起床了。

"今天，不，应该是昨天了，然然还去背了白叶一号的，肩膀都勒红了。"

"我看到他了，和小白一起，激动地跟着大人们来来回回地跑，锻炼锻炼也好。"

"青川的白叶一号，现在种是种上了，什么时候才能产茶呢？"

"说慢也慢，说快也快。两年之后，就可以产第一批茶，但是丰产还要再等两三年。"

"那时候就是青川白叶一号了，嗯，到时我们可要好好尝尝它的滋味，让然然也尝尝。"

"然然能尝出什么？再过十年八年，等他长大成人了，青川白叶一号也更茁壮了，那时，这个茶的滋味就值得他回味了。"

"那时……"

孟小闲还要和岑子兴说什么，床上已传来沉沉的呼噜声。

二十年后，再次站在乡村学校的讲台上，孟小闲分明感受到时光的列车在自己身后呼啸而过。恍惚间，她又回到了那间不同寻常的教室。

那是她第一次走进的一间乡村教室。

站上讲台，有些紧张的她刚抬头就吓了一大跳，讲台正对面——教室后门处，居然安放着两张挂着蚊帐的木板床。蚊帐垂落着，里面还有人在睡觉。看到她不知所措，孩子们七嘴八舌地说，学校的民工没有住处，外面又太冷，学校只好让他们把床搭在教室里。她有些尴尬，孩子们却没有半点难堪，他们欢快的神情分明表示，对于这样的安排，他们不仅没有觉得丝毫不好，反而喜欢甚至欢迎这样同在一个屋檐下的共处。

她走下讲台才发现，床边还有两个烘着木炭的火盆，教室内因此有了一片别样的暖意。上课前，孩子们会在火盆里放几颗石头，上课时把它们刨出来，揣在衣服包里暖暖手。一节课结束后，又把石头放回火盆去加热，上课了又揣在衣服包里。后来，更有主意的孩子从家里带来土豆、红薯，上课前把它们埋在炭灰中，课间，整个教室都飘逸着香甜的滋味。一到下课，大家就涌到火盆边去寻找他们埋藏的宝贝。还有些时候，上着上着课，蚊帐里会传出鼾声，孩子们你看我，我看你，偷偷笑着。有些时候，睡着的民工醒了，会从蚊帐的缝儿里伸出个脑袋，看看老师在讲什么……

二十年后，乡村学校的办学条件和城市相比，虽然仍有差距，但这里灾后重建的教学楼、运动场、宿舍、食堂……各种硬件设施都有了很大改观。眼前，孩子们的穿着打扮和从前也大不相同了。大坤镇小学的孩子们有自己的校服，穿上学校的校服，然然和其他孩子没有什么两样。

很快，和小白还有很多男孩子一样，然然学会了滚着铁环上下学。在小白的鼓励下，然然还学会了跳山羊、打弹弓、抓石子儿。有一天课间，孟小闲看见然然一只脚独立，另一只脚屈着膝盖被两只手扳成三角状，膝盖朝外，单脚跳着，和一群同样姿势的男孩子们蹦来蹦去。

这是孟小闲童年时代男孩子们欲罢不能的玩闹——斗鸡，而今城市里的孩子早在网络游戏和声光电的数码玩具中抛舍了它们。眼下，然然却无比畅快地陶然其中，他的腿脚丝毫不逊色，他的兴致和勇气天性使然，连岑子兴都惊讶然然在青川学习、生活的适应速度是如此之快。

孟小闲在大坤镇中心小学带的是四年级二班，与孩子们亲密相处的这段时间，她发现这些乡村孩子和城市孩子有很大的不同：他们生活能力很强，跋山涉水、烧火做饭、赶猪放羊，没有哪样能难倒他们。十一二岁的这些孩子很多属于留守儿童，他们大都早早地挑起了家庭重担，照顾爷爷奶奶，带领弟弟妹妹……这些从小就被生活锤炼的孩子个个都很皮实。他们有一个共同的爱好就是喜欢听笑话，全班一笑起来，即便在寒风凛冽的冬天也会让人听到花开朵绽的声音。

孟小闲常常在进入正课前，先给孩子们讲一个笑话。这天她给他们讲的笑话是一个真实的故事。她曾经教过一个外国小伙学中文，有一次，她让外国小伙用"果然"造句，外国小伙皱着眉头想了又想，说道：

"我吃了一个水果，然后喝水。"

听到这儿，孩子们全都哈哈大笑起来，这是多么奇特的造句法。

孟小闲接着讲:"我对他说不是这样的,用来造句的词语不能分开,'果然'这个词语的两个字'果'和'然'要连在一起。结果,外国小伙对我说,老师,我的句子还没有造完呢,我便让他接着造。这下,外国小伙才把他的句子连起来,补充完整:我吃了一个水果,然后喝水,果然拉肚子。"

哈哈哈哈,孩子们笑得更加开怀了。

"你们看,这个外国人把中文词语理解得不错吧?我们能不能把句子造得更有意思呢?"

孟小闲的语文课成了孩子们最喜欢的课。有一次她的示范教学是给一年级的孩子上写字课,讲到"茶"字的书写时,她说到了一个字谜"人在草木间"……

"为什么'人在草木间',就成了'茶'字呢?"一个孩子稚气地问道。

孟小闲当时想,这个问题要是由岑子兴来回答该多好啊,作为茶叶"科特派",他一定能更生动地讲述"人在草木间"的故事。

对于当地老师普遍感到棘手的作文教学,孟小闲倒是别有心得,她说要努力发现每一个孩子在文字表达上的独特之处,最开始一定要多鼓励他们,让他们大胆说大胆写。孩子们拿到她批阅过的作文本,发现她留下的红红的评语有时比他们的作文还要长……孩子们知道自己的描述总有触动老师之处,他们都感受到了孟老师细致入微的点评流露出的惊喜,这些惊喜不经意开启了他们对话自己、对话他人、对话自然万物的一扇扇奇妙的窗户。就这样,孟小闲班上的学生,顺利实现了从怕写作文到爱写作文的巨大转变,孩子们的听、说、读、写能力都有了明显提升。

每天改完作业备完课,孟小闲才发现自己成天忙乎得把然然都冷落了,好在然然全不在乎。

二十二　新苗

白叶一号落户青川以来,岑子兴和黄杜专家几乎每天都要去茶园察看茶苗。尽管前期对茶园建设作了充分的准备,但是大批大批茶苗立地后,许多现实问题才暴露出来。岑子兴看到,大坤镇白叶一号示范基地的茶苗眼下并没有如他们所愿,长得精神焕发。这些茶苗子,一株株都屏息敛声,拘谨得像刚进荣国府的林妹妹,"步步留心,时时在意,不肯轻易多说一句话,多行一步路,唯恐被人耻笑了他去"。

茶苗定植后,一周时间过去了,仍不见什么新气象。岑子兴和黄杜专家担心茶苗"假活",他们知道,很多植物都有这样的习性。

"这哪里像什么示范基地嘛?"前来调研的领导们都沉着脸。

"它们有的可能是'假活',假作真时真亦假啊。"

"岑师傅,什么是'假活'?"一个领导问。

"茶苗移植后,有时会出现这种现象:茶苗的地上部分在发叶抽梢,地下部分却不长根,最终叶梢枯死,整株新植茶苗夭折。"

"咦,怎么会出现这种怪现象?"

"一来,是茶苗本身的原因。如果断根伤根多,根系少,上部发叶抽梢后,根系不能及时供给所需的水分和养分,就会导致叶梢死亡。我们这次收到的都是优质苗,起苗后,黄杜村民还特意用袋子将根系保护好,这样有效防止了运输途中伤根、失水。所以茶苗本身的原因，可以排除。"

"是的，苗子都是好苗子。"

"第二个原因，是移栽质量。这个问题，我们在很大程度上存在。移植茶苗时，如果曲根、窝根或根系架空，或者窝穴挖得太小，新栽苗木根系与土壤接触不良，难以定根，茶苗无法从土壤中吸收水分和养分，都会导致发叶抽梢后因无法补充水分和养分而死亡。所以我们在这之前，一再强调要按规格挖窝，还要特别注意栽植的深浅，不能过深，也不能过浅。"

"哎，各位领导，"余支书无奈地说，"你们看到的，大坤镇的青壮年大都外出务工，留守的除了女人家、娃娃儿，其余都是老弱病残。我们的白叶一号基地周围劳动力确实不足，这一次，在茶苗栽植的用工高峰，虽然协调到附近村子甚至周边乡镇的劳动力，但是新来的帮手对茶苗种植要领掌握得不规范，有些茶苗没有严格按标准定植。"

"这部分茶苗，现在只有随时加强观察，特别要注意后期的管护。"

岑子兴面色很严肃。

"对，"黄杜专家紧接着说，"实在不行，该拔除的要拔除。"

"年底了，我们这儿不少外出务工的人会陆续回来，到时候他们可以实际体验茶园里的工作和劳动，如果他们在家门口既能学到种茶技术，又能挣到钱，同时还能照顾到家庭，也许就会有人留下来。"

余支书安慰着自己，也安慰着大家。

"关键要让他们切切实实感受到白叶一号的前景，树立信心很重要！"

领导感叹着。

"是啊，"余支书应着，"种白叶一号以来，我们这里山山水水、坡坡坎坎的所有变化都看得见，摸得着。相信翻过年，一些外出务工的劳动力会选择留下来。这样的话，我们的人手就没有之前那么紧缺了。"

看着眼前对青川这片陌生的土地还怯生生的茶苗，岑子兴回头对牛皮菜和其他技术员说："现在我们必须密切关注青川的天气预报。很多防护和应急工作，一定要做在前面，不能再被动了。"

接下来的几天，天气晴好，微风轻拂，大坤镇修剪整顿好的一棵棵茶苗终于舒了舒紧蹙的眉头，它们的根须似乎小心往泥土深处伸了伸，枝叶似乎也小心朝天空四周探了探。

"这样就好了嘛。"牛皮菜紧蹙的眉头也跟着舒展了许多，"小苗苗们，大家就盼着你们在这里眉开眼笑呢。"

旺甲、曲胜两个村子因为挨得很近，白叶一号茶苗运到这里时，邹洋汐、炖板栗、蓖麻和白叶一号专班商量，集中两个村的劳动力，合伙完成这两个茶园的茶苗移栽。这两个村白叶一号种植园区面积都比较小，加之村民都经过培训，茶苗移栽的整体情况比大坤镇理想得多。

这天下午，刚巡检完旺甲村白叶一号种植园区，邹洋汐乐滋滋甩给炖板栗和蓖麻一人一包好烟，"功夫不负有心人！晚上，我们去整顿烧烤吧！这一阵大家都累惨了。"邹洋汐早已入乡随俗，完全适应了蜀地的劳作和生活。

"师兄，比起大坤镇的茶苗，我们这两个村的茶苗才叫亭亭玉立嘛，我们这个应该就叫'赢在起跑线上'吧！"

炖板栗有些掩饰不住的得意，刚撕开烟盒的蓖麻突然在这一刻双眉一拧，眼珠子卡住不动，两个耳朵随即雷达似的锁定了什么。

"遭了！"

见他神色突变，邹洋汐顿感情况不妙。

"怎么啦？"

"落汤疙瘩了！"

"什么汤疙瘩？"

不等蓖麻解释，屋顶突然弹起脆嘣嘣的声音。

"下冰弹子了——"

炖板栗一声大喊，邹洋汐这下才完全反应过来，冲到门口一看，天啦，大大小小的冰弹子正劈头盖脸往下砸。

"完了，我们的茶苗！"

"这些狗弹子，天啦，真是不长眼啊。"

眼睁睁看见李子大的樱桃小的冰弹子混杂着，铺天盖地越砸越密，原本要开庆功宴的三剑客一下成了捶胸顿足的难兄难弟。

"师父,旺甲村突然下冰雹了!"

伴随着嗒嗒嗒嗒的冰弹子声,邹洋汐的哭腔传到岑子兴手机时,岑子兴也傻了眼。

"我不是让你们每天密切关注天气预报吗?"

"关注了呀,天气预报没报啊!"

"曲胜村呢?"

"那边没下。"

"这是局部异常天气,应该来得快也去得快。"

"可是,旺甲村的白叶一号,我们栽得一棵赛一棵的小茶苗,就被这场狗雹子全部扼杀在摇篮里了……"

这场突然袭击的冰雹几乎砸得旺甲村白叶一号种植园区的茶苗片叶不留。岑子兴看到邹洋汐、炖板栗、莜麻时,三个精蹦蹦的大小伙全都耷拉着脑袋,哭丧着脸。

"对不起,师父,旺甲村的白叶一号……"

邹洋汐说不下去了。此时此刻,他还是接受不了那满园的娇柔生灵顷刻凋零败落的残酷事实。

"这怪不得你们,青川局部地区的天气确实让人难以捉摸。"

"我们起早贪黑、面朝黄土背朝天的所有付出,就这么一瞬间被打得落花流水!"

邹洋汐愤愤地朝桌子上捶了一拳,一屁股跌进旺甲村会议室的长条木板椅。

"大自然本来就有它残酷的一面。这是自然界对白叶一号的历练,白叶一号要在青川这片土地上真正扎下根,就必须接受这里的风霜雪雨的洗礼。"

"可是,这场冰雹难道就是旺甲村给白叶一号的见面礼?这也太捉弄人了！"

邹洋汐双手抓着脑袋，手指插进头发里，又攥成了拳。

"岑老师，我们和村民的所有努力白费了都无所谓，反正力气也是出在自己身上，但是白叶一号茶苗这么宝贵，千里迢迢送到我们这里，才一个星期，就……"

平常总是笑得糯融融的炖板栗，这会儿完全挂着一个苦瓜脸。

"是啊，我们感觉对不住黄杜、对不住安吉，也对不住浙江。"

这一阵蓖麻晒得更黑了，鼻头上的雀斑不再明显，同样愁眉苦脸的他，脑门像是浸出了一层又一层油渍。

岑子兴坐在他们对面，又仔细看了看刚从茶园带回的，被冰雹砸得光秃秃的几株茶苗。

"我已经给院里报告了。驻扎在这儿的黄杜专家也给黄杜村及时反馈了旺甲村茶园遭受冰雹袭击的情况。对于这次极端天气导致的损害，黄杜村说了，他们将按实际损失给这边补发茶苗。你们赶快统计一下，需要补多少，尽快报过去。一批茶苗倒下去了，我们必须要让另一批茶苗在原地重新站起来！"

黄杜补发的茶苗很快运来了，加上后续发来的，总计540万株白叶一号茶苗已悉数落户青川。

"要保证95%的成活率啊！"

青川白叶一号专班的每一个成员，无论走到哪一个茶园，都狠狠地强调着。大家都知道，活下去，是白叶一号在青川的首要任务。

好在金秋时节的青川，大气候总体比较适宜茶苗生长，阳光、水分也相对充沛，各个园区传来的监测数据表明，白叶一号在青川终于逐渐随遇而安。

"对了嘛，就这样乖乖地长。"

牛皮菜每次在茶山上都要和茶苗们说说话。现在他已经汲取了很多经验教训，对茶苗的种植、管护不再以过头的方式来表达自己的尽心尽力。如今，他似乎也对岑老师总对他提醒的一个字"度"，有了切身的体会：度，应该就是不多不少、不深不浅、不疾不徐。白叶一号茶苗和所有植物一样，有它自己的生长规律和成长周期，硬干蛮干、操之过急，只会适得其反。

华东茶叶研究院要求四路"科特派"对三省四县每一个白叶一号种植基地，在各环节都要及时跟进技术服务。岑子兴时常奔波于青川各个茶园，每天都是早出晚归。孟小闲在大坤小学不仅要带好自己的班级，还承担了全校语文教研的很多工作，除此之外，还时常要和杭州对接、联络，东西部教育协作有许多具体事务需及时推进。夫妇俩各有所忙，然然也有他的大事。青川县第五届"新苗杯"小学生足球赛即将拉开序幕，然然和小白是选入校队的仅有的两名中年级球员。这段时间，他们天天都兴致高昂地投入训练。

"老爸，你知道吗？去年，大坤小学是青川县第四届"新苗杯"小学生八人制足球比赛的冠军！"

"这么厉害？那今年的比赛什么时候开始？"

"下周一，现在只剩下两天的训练时间了。老爸，你说，我们学校今年还会得冠军吗？"

"你们想不想得？"

"想啊，当然想！"

"你们队的整体情况怎么样？你和大家配合得好吗？"

"我和小白配合得特别好。我们俩常常用二过一就能把对方的防守攻破。"

"老爸虽然不会踢足球，但是大概懂一些。体育运动有共通性，特别是集体竞赛，需要整个队伍团结协作。所以，比赛中不仅需要你和小白配合得好，还需要你们每一个成员，从守门员、后卫到中前场都要有很强的整体意识。"

然然听老爸说得在行，又和他一起讨论传球、跑位。

"拿到球不要慌张，不能只信任自己的好朋友，还要信任其他队友，要及时、准确地将球传到应该接球的队员脚下或跑动路线上，要相信队友能将球传到需要的位置。"

"嗯。"

"还要尽力策应队友,及时跑位、回防,在队友不能将球传给自己时不要抱怨,大家要相互支持,多鼓励。"

"老爸,我还以为你只懂茶叶呢,上周我们班会课,是说说自己的爸爸。有个同学说他爸爸是开'摩的'的,他把自己的爸爸叫作'摩的爸爸';有个同学说他爸爸是卖鸡蛋的,他叫自己的爸爸是'鸡蛋爸爸';还有个同学说他爸爸总是在外面打工,他叫自己的爸爸是'梦中爸爸'。轮到我说了,我说我爸爸是茶叶科技特派员,是'科特派爸爸'。哈哈,没想到我的'科特派爸爸',还这么懂足球!我们比赛的时候,你要来给我们加油哦!"

"好啊,老爸有时间,一定去给你们加油。"

然然朝思暮想的"新苗杯"比赛终于开幕了。岑子兴每天穿梭在茶园里,小组赛的三场比赛,他都没能去给儿子加油。每天深夜回到家看见睡梦中的然然都带着欢欣的表情,他知道,胜利在伴随着这个小小少年。

比赛进行两周后,然然所在的大坤镇中心小学足球队终于从小组赛中突围,进入了半决赛。他们的对手是梨园镇中心小学。

星期天的晚上,早到了该睡觉的时间,然然却磨磨蹭蹭不肯躺上床。

"快洗漱了,然然,爸爸还不知道什么时候回来呢!明天上学起得早,你不要再等他了。"

孟小闲催着然然。

"妈妈,要是老爸回来了,你让他明天来给我们加油好不好?"

望着儿子期待的眼神,孟小闲犯难了。她知道这段时间,茶叶基地的事特别多,岑子兴每天早出晚归,有些事情都还没有解决好。

"然然,你看这样好不好,明天妈妈来看你,我来给你们加油。"

"可是你又不懂足球。再说,每周一下午,你不是要给学校的老师们做培训吗?"

然然失望地嘟起了嘴。

"对啊，妈妈也来不了。然然，对不起啊，要不，等你们打进决赛，爸爸妈妈一起来观战！"

"要是我们打不进决赛呢？"

"比赛嘛，总是有输有赢，胜败乃兵家常事，你们只要尽力了就行。体育运动，最重要是锻炼身体。"

"可是，我们很想赢，我们想当冠军！"

"想当冠军是好事，赛场上你们就要努力去拼搏。不过，妈妈还是得告诉你，你和小白在这次比赛中，是年龄偏小的队员，你们要注意保护自己的安全。比赛的时候，不要和那些大孩子硬碰硬撞。"

"这不是很矛盾吗？我们又要努力去拼搏，又不能硬碰硬撞。"

"足球，肯定要讲战术啊，反正，你要记住妈妈的话，安全第一，比赛第二。"

"我们教练说的是友谊第一，比赛第二。"

"对啊，你看，不管怎么说，比赛都排在第二，所以比赛的胜负不是最重要的。"

"那什么最重要？"

然然很较真地问道。

孟小闲想了想，还是重复着自己刚才说过的话："锻炼身体最重要。"

"如果锻炼身体最重要，为什么不一直锻炼，为什么还要举行比赛呢？"

这下，孟小闲突然被问住了。孩子真是长大了，好多问题开始理论了。她看了看然然，摸了摸他的脑袋瓜："因为比赛，可以较量技巧和实力，也可以检验大家在竞争中的安全意识和自我保护能力。"

"那为什么大家最看重的还是夺冠呢？我们也想夺冠，别人也想夺冠。"

"想夺冠是好事，比赛时就要好好发挥。"

"妈妈，比赛时要好好发挥，又不能硬碰硬撞、蛮拼蛮斗，我们不是说来绕圈子了吗,不是又回到刚才说的地方了吗?"然然有些急了。

"哈哈,快睡了,快睡了,等老爸回来,明天他再和你纠缠!"

周一,青川县教委又邀请孟小闲参加浙江支教老师献课活动,全县骨干教师集中观摩学习。晚上回到大坤镇的宿舍时,岑子兴正在卫生间洗然然的球服。

"不是说过,孩子的小件衣服,都要让他自己洗吗?"

"然然今天踢球,受伤了。"

"啊?伤得严重吗?"

"可能被大同学撞了,摔在地上,脸、手臂、膝盖都磨破了皮。我看了看,没有什么大问题。"

孟小闲把装着教案和教具的提包一下扔到长椅上,赶紧走到然然的房间。然然躺在床上,闭着眼睛。

"然然,这么早就睡了?妈妈看看,摔得严重不。"

然然睁开眼睛,有些委屈地说:

"不严重。"

孟小闲一眼就看到然然左脸颊的颧骨处磨破了皮,掀开被子,发现他的手拐、手掌、膝盖都受了伤,红红的几片划痕,看上去就知道在地上狠狠摩擦过。

"还疼吗?包扎一下吧,免得伤口被感染。"

"还有点疼,爸爸给我喷了药、消了毒,他说不用敷也不用包。"

然然刚说完,岑子兴从卫生间里探出头说:

"是不用敷也不用包,皮下组织受损不严重,等伤口晾着,自然氧化,好得更快。"

孟小闲心疼地摸了摸然然的额头,长这么大,这个孩子还是第一次摔得这么惨。

"走路没问题吧?"

然然躺在床上,孟小闲不知孩子伤没伤到筋骨。

"没问题，就是走路有点一跛一跛的。"

"我看看你的脚。"

"脚没事。"

孟小闲最担心然然的脚出问题，毕竟他这双脚是受过磨难的，不能再有半点闪失。

"放心，"岑子兴又从卫生间传过话来，"我看了的，没伤着筋骨。"

"我在问然然呢，你抢着答什么？"孟小闲没好气地说，"明天还是去看看医生。你爸爸自以为从爷爷那里学了一点点医学常识的皮毛，就可以悬壶济世了。"

孟小闲把被子给然然披了披，这才想起然然今天踢的是半决赛。

"战况怎么样？你们打进决赛没有？"

"进了。"

然然咬了咬嘴唇。

"那你是英勇负伤啊，你们比分是多少？"

"4比0！"

岑子兴又从卫生间应道，这一次他的声音特别响亮，听得出，他为然然感到特别骄傲和自豪。

"难怪你老爸美滋滋地撅着屁股在那儿给你洗球衣和球袜。你进球了吗？"

"进了。"

然然又咬了咬嘴唇。

岑子兴把然然的球衣和球袜洗好挂起了，走到然然床边，拍了拍然然没有受伤的右脸蛋，好不得意地说：

"小伙子进了两个球呢！"

"啊，两个球！"孟小闲突然被惊喜砸中了似的，"我们的球星这么低调！然然，你为球队打入决赛可是立下了汗马功劳啊，难怪对方球员要拼命防守阻挠你。他们是故意绊倒你的吗？裁判给他们吃了黄牌还是红牌？你们决赛在哪天？这次，爸爸妈妈一定去给你加油助威！"

"不要去。"

然然看着爸爸妈妈，更委屈地撇了撇嘴，眼眶里一下噙满了泪水。

"为什么？你不是一直盼着爸爸妈妈去给你加油吗？"

"因为……"然然的眼泪一下滚出了眼角，"因为，决赛，我的伤还没有好，我肯定上不了场……"

说到这儿，然然突然拉过被子蒙着自己的脸，哇哇哇地大哭起来。

孟小闲和岑子兴你望着我，我望着你，心里都怀着一份深深的愧疚。然然越哭越厉害，小床都随着他的抽泣在颤动。

"别哭了，然然，眼泪会浸着脸上的伤痕，当心感染了。"

"参加不了决赛不要紧，这次你虽然不能上场，但是可以去当啦啦队啊，爸爸妈妈陪你一起去……"

孟小闲和岑子兴一左一右倚在床头，轻轻拍着被子，就像拍着一个大襁褓。过了好一阵，然然的哭声才平息了些，孟小闲把然然蒙在脸上的被子拉下来，用纸巾轻轻为他擦着泪水。然然还在抽噎，孟小闲又用嗔怪的眼神看着岑子兴，好像然然的伤痛、委屈都是岑子兴造成的。

"昨天，妈妈还给你说安全第一，比赛第二，结果，你还是把比赛放在了第一。"

然然的眼泪刚擦干，听妈妈这样一说，又哇哇哇地大哭起来。

"好好好，妈妈不说了，你也别哭了啊……"

"然然，"岑子兴扯出面巾纸，边给然然擦眼泪边问，"你还记得唐家河的那块大石头吗？"

"呜呜……哪块……呜呜呜呜……大石头？"

然然的哭泣止住了些。

"爸爸给你选中的那封石头信啊！"

"呜呜，记得。"

"还记得它的意思吗？"

然然不说话，仰头望着围在他身边的爸爸妈妈，睫毛潮湿得像溪边的草丛。岑子兴看着脸上挂着彩、眼里还扑闪着泪光的儿子，语气又柔软了更多：

"然然，受了伤，咱们更要坚强。你还记得白叶一号刚运到青川来的那天吗？小白背了一背篼茶苗，结果连人带背篼摔在坡坎下。他眼泪都没掉一颗，爬起来，装好白叶一号茶苗，背起背篼又往山上走。"

"呜呜，那天我去拉他，也摔倒了……"

"是啊，我都看到的，你们是勇敢坚强的男子汉嘛！我看见你们爬起来，来来回回，又跑了好多趟。"

终于，然然的哭泣完全止住了。这次，孟小闲没再多说什么，她用热毛巾把然然的泪痕擦净，又给他换了一条干爽的枕巾。然然的眼睛、鼻翼、嘴唇因为刚哭过，都显出些微的肿胀，脸颊上的伤痕被泪水浸透，乌红得更明显。

"别哭了啊，好好睡一觉，明天早上醒来伤就没这么痛了。"

然然或许是哭累了，他闭上眼睛，似乎要入睡了。孟小闲轻轻地给然然披了披被子，关了灯，拉着岑子兴回到了他们的房间。

"你觉不觉得然然今天特别伤心？"

"我们答应要去看他打比赛的，结果一个都没去。要是我们能去一个，也好啊，他可能都没这么伤心。"

岑子兴看见小阳台上然然的球衣还在滴水，伸长手把它们从晾衣竿上取下来，拧了拧，又挂上去了。

"他今天回来就嘟着嘴，我还以为他们没有打进决赛，结果一问，他们是4比0打败了对方，而且他还进了两个球！说真的，我还真后悔没去给他加油，但是我也觉得有些奇怪，取得了这么好的成绩，为什么这个小家伙都没有一点激动和兴奋。后来，看到他的伤势，才知道，他真的伤得不轻。"

"那不是，自从然然跟着我们，从小到大，第一次受这么大的伤，幸亏没有伤着筋骨。你知道吗？我最担心的是他的脚，毕竟……"

两人正说着，孟小闲的电话响了，是大坤小学的体育老师熊林，他是学校足球队的教练。

"孟老师，岑开然今天比赛受伤了，没有什么大问题吧？当时我请医疗组的人给他看了看，他们说是皮肉伤，没有伤到筋骨。岑开然很勇敢，他被撞翻在球场上，爬起来哼都没有哼一声，撞倒他的那个孩子也不是故意的，这些孩子，虽然都是小学生，但他们踢得很认真，大家都有一股拼搏劲儿，非常有荣誉感。孩子回到家情况怎么样？"

"熊老师，谢谢你关心啊。孩子回来，他爸爸也给他检查了一下，没什么，这会儿已经睡下了，应该没什么问题。"

"小孩子，皮肉伤好得快，你也别担心。只是我们今天输得比较惨，0比4败给对方，对方全是四、五、六年级的孩子，我们这边有两个三年级的孩子，岑开然和白震茂。这两个小家伙在场上的反应都很快，基础也比那些大孩子好。然然踢球脑子很灵活，悟性很好，也敢拼敢抢，只是个头还小了点。我们这次虽败犹荣，为明年的比赛积累了经验……"

"嗯……谢谢熊老师，谢谢你鼓励岑开然……"

挂了电话，孟小闲睁大眼睛望着岑子兴。

"你听到了吗？"

"什么？"

"体育老师说，然然他们今天输得很惨，0比4。"

"啊？"岑子兴正在查看邹洋汐发给他的旺甲村茶叶种植园冬季管护的图片，他一下抬起头望着孟小闲，"难怪孩子今天回来一脸的不高兴，我是觉得，如果赢了球，即便负了伤，依他的性格，也不该是这幅愁眉苦脸的样子。"

"这家伙，还真敢说啊！可能他们确实输得太惨了，孩子不愿面对事实。看来，然然今天不只是身体受伤，心灵也受伤了。你看他哭得那么伤心，止都止不住，肯定也因为，他撒了这么大的一个谎，心里难受得慌。"

"然然怎么会撒这么大的谎呢？他难道不知道我们很容易就会知道真实的情况？这个小家伙，当时还真把我也蒙住了。"

"这是然然第一次打正式比赛,他肯定特别希望冲入决赛。结果一个球也没进,还被对手虐得这么惨,失败的滋味不好受啊。你看他今天晚上早早躺在床上,一定身心都在受煎熬。怎么办呢?"

"你当老师的,学生撒谎的事儿肯定经常有,你们平常是怎么处理的?"

"每个孩子的情况都不一样啊,哪有什么办法可以包打天下?"

"暂时不要揭穿他,让他先自我疗疗伤。接受挫折,面对失败,是人生的必修课。"

"嗯,"孟小闲白了岑子兴一眼,"我觉得我们俩也有问题,一听见然然说他们4比0赢了对方,他还进了两个球,我们就一脸的谄媚样,真是小人得志就猖狂。我们太功利了,无形之中,也刺激着他更渴望胜利,更害怕失败……"

二十三　清明草

白叶一号在青川静静地生长着,窝边坑旁,伴随它们成长的是长势更好的杂草。相对于白叶一号的斯文,杂草们可是毫不客气地争夺着阳光、水分和土壤养分。大家都知道草害控制是当务之急,但是怎么除草,黄杜专家、科特派和本地技术员,有很大的分歧。

在周五早上的碰头会上,黄杜专家建议依照他们在黄杜采取的模式,进行机械除草或人工除草。但在青川机械除草缺少设备,目前这种推广并不现实。人工除草呢,本来劳动力就很紧缺,用工成本高,效率也提不上。

"还是用草甘膦,这个来得快,效果又好。"炖板栗说。

"草甘膦是化学除草剂,会长期存在土壤中被茶树吸收,直接导致茶叶中草甘膦残留超标。我们建的是绿色生态茶园,不能用它。"邹洋汐当即反驳。

"草甘膦可是全球使用时间最长、使用范围最广的除草剂啊。"炖板栗申辩道。

"草甘膦的毒性作用,对人体健康存在潜在危害,现在很多国家和地区已经开始对草甘膦的使用实施严格的管控,对它在食品中的残留,也开始制定严苛的限量标准。法国、德国等欧盟成员已计划禁止使用草甘膦。"

邹洋汐说的,炖板栗多少也知道些。

"那还有什么办法呢？"

"还有办法嘛，就是使用天然除草剂，可以用最少的施用量达到最大化的效果，但这种高效、安全的新型除草剂，还在开发中。"

"这不等于白说吗？"炖板栗想了想，有些小心地说，"要不，在现阶段和茶苗生长前期，我们先使用一点草甘膦，保证严格掌握好施用量，眼下先把草抑制住，等明后年，如果有条件引进除草设备，就使用机械除草；如果引进不了除草设备，再在后期进行人工除草，这样，草甘膦的残留就不会超标，也能保证我们产出的茶叶是绿色生态产品。"

"不行不行，我们是全流程生态环保茶园，每一个环节都要经得起追溯，你这颗板栗子儿，可不能出馊主意。"

…………

岑子兴听着大家的讨论，一直没开腔。

"师父，你倒是说说呢。"

"要我说，那首先应该转变传统观念和定式思维。"

"怎么转变？再怎么转变，归根到底也是要把草除掉啊。"

"不要老以为拔草、斩草才能除草，其实，种草也能除草。"

岑子兴这一开口，把众人都弄糊涂了。

"草不是要除掉吗？为什么反倒要种草？"

"种草怎么能除草？"

"茶园里本来就有杂草了，还要种草，那它们不是更抢占白叶一号的生存空间？"

…………

岑子兴旋开自己的水杯，本想抿一口早上才泡的茶，不料被温度还有些高的水烫着了嘴皮。"这个，正需要我们观念和思维的转变啊，"他顿了一顿，"现在有一种更生态的除草方式，就是通过栽植一种特别的草来抑制杂草的生长，这种新的除草方式叫作'以草抑草'。"

"以草抑草？"

"对，以草抑草。"

"我听说过，"黄杜专家说，"去年浙江安吉有一家茶场就进行了这种试验，取得了很好的成效，他们种的是一种什么草呢，呃，我一下想不起了。"

"鼠茅草。"

"对对对，鼠茅草，就是这种草。"

"鼠茅草，我也听说过。"邹洋汐一下想起还有一种草叫白三叶，它们在茶园和果园中都有抑制杂草的功效。具体什么原由，却不是很明白。

"师父，看来你今天又得给我们上一课了。"

"其实，我也是依据安吉那边的实验结果。他们的实验证明，在茶园间种鼠茅草或白三叶，确实可以显著降低杂草发生，同时还可以提高土壤肥力，提升茶叶品质。"

"这就奇了。"马进步、王顺路、牛皮菜、炖板栗、苊麻……在场的村干部和茶业技术员都是第一次听说这样稀奇古怪的事。

"既然它们会排挤其他杂草，那它们肯定也会争夺茶苗的养分啊。"

"问题巧就巧在这里，它们的生长期与茶的生长期只有部分重叠。比如，鼠茅草是在深秋发芽，早春快速生长，这个时候，茶还没萌发新梢。鼠茅草的根系浅，茶的根系深，它们分布在不同土层，正好错开了各自对土壤养分的需求。鼠茅草直立性弱，长到一定高度后就会自然倒伏在地面，不和茶树争光，像毛毯一样铺在茶园，挤压杂草的生存空间，每年可以有效抑制杂草十个月以上，杂草防效可达到89%。"

"真有这样的草啊？"

听到这儿，众人有些将信将疑。

"到了夏季，气温升高，耐严寒不耐高温的鼠茅草自然枯死，不再吸收养分，它们的地下根系须根多，入土又浅，在高温高湿作用下腐烂后，能有效提高土壤有机质含量，为茶提供养分。"

岑子兴见大家听得带劲儿，接着说："这鼠茅草有很多奇葩的特点：不需人工刈割，一次播种，多年有效。鼠茅草成熟后的草籽落入土壤，会自然萌发，一般能循环生长四到五年，这期间不再需要除草，可以大大节省除草成本。它还有一个特点是，保持水土，调节土壤温度。鼠茅草倒伏地面后，在地面形成很厚的覆盖，可以有效防止坡地土壤流失，同时牢牢锁住土壤水分，在冬春季能提高土壤温度，在夏秋季降低土壤温度……"

"既然有这么多优势，为什么这项技术没有普及呢。"

"就拿鼠茅草来说，一个很重要的原因是，种子价格偏高。目前市场上正宗鼠茅草种子价格一般是每千克240到320元，而且很容易买到假冒种子。"

"那白三叶呢？"

"白三叶，在贵州也有相关的实验。相比鼠茅草，它应该更适合幼龄茶园。"

"师父，我们青川白叶一号茶园除草，你的意见是什么？"

"我想，既然我们建的是绿色茶园，走的是生态路线，就应该擦亮这块金字招牌，我们也可以大胆尝试'以草抑草'的除草方式。"

"可是，"马进步一下忧从中来，"岑师傅，我们青川的白叶一号种植从一开始就备受关注，县里不需说，市里、省里都高度重视，我们只能成功，不能失败啊！'以草抑草'在青川万一不见效，咋办？"

"大坤镇可以先试种。"

"老师，"坐在岑子兴左边的牛皮菜赶紧提醒道，"大坤镇是青川白叶一号种植的示范基地，上上下下，左左右右都盯着的，更容不得半点闪失哦。"

"师父，"坐在岑子兴右边的邹洋汐小声说，"翻过年，你很快就提副院长了，这次外派，是你多年来出征在外，开展技术帮扶的典型事例，确实只能成功，不能失败啊。"

"我，我们……"岑子兴还想说什么。牛皮菜又劝道："老师，我们每个环节还是求稳吧，稳扎稳打，心里才踏实。"

"哎——"岑子兴望着牛皮菜，长长地叹了一口气。

这两天，岑子兴和孟小闲在然然面前都闭口不提足球比赛的事。岑子兴虽然很想找机会像上次在小树林里和然然谈生死一样，和然然再谈谈成败，但最近他自己却陷入了成功和失败的种种诘问，就拿这次在青川技术帮扶种植白叶一号来说，他不是也渴望成功而惧怕失怕吗？

"最终你们拿出一个大家都认可的除草方案没有呢？"

后来，孟小闲问岑子兴。

"拿出来了。"

"怎么除？"

"大家觉得还是黄杜专家的意见最稳妥，各个茶园都倾向人工除草。"

"这样也好嘛，绿色环保，村民在茶园务工，又能挣到工钱。"

"但后来在会上，我还是坚持说，青川如果真要走茶产业高质量发展道路，一定要敢于破解生产依赖大量劳动力投入的难题，一定要勇于突破保守观念和定式思维，逐渐改变生产作业方式，从劳动密集型向技术创新方向转变，包括朝以后的机械化、自动化、智能化方向转变。"

"你说这些有用吗？"

"有用，真还有用了。蓖麻，你知道的，那个何蓖麻。"

"人家叫何必。"

"对，就是他，这个好家伙后来说，他负责联络的曲胜村白叶一号种植园，区域面积相对小，他说，他们可以尝试以草抑草的除草方式。"

"那，这样一来，你们在青川的除草技术，也有创新了？"

"是啊，这个年轻人，脑子活，敢于接受新鲜事物。其实，我知道，青川每个白叶一号茶叶种植园，都在你追我赶，大家都想在自己责任田里出成绩、出亮点，只是蓖麻，更敢于尝试。"

"曲胜村就是用鼠茅草来以草抑草吗？"

"还不是呢，说来真是凑巧，曲胜村白叶一号种植园改土改得好，土壤有机肥丰富，园里自然长出一种杂草，这种杂草也有抑草功效，作用和原理简直跟鼠茅草差不多。关键是这种杂草不需要专门种植，它们就像天然的'茶苗伴侣'一样，陪护着白叶一号生长，有它们在，其他杂草都没有立足之地。到了夏天，气温升高，它们像鼠茅草一样也会自然干枯，倒伏地面后，同样能防止土壤水分蒸发，降低土壤温度。"

"这是什么草？自然而然就长在白叶一号旁边？"

"这种草叫清明草。蓖麻说，他们最初还准备把它们当杂草除掉，幸亏手下留情了。后来浙江来的钱义茶老师也说，青川茶园里长的这种清明草，是一种良性草，确实可以通过它们抑制其他杂草生长。如果要专门种植，成本还不低呢。"

"呃，怎么感觉得来全不费功夫？"

"是啊是啊，这也是青川白叶一号茶园的一个特色吧。"

"清明草长什么样呢？"

难得孟小闲对一株草这么感兴趣，岑子兴连忙说："说来你可能也不陌生，有的地方又叫它棉花草、寒食菜。"说了，翻出手机上的图片给孟小闲看。

"哎呀，我想起了，这种草有一层白毛，摸起来绵绵的。呃？青团，是不是就是用它们做的？"

"是啊是啊，你看，我们的杂草都可以做美食！"

然然因为伤势没有痊愈，没有像往常一样晚饭后就和小白在院子里踢球玩。不能踢球，两个好朋友还是要在一起。这天傍晚，无所事事的他们沿着一条平缓的坡道往前走，不知不觉竟走到了茶园基地。

"走，上去看看白叶一号长成什么样了！"

蔫了两天的然然一下来了劲儿。

"走吧！"小白立即响应着。

两人顺着梯步噔噔噔往上爬。暮晚的凉风拂过，然然脸上的伤痕还有些隐隐地疼。

"呃，为什么它们叫白叶呢？它们的叶子明明是绿色的。"小白问。

"到了春天，天气暖和的时候，它们新长出的绿叶子会变白，过不了多久，白了的叶子又会变绿。"然然像小科特派一样解释着。

"我只知道有变色龙，还不知道有变色叶呢。可是，为什么我们这里要栽这么多白叶一号，它们又不能当菜吃。"

"这儿哪里算多，老爸带我去过安吉的黄杜村，那里的白叶一号才叫多呢。那个村子里的人，因为种白叶一号，都变得很富有，他们住的是小楼房，开的是小汽车。以后，这里的人，肯定也会变得和他们一样富有。"

"你说，我们家会不会也住进小楼房，开上小汽车？"

"你们家种白叶一号没有？"

"没有，"小白怅然若失地说，"我爸爸是镇上的会计，妈妈是护士，我们家没有田也没有地。"

"小白，那你自己种一棵白叶一号吧！我在杭州，自己都种了一棵白叶一号。"

"自己种一棵白叶一号？种来干吗？"

"我十岁生日的时候，老爸送了我一棵白叶一号茶苗。老爸说，它会和我一起长大。"

"那你和你爸爸妈妈都到青川来了，谁去给它浇水？"

"我外公外婆在家里，他们会照看它。"

"好吧，那我也种一棵。"小白停下脚步，看着然然，很认真地说。

"但是这里好像没有多余的。"

"要不我们偷偷挖一棵回去，我把它栽在我们家外面的花坛里，我会把它栽得更好，我会给它盖更多的草，还可以给它搭个小棚子。"

"偷偷挖一棵，这样好吗？"

"我们可以直接把它拔出来，这里反正也没有人，不会有谁看到。"

"可是这样会伤到白叶一号的根，伤了根，它就活不了。"

"那怎么办，我们又没有锄头，要不用手刨？"

"我想起了，小白，我们不用在这里偷偷挖，我老爸他会扦插。"

"什么是扦插？"

"扦插，就是拿一根带着叶子的茶枝把它插在土里，这根茶枝就可以长出根，长出根后，就可以重新栽，重新栽后，它就会变成一棵茶苗，最后变成一棵茶树。"

"就是说,你爸爸可以把一片叶子变成一棵茶树?就像孙悟空拔一根毫毛,就可以变出一个小猴子?"

"嗯,只是要慢一些。"

"那请你老爸帮我变一棵茶苗吧。"

"好啊,没问题!"

"那我采一片叶子。"

"你不要采,我老爸才知道采什么叶子能变成茶苗。"

"好吧,你说,你爸爸会帮我吗?"

"会!"

听然然说得这样肯定,小白心里一下就踏实了。

"呃,那是谁?"

前方不远处有一个人正躬着身子拿了手电筒在茶苗间悄悄地照着。

"会不会是偷茶苗的?"

小白突然警觉起来,黑白分明的双目顿时显得有些紧张。

然然朝手电筒闪亮处仔细望了望,"不是小偷,那个人我认识。"

"你认识?"

"嗯,他经常和我老爸在一起。"

小白一下解除了警惕,"他是谁?怎么会在这儿呢?阴悄悄地,像个小偷一样。"

"他是刘叔叔,老爸叫他牛皮菜。"

"牛皮菜!哈哈!"

小白笑着,然然朝前面那个仍旧躬着的身影大声叫道:

"刘叔叔——"

那个躬着的影子抬起身来,用手电光往这边照了照。

"是然然啊,你们在这儿干什么?"

"我们在这儿玩,你在干什么?"

"我啊,我在这儿找个东西。"

"要我们帮你找吗?"

"不了，天快黑了，你们赶快下山去，这儿不是你们玩的地方，快下去啊……"

从茶山上往下走的时候，然然有些磨蹭。

"小白……"

"哎，小白……"

他叫了两次小白，都欲言又止。

"怎么啦？"小白莫名其妙地望着然然。

"小白，"然然又叫了一声，他埋下头，终于把憋在心里的话挤了出口，"小白，哎！你不知道，前天我给我爸爸和妈妈撒了一个比天还要大的谎。"

"你撒的什么谎，比天还要大？"

"我，我对他们说，我们足球队4比0打进了决赛。"

"啊？你不怕他们知道你在说谎吗？后天就要决赛了，你妈妈是学校的老师，她肯定什么都知道！"

"所以，我很害怕。那天，我们0比4输了，我很难过。但是，我撒谎告诉他们，我们是4比0赢了。当时我心里有些得意，就像我们真正是4比0赢了一样。可是很快，一想着我的谎话马上就要被戳破，我又难过又害怕又后悔。小白，你有什么办法吗？我不想再骗爸爸妈妈了，你帮我想想办法吧……"

小白看着然然的眉头越拧越紧，他的眉头也快皱在一块儿了。

"我，我也想不出什么办法。上学期，我的英语只考了65分，我把它改成了85分，结果被我老爸狠狠揍了一顿。"

"我爸爸妈妈从来没有狠狠揍过我。"

"你做错了事，他们也不揍你？"

"不揍。我老爸要是生气了，最多敲敲桌子，我妈妈要是生气了，最多大声吼我几句。不知道这次，他们会不会揍我。"

"他们要是揍你一顿还好，这样，你受到了惩罚，他们也消了气。但你爸爸肯定不会揍你，看上去，他就不是会揍人的样子；你妈妈肯定也不会揍你，她看上去也是不会揍人的样子。"

"可是你爸爸妈妈看上去也都是不会揍人的样子呀。"

"你担心你爸爸妈妈知道你撒谎后，打你是吗？"

"要是打我一顿也好，只是他们还一直以为我们是4比0赢了，现在这个4比0，比0比4，更叫我难受。后天就打决赛了，我妈妈要是知道我们没有进决赛，说不定还以为是学校弄错了，因为她从来都相信我，她肯定想不到我会撒这么大的谎。我不仅骗了老爸，还骗了她。小白，快想想，有什么办法能让我爸爸妈妈原谅我。"

小白皱着双眉，像个小老头似的凝思了一阵，突然两眼迸出一道灼人的光亮。

"有办法了！去找我二表哥，谢宇翔，他最有办法，虽然他是一个盲人。"

"盲人？你二表哥怎么会是一个盲人？他眼睛怎么啦？"

"看不到东西了。我有两个表哥，他们是我二舅舅的两个儿子。大表哥叫谢宇飞，二表哥就是他，叫谢宇翔。我二舅妈是个天生的盲人，我二舅舅眼睛也有问题，但是看得见东西，还能干活。我听我妈妈说，宇飞哥哥生下来眼睛就不好，是弱视。宇翔哥哥生下来，眼睛本来是好好的，可是汶川大地震那年，宇翔哥哥的脑袋被什么东西砸了一下，从那以后，他也看不清东西了，只能感觉到雾蒙蒙的一片。我妈妈说，地震让宇翔哥哥的视觉神经受到了损害。那一年，宇翔哥哥才十二岁。"

"啊，宇翔哥哥怎么这么倒霉？他们全家就他一个人的眼睛是好的，结果也变成了盲人。小白，大地震的时候，你在吗？"

"我那时在我妈妈肚子里，还没有出生呢。我听我妈妈说，她的运气特别好，爸爸拉着她刚跑出门的时候，我们的老房子就垮了，要是晚一步，她就跑不出来了。妈妈说，是老天爷保佑了我们全家。"

"是啊，你们家的运气真好，你的运气也太好了。但是你二表哥，宇翔哥哥真的太倒霉了。"

"宇翔哥哥特别聪明，他看不到东西，但他会用电脑，他用的是专门给盲人设计的电脑。你不知道，他还是一名游泳运动员，他参加全省残疾人运动会，金牌银牌铜牌，全部都得了。我都看到过他的奖牌，金牌银牌铜牌全看到过。"

"他这么厉害啊？他住在这里吗？他家远不远？"

"不远，下了这片茶山，往那里，"小白指了茶山下一片农舍集中的村落，"看，那边有一片房子的地方，他家就在最前面。"

"宇翔哥哥能帮我想出办法吗？"

"能！他是最有办法的人。他的哥哥，宇飞哥哥也很厉害，他现在还在自学德语。他在成都一所培训学校当老师，他也最会想办法，如果宇翔哥哥实在没办法，我们还可以请宇飞哥哥帮忙。走吧！趁着天还没有完全黑，我们去找宇翔哥哥！"

二十四　两句话

然然来青川这么久了,这是他第一次走进农家村落。他跟在小白后面,有些紧张,甚至有些提心吊胆。

"快啊,你怎么那么慢?"

"我怕突然蹿出一条狗来咬我。"

"不要怕,狗欺生。你要装成大摇大摆的样子,狗就以为你是这里的人。"

小白说着,走在前面做出大摇大摆的样子示范给然然看,然然还是不能放松警惕。好在小白表哥家的狗是拴着的,它的叫声又响又脆,带着旺旺的钢火似的。

"走,跟我进去,响狗不咬人,不要怕。"

小白带着然然径直走进排头那户农家。穿过一个蛮大的院子,他们进到了堂屋。

"宇翔哥哥——"

小白朝楼上大声叫着。

"小白?"

楼上传来一声温和的回应,隔着木楼板,然然听到头顶上方有脚步在轻轻地挪动,脚步声传到了木楼梯,一个年轻人正扶着把手往下走。

"宇翔哥哥。"

小白亲热地又叫了一声。第一眼看到宇翔哥哥,然然的心猛地被一只无形的手攥得发痛。这个哥哥就像一棵没怎么晒到太阳的植物,手脚都有些白净纤长。他又平静又和气,就像从来没有因为自己突然看不清世界而痛苦过、愤怒过。十年过去了,也许他终于与残酷的命运达成了一种和解,他现在看上去安宁如常,就连然然感觉到最懊悔而束手无策的事,他听后也波澜不惊。他很快给了然然三条建议。

第一,如果当面不敢说,就以写信的方式承认自己的谎言;第二是将功补过,在家多做事,扫地、洗碗、倒垃圾、擦鞋子……什么事都抢着做,父母就会知道你一定是想通过勤勤恳恳的态度弥补什么过失;第三,选择爸爸妈妈其中一个,说出自己的愧疚,求得谅解,然后由他或她再向另一个解释。

这三条建议,一下横扫积压在然然心头的团团乌云。然然觉得这三条建议都好,每条都可以用,他立刻也像小白一样对这位盲眼哥哥心悦诚服。走出宇翔哥哥家的堂屋时,然然还有些不想离开。

"改天又来玩啊。"

宇翔哥哥把他们送到了院门口,这时然然才注意到,院门左边有一片竹篱笆围起来的院中院,院中院里有一棵粗大的树,高高矮矮的树枝上立着好多精神抖擞的鸡。

"这些是我外公和二舅舅、二舅妈养的'飞鸡'。"

小白指着这些精神抖擞的鸡对然然说。

"飞鸡?"

"它们真的是会飞的鸡,只是天快黑了它们不飞了,白天可以看到它们在这儿飞上飞下。"

然然好奇地盯着一只又一只的"飞鸡"。小院旁边,一个老年人正在一簸箕一簸箕地收黄豆。他端着庞大的簸箕,像挺着一个夸张的大肚子,动作却一点也不迟缓,笃笃笃,利索地上台阶下台阶。

"外公,我们刚进来的时候,怎么没有看到你?"

"哦，我可能在羊圈里喂羊。"

"外公，我们走了。"

"哦，等一下，你妈上次让我给她腌只鸡，正好，你给她带回去。"

小白的外公侧着身子倾斜着簸箕进了一间屋，随后提着一只腌鸡出来。

"拿回去，给你妈说，再挂几天就可以吃了。我们今年养了一百多只鸡，还有六十多只鸭、三十多只鹅，她想吃什么，就给我说。"

"好，外公。"

小白拎着腌鸡，提到然然鼻子面前给他闻了闻。

"等我妈煮好了，我们一人吃一只鸡腿！"

"好！"

"看，我外公家还养得有猪、羊、兔，他们池塘里还有鱼。"

"你外公家真像一个动物园！"

走出院子，小白带着然然，顺着他外公家的院墙从另一个方向回去。路过长长的院墙，然然看到院墙上写着两行字，夜色中字迹仍清晰可见：

出自己的力，流自己的汗，自己的事情自己干。

有手有脚有条命，天大的困难能战胜。

"为什么要把这两句话写在墙上？"

然然不解地问小白。

"出自己的力，流自己的汗，自己的事情自己干。有手有脚有条命，天大的困难能战胜。"

然然轻轻把这两句话念了一遍，隐隐地，他已感觉到这两句话所饱含的苦痛、挣扎和不屈服。可是，为什么要把它们写在墙上？然然一脸疑惑。

"我听我爸爸说，就是这两句话，'5·12'大地震才没有压垮青川人。"

"'5·12'大地震，到底有多大？"

"8.0级，你不知道吗？"

"不知道。"

然然对自己在青川不时听到的"大地震"这三个字，一片茫然。

天已经完全黑了，夜空中闪烁的星星越来越璀璨而静谧。牛皮菜还在茶山上，躬身寻找着什么。漆黑的夜里，他的手电光像飘忽在地面上的一颗星星，一会儿翻转一会儿腾跃，一会儿又审慎端凝。

早上七点，岑子兴设的闹铃响了，他一翻身赶紧起来，要给一家人做早餐。

"咦，我的袜子呢？"

他记得昨晚睡觉前，袜子明明搭在床边那张椅子的靠背上，但这会儿，椅子、桌子、床边、床头柜、鞋子里都不见，他摇了摇还没睁开眼睛的孟小闲。

"闲闲，我的袜子呢？你看见没有？是不是压在你的枕头下面了？"

"你的臭袜子，"孟小闲没好气地说，"又不是金银细软，我怎么会压在枕头下面？"

岑子兴又在房间里找了一遍，还是没有看见。他东翻西找的，把孟小闲完全弄醒了。

"岑子兴，你一大清早找来找去的找什么呀？你的臭袜子，是被老鼠衔走了吧。"

七点半了，不得不起床的孟小闲，这才发现她的袜子也不见了。

"呃，奇了个怪，我的袜子怎么也不见了？"

岑子兴在阳台上开窗户时，发现了他们俩的袜子，不知谁洗了，还挂得齐齐整整的。

"我们家没有老鼠，但是钻出个小精灵，半夜洗我们的臭袜子。"

"然然把我们的袜子洗了？"

孟小闲望着岑子兴，两人同时都感应到了什么。

然然也起来了，他装得若无其事，吃了早饭，正准备出门，突然想起还有一件东西没拿。

"什么东西？妈妈帮你带出来。"

"我自己来。"

然然进了厨房又进卫生间，收了两袋垃圾带到垃圾箱扔了。

今天，这一家三口一起出门。岑子兴要到邹洋汐驻守的旺甲村和曲胜村去，察看那里白叶一号的冬季管护情况。黄杜专家、白叶一号专班技术员、村上的干部先在村委会开了个碰头会。

岑子兴拉开提包，拿出一份他自己整理的材料，不想捎带出一张对折的作业纸。他有些纳闷，打开一看，原来是然然写给他的一张小纸条。

老爸，我给您写信是想告诉您，我对您和妈妈撒了谎。我们足球队0比4输了，没能进入决赛，但是我告诉你们的是，我们4比0赢了，进了决赛。在这场比赛中，我一个球也没进，但是我告诉你们的是，我踢进了两个。我撒了很大的谎，心里很难受。老爸，我想请您原谅我。我也想请妈妈原谅我，您可以帮帮我吗？

您的儿子：岑开然

作业纸在岑子兴手中略略抖动着。就在今天，岑子兴的内心已经第二次被触动了。他默默回味着这两个瞬间，有点"小确幸"。这个倒大不小的孩子在用自己的方式表达懊悔、寻求谅解，他采取的方式又含蓄又率真，甚至有些高明。特别是这封信，让岑子兴突然有了一种被坦诚以待并且被充分信任的欣喜。他没有想到，然然如此信赖自己，这个小家伙把他愧疚得不敢启齿的话，都写在纸条上告诉了他，然然真把他这个当老爸的当作了哥们儿！

岑子兴心头正暖暖的，牛皮菜推门进来了。他一眼看到了岑子兴，赶紧绕到他身边坐下。

"老师，元凶终于找到了！"

"找到了？"岑子兴对折好纸条，一边放回包去，一边有些惊喜地问道。

"嗯!"牛皮菜满有把握地点了点头,随即补充一句,"证据确凿!"

原来,就在前两天,岑子兴和黄杜专家都发现大坤镇白叶一号示范基地的茶苗芽梢,有些在一夜之间被折断,没有完全折断的,尚存粘连,但周围叶片明显被取食了,有的已经变成了网纱状。

有虫害!

他们确定这片茶园已被害虫盯上了,但是"元凶"一直还没有发现。按理说,这个季节的虫害应该比较少,目前出现这种情况,可能跟茶叶基地周边作物的耕作布局和园内杂草滋生有关。

会是什么害虫呢?黄杜专家和岑子兴仔细研判叶片的细微小孔,一棵棵被害植株也认真察看了,还是没发现害虫,难道这些害虫有隐身术?

"白天找不到,就晚上找,一定要找到罪魁祸首!"

岑子兴给牛皮菜交代了这个任务后,牛皮菜经过连续几晚的"蹲守"和"巡捕",终于发现了啃啮茶苗芽梢的是一条条棕黑色小肉虫。

"老师,它们狡猾得很呢,这些家伙昼伏夜出,白天确实见不到影子,晚上要是有动静,它们也会马上藏起来,我好不容易才给它们搞了个拍照取证。你看看,它们到底是什么害虫,居然这么老奸巨猾!"

岑子兴仔细看了看牛皮菜拍在手机上的照片。

"老师,这些家伙是不是金龟子的幼虫?我知道金龟子经常祸害茶园。"牛皮菜有些迫不及待地问。

"不是。祸害茶园的,常见的是铜绿丽金龟和中喙丽金龟,但是它们的幼虫主要在表土中吃须根,也吃根茎皮层。这次受害的主要是茶苗芽梢和叶片,再说,丽金龟幼虫,十月中旬后就陆续进入越冬了。"

"那,这些到底是什么害虫?"

会上,岑子兴和黄杜专家又是推测又是辨别,这些害虫的真实身份还是没能最后确认。

"一方水土养一方人。从农学角度看,一方水土也长一方害虫啊。这样,我把图片马上传回华东茶叶研究院,请院里专门研究茶叶病虫害的专家指教一下。"

很快,院方在线上给出了意见:此类害虫世代重叠严重,无滞育特性,尤其在南方地区,终年都可繁殖,无越冬休眠现象,幼虫有假死性,遇到惊动会立即蜷曲滚落在土壤,非常不易察觉。

目前看来,虽然青川白叶一号示范园区虫害不会成灾性暴发,但是必须防微杜渐。大家又对如何灭害各抒己见。有的说可以利用天敌资源防治,更多的人还是认为药剂防治最把稳。

"我们可以对症下药!这些秋后的蚂蚱,蹦跶不了几天了!"

炖板栗正为可以"精准施策"而高兴,岑子兴却浇了他一头冷水。

"这次我们可不能对症下药。"

"为什么?对症下药才能药到害除啊!"

"农药在茶叶种植、加工过程中的残留、降解一直是国际国内茶叶市场和消费群体的重要关注点。白叶一号的质量安全,我们必须千方百计确保,青川茶产业一定要朝绿色方向发展。我们种植白叶一号,就是要示范解决,茶叶生产过程中肥料、农药等生产投入品的不合理施用对环境造成的不良影响的问题,最大程度减轻环境的存载压力。"

"除草不让用农药,灭害也不让用农药,茶农们会怎么想?"炖板栗有些急了,"除草可以让他们人工去除,消灭害虫,难道也让他们一只一只去捉?"

"是啊,是啊,"王顺路附和着,"这里的老百姓就喜欢沿用他们祖祖辈辈都习惯了的劳动方式和方法。再说,用农药灭害虫,这之前还是农民夜校专门传授的呢!"

"是啊,"马进步证实道,"这一招,既准又狠,农民们就喜欢这种立马就见效的绝招。前年,我们村的玉米地遭了螟虫害,就是用了辛硫磷颗粒剂和敌百虫,一剑封喉,全村的玉米才没有大面积减产,损失也减少到了最低。"

大家说得有理有据，岑子兴还是重申：

"兄弟们，我们建的是生态茶园，不能再穿新鞋走老路了。在青川，茶产业真正要高质量发展，一方面好的传统我们肯定要发扬传承，另一方面，我们一定要敢于对标业界更高的要求和更新的标准，也就是说，我们不仅要比照国家的最高最新标准，还要比照国际上的相关认证标准。说到底，就是要坚持走绿色发展、生态环保的新路子，青川的茶产业才能强势崛起。"

黄杜专家接着说："白叶一号落户青川后，我们实现了第一个目标，种活，下一步，我们要实现的就是：种好、种出品质。这样，我们才能实现最终的目标：种出效益。"

"对！"岑子兴觉得黄杜专家说的"三步曲"很到位。

"其实，"蓖麻发言了，"自从我们曲胜村尝试推行'以草抑草'的全新除草技术后，很多茶农的观念已经发生了不少变化，他们现在也没有完全按照老规矩老套路出牌了。"

听蓖麻这样一说，岑子兴有些喜出望外，"是吗？你说说看。"

"比如说，上次岑老师和黄杜专家强调白叶一号的施肥，也要把生态环保放在首位来考虑，我们曲胜村呢，就结合我们的实际想出了个好办法。"

"曲胜村的办法确实值得借鉴和推广。"邹洋汐肯定道。

"噢？快说说呢。"大家都想听一听。

"我们，其实也是因地制宜。曲胜村不是在发展肉牛养殖吗，我们散养、圈养多种模式并举，放养的时候，村民们采用的是'手机放牛'，这也是一个新技术，嘿嘿，高科技哦，就是在牛耳朵背后安了个定位耳标，这样，牛在什么位置，手机上随时能查看得到。村民们同时还想到了'种养循环'，就是用养牛场的牛粪给白叶一号施肥，这样既节约成本，又能改良土壤，茶苗也长得更好！"

"怪不得，蓖麻子儿，"牛皮菜有些艳羡地说，"你们的白叶一号，苗子又壮叶片又亮，油光水滑的，原来你们给它们开了小灶的！"

"嘿嘿。"蓖麻低下头，有些小欢喜。

"看，只要大家的思路打开了，生态环保的好办法有的是！"

白叶一号带来的新气象让岑子兴十分欣慰。

会上,大家又回到解决茶园虫害的问题时,黄杜专家提出了信息素防治及监测的建议。

"这是什么技术啊?"

"简单地说,这就是性诱惑。"

"性诱惑?"炖板栗觉得这个词太新奇了,"怎么诱惑?"

"我们可以通过人工合成的雌蛾性诱剂,引诱雄蛾,再用物理结构的诱捕器捕杀,降低雌雄交配,这种技术既能防治害虫,又能有效降低农残。"

"哈哈,这糖衣炮弹真是绝招啊!"

"还有一个办法,也可以不使用农药。"

岑子兴要贡献他的杀手锏了。

"什么办法?"

岑子兴顿了一下,故意用冷酷的声调说道:

"灯光——诱杀。"

"灯光诱杀?"

"是的。我查了一下这种虫的习性,它们对普通白色光源趋性不强,但对黑光灯有很强的趋性,利用这一点,我们可以使用频振式黑光灯对它们进行防治,也就是说,点黑光灯诱杀。"

"呃——真是道高一尺,魔高一丈!"

大家再次感到黄杜专家和岑子兴这位科特派技术手段的高超。

"性诱惑、灯光诱杀,这些全是温柔陷阱啊!"

牛皮菜这样一说,大家都嘿嘿嘿笑了。

二十五　春水煎茶

然然对岑子兴的信任,多少让孟小闲有点"吃醋"。

"你说,然然怎么会选择先向你坦白呢?"

"嘿嘿,别看你平时为然然做的事多,疼他护他,关键时候,然然还是跟我最铁。"岑子兴有些扬扬自得。

"呃,你什么时候学会了蹬鼻子上脸?"

"其实啊,闲闲,你没看出来吗?然然更喜欢的人还是你,他是怕自己撒谎会让你更生气更伤心,才拉我一起给你解释和道歉。他还悄悄跟我说,这些办法也不是他自己想出来的,是小白的二表哥教他的。"

"小白的二表哥?然然在青川也有自己的人脉啦?"

"嘿,这个小家伙,能三管齐下地承认错误,也是难得啊。不像我小时候,犯了错,总是死不认账。我爸我妈说,本来不想打我的,是我自己硬着一股筋,逼得他们不得不打我。"

"哈哈,本性难移,你现在还是这个熊样呢。"

"闲,你对儿子好是好,但你也不能把然然培养成一个妈宝。"

"你不也是妈宝吗?"

夫妻俩又开始抬杠了。在青川的生活虽然素朴,一家三口在一起,日子倒也过得暖心。

入冬以来，青川越来越冷。

低矮的灌木丛和蓬松的枯草泛着银亮的白头霜，寒风洗练了落叶乔木的每一根线条，片羽不留的它们，展露着一身不芳不媚的风骨。鸟儿的啼叫也少了，偶尔一两声，透着喑哑，久久回荡在云雾低沉的半空中。

然然感冒半月，还没有好彻底。这里没有暖气、空调，大坤镇的住所能取暖的只有一个电炉盘。出门上学，孟小闲只好让然然穿得厚墩墩的。

这也是白叶一号将在青川度过的第一个冬天。"各园区得赶快做好茶苗保暖过冬的准备工作。"青川白叶一号专班按照黄杜专家的建议，敦促着每个园区的管护员和联络员。邹洋汐也感到眼下的状况不容乐观。

"师父，我那两个园区还有好多茶苗处在风口处。"

岑子兴在电话里大声回应着："要赶紧在厢面上覆盖秸秆、杂草或树叶防冻、保湿，增加有机质，至少五厘米厚啊……"

年底了，岑子兴和邹洋汐带着一批青川白叶一号技术员到杭州，专程赴华东茶叶研究院学习栽培、管护、加工的专业技能。闻书记说，我们不仅要让浙江的茶叶专家"走出去"，还要把青川的技术骨干"请进来"，让他们实实在在学到种茶技术，掌握致富本领。

"我们留守在家的三老都还好吗？"

孟小闲在电话里问岑子兴。

"好。然然外公外婆把我们家照看得很好，他们对花花草草和雪豹比我们对它们还上心。"

"然然奶奶呢？"

"我回来就去看了妈。她加入了老年艺术团，每周都有活动，前几天才参加了一场旗袍秀。妈最惦记的是然然，她说好在每天都可以在网上听见然然的声音，看到然然的样子，也不觉得隔了太远。"

"是啊，这边支教快结束了，我们也快回去了。你这次记着把书桌里那个平板电脑给我带来，里面有很多很管用的教学资料，我可以分享给这边的学校,记住啊。"

为期十天的培训结束后,岑子兴本来准备和这批技术员一起返回青川,闻书记让他留下来,为院里的青年学习小组做个讲座,和年轻人们切磋切磋技术,交流交流思想。岑子兴有些惭愧地说:

"书记,我感觉自己没有什么好说的。院里的年轻人都很优秀,起点高,悟性强,比我年轻的时候能干多了。要不,让洋汐和大家交流,院里把他特派到青川这几个月,他吃苦耐劳,工作尽心尽力,个人进步也很快。他年轻,和大家聊起来更容易沟通。"

"在他们面前,你是师父,也是大哥,你的'传帮带'还应该辐射到更大范围。下一步,我们还考虑让你在全省茶叶行业做经验交流,你就不要推辞了。"

闻书记这样说,岑子兴只好应承下来。随后在电话里告知孟小闲,他要推迟两天回青川。

"闲闲,我不再是年轻人了。青年学习组的活动,我现在都是以'老者'的身份去参加了。现在的小年轻,个个都聪明伶俐,我知道的人家全知道,我不知道的,人家也知道。你说,我说什么呀!"

"怕什么,男人四十一朵花,现在才是你的花季呢!再说,你不是一颗螺蛳吗,肚子里有的是肉。平常你开口闭口都是茶,什么茶知识茶典故都可以信手拈来,我看你课都不用备,你还有那么多实战经验,就拿在青川的经历来说,什么冰雹突袭啊,除草争论啊,害虫防治啊……任讲一段都干货满满,别紧张哈,要是我在杭州,我还想到现场来听你讲呢。"

青年学习小组的课安排在第二天下午。走上华东茶叶研究院宽敞的报告厅的讲台,看着台下一张张光光鲜鲜的面庞,站在台上的岑子兴忽地感到时光悠惚,确实人到中年了。

"隔着一个讲台,突然感到我们之间隔着一条不可逾越的鸿沟,岁月不饶人啊。昨天,院里有个新来的年轻人叫我岑老,我说,岑老当不起,你叫我老岑吧。"

哈哈哈哈，岑子兴的讲座在笑声中开场。他从茶马古道和海上丝绸之路说起，延展到中国茶文化的世界传播和影响。他说在大航海时代早期，茶叶和瓷器便成了中国国家形象的标志，是"中国制造"走向全球的典范。茶叶在欧洲尤其是在英国的流转，是现代博物学知识体系不断丰富和完善的过程，是文明交流互鉴的体现。作为"中国名片"之一，茶对于中国的象征意义不言而喻。茶的含蓄内敛、意蕴深长，代表了中国人品味生命、解读世界的特殊方式。

接着，他谈到目前茶产业业态趋向多样化，急需多学科交叉和综合集成技术支撑，茶文化、茶科技需要全面统筹起来，推动茶产业高质量发展。后来，他讲到新时期茶叶肩负着乡村振兴的历史使命，讲到生态建设，讲到茶苗低碳栽培技术时，很自然地提到了大家最关心的白叶一号，它们在四川省广元市青川县的生长情况，他都详细地给大家做了分享和交流。

再后来，岑子兴又围绕"人在草木中"讲述自己怎么和茶结缘、相识相知。他讲到了他自己对茶的理解：静心清志、雅量宏远、清正和悦、返璞归真，讲到张久可的"山中何事，松花酿酒，春水煎茶"。

"春水煎茶。"刚说完这四个字，茶仙子姚思逸从后门走进来了，她把抱在怀里的资料往桌上一搁，愣愣地坐下，娟秀的脸庞凝满愁绪。也许是面对面的缘故，岑子兴第一个感觉到了茶仙子的不对劲。

姚思逸独自坐在最后一排，她不想惊扰谁，但这位俏姑娘此刻却难以抑制满腹的憋屈。她一下把头埋在臂弯里，呜呜呜哭了起来。

茶仙子怎么哭了？岑子兴被她突如其来的举动弄蒙了，他停止了讲述。精彩的讲座中断了，大家都回过头看着姚思逸，不知发生了什么事。姚思逸来院里有一年多时间，从来都是花见花开、人见人爱，院里的小伙儿们也十分迁就她，重活、累活都不忍心让她做，她是备受呵护的小仙女。

"思逸，怎么啦？受了什么委屈？"

"思逸，别哭，是不是这一阵累坏了，伤到了身体？是哪儿不舒服吗？"

大家的关注点一下全集中于茶仙子。茶仙子还是埋着头哭个不停。

"来，擦擦眼泪，别把漂亮的眼睛哭红了。"

青年学习小组里性子有些泼辣的游姐姐走过来，拍了拍思逸的肩，递给她几张面巾纸。思逸接过纸巾，刚擦了泪，接着又哭了起来。急得游姐姐对在座的喊道：

"你们到底谁欺负思逸了？"

一帮年轻人你看着我，我看着你，满脸无辜。也许是不想累及院里的兄弟姐妹，思逸终于抬起了头，大家看到她泪光涟涟的脸颊，如雨打梨花，这朵梨花好歹开口了：

"他，他怎么能这样对我……"

他是谁？大家又对望着。还是游姐姐猜出了八九，"他，你说的他，是你男朋友吗？浑小子，他是不是有什么对不住你？"

"他……呜呜呜呜……"

憋了一肚子气的茶仙子欲言又止。

"他到底怎么了？"

"他还有其他人！"

茶仙子终于冲口而出，一句话抛出来后，又伤伤心心地哭开了。大家这下都明白了缘由，却怎么也想不到姚思逸这样娇俏的小仙女也会遭遇恋爱中的不堪。

"真是狗坐箩筐不识抬举。思逸，这种人，越早看穿他越好，别哭了！这种人，不值得你为他再浪费一滴眼泪！"

"思逸，当机立断，彻底跟他拜拜，远离这种渣男，再不要对他有半点留恋！"游姐姐叹了口气，"哎，思逸，他就是住在南坛的那个臭小子吗？南坛那边的男人，都鬼得很！你是仙女一样的人物，偏偏这次逢到了一个'精'。南坛那边的男人，真的鬼得成了精。你的道行可能有三百年，他们的道行起码有三千年，千万不要再搭理他们，你们根本就不在一个频道上！"

"管他什么精啊怪啊，我们逮着机会，先狠狠揍他一顿再说！"

"对，必须给他一点教训，给他一点颜色看看！"

大家七嘴八舌，都愤愤不平。

课，显然不能再上了，岑子兴站在讲台上不知所措。他在省内外面对不同受众，做过很多关于茶技术、茶文化的交流，却从来没有遇到过这样的情形，讲着讲着，台下一个女孩子就痛哭起来。情感上的纠纷，也许是最难开释的事。他年轻的时候，也没少和孟小闲闹别扭，但他们的矛盾是两个人的内部矛盾，不关涉第三个人，所以他们几乎没有隔夜仇。眼下，该怎么安抚这个满腹委屈的茶仙子，他还真没有任何办法，只好难堪地站在原地，不知如何收场。

忽然，邹洋汐站了起来，他走到思逸的桌子边，靠着桌沿半坐半立，眼睛慢慢眨了几下，看着还在抽泣的茶仙子，也不作声，只静候在侧。

"洋汐，你劝劝思逸。"

刚到院里来的时候，邹洋汐一张脸随时都是晴朗天。此刻，他却有了一份感同身受的沉默。茶仙子的哭声平息了些，邹洋汐这才平静地说：

"哭了最好，哭了就过了。"

大家一听，都觉得话中有话。果然，邹洋汐淡定地接着说：

"也许我最能体会思逸这时候的心情吧！你们知道，春节前我本来就要结婚了，但是也被劈腿了。国庆节，她还到了青川，我们一起去唐家河，全程都很开心。国庆后，她跟一个富商走了。当时，对我来说，也很突然。我们相处六年了，六年多的时间，我竟然不知道自己在这段感情中，只是一个备胎般的存在……那段时间，我确实很难接受这个事实，现在，一切都过去了。想想，这也没有什么不好，一别两宽，各自去走各自的路吧。"

没想到阳光、敞亮的邹洋汐也有这样的尴遇，大家都不说话了。起初，都为着安慰茶仙子，现在又来了一个"天涯沦落人"，大家真不知该说什么是好了。倒是茶仙子，终于抬起头，泪滴凝在睫毛上，像草丛尖晶莹剔透的露珠。

"洋汐说得对，"游姐姐突然沉下声音，"一别两宽。呃，待会儿，岑老的讲座结束了，我们沏一壶茶，慢慢喝几盏，什么都释然了。哎，刚才岑老正讲到'春水煎茶',岑老,你接着讲吧,我们听得带劲儿呢……"

大家重新坐定后,岑子兴赶紧整理了一下思绪。接着"春水煎茶",他说到了茶与人的交集。他说,在他看来,茶跟人一样也有爱恨嗔痴、悲欢离合。一开始,人驯化了茶,茶不断地改变、丰富、演化,与此同时,茶也在不知不觉间融入人的日常,默默无语地映照着人的情感和生活,直至成为人类历史和文化传承中细微而不可或缺的组成部分。每次手捧一杯清茶,就会面对生命的另一种仪态:在涅槃中嬗变,宛如新生。一茶一世界,一叶一乾坤。他最后讲到茶的含蓄与舒展,讲到茶的味道只有品过才知道,就像人生的路,只有走过才知道……

很久没有参加年轻人的活动了,岑子兴没想到自己对现在的年轻人真的了解得太少。看似光鲜得没心没肺的他们,有他们深藏和难以深藏的苦恼。更令他大吃一惊的是邹洋汐的现身说法,如果不是今天这不同寻常的一课,他也许想象不到与他同在青川的邹洋汐还承受了如此大的情感打击。惭愧突然又笼罩了岑子兴,他这个当师父的对徒弟的关心实在是太少。在青川,他居然没有觉察到洋汐的半点郁闷。要不是洋汐今天在这儿自己说破,他还等着喝洋汐和Lisa的喜酒呢。看来,邹洋汐也成熟了,整天忙于照顾他负责的茶叶园区,随时躬身在田间地头,蜀地的风霜雪雨历练了白叶一号,也历练了置身其中的这个大小伙。

岑子兴回到青川,多少有些遗憾地把邹洋汐的事告诉了孟小闲。孟小闲感叹道:"嘿,这有什么好遗憾的,洋汐可得感谢Lisa的不嫁之恩呢!"

"洋汐已经自我疗愈了,你还戳弄别人。"

"那就好。不过,你这个当师父的,也该多关心关心他啊!哎,洋汐和你们院里的那个茶仙子有没有感觉?他们有点像一对金童玉女呢。"

"没有,他们更像哥哥和妹妹。"

"呃,我突然想起我们一起支教的黎淑美女和洋汐也许会比较般配。黎淑的形象气质比Lisa还好,关键是黎淑和洋汐志趣可能更相投。她喜欢做公益，对精神生活的追求高于对物质生活的追求，不像一般的年轻女子总是被时尚和流行牵着鼻子走。黎淑不一样，她是有勇气和现在大行其道的潮流逆向而行的人。你让洋汐放心，嫂子都仰慕的大美女，绝对是带着光芒的姑娘！"

"洋汐这么优秀的帅小伙儿肯定有更多更好的选择。这样，我们也不刻意撮合，只是创造机会让黎淑和他认识，至于缘分，还是靠他们去感觉和把握。"

这学期结束后，孟小闲就要带然然回杭州了。以前临近期末，然然总是盼着假期到来，现在他却希望期末前的每一天都被无限延长，这样，即将到来的这个寒假就可以被无限推后。然而，时间的节奏从来都不紧不慢，它不会慌张逃窜，也不会慵懒地打个盹儿。然然一天比一天更无奈地认识到，时间是个最不讲情面、最不能通融的家伙。这个家伙一定从来就没有过朋友，因为它根本不知道离别对于好朋友来说，有多么难舍难分。

星期六的下午，孟小闲用青川盛产的羊肚菌炖了一只跑山鸡，整个屋子都飘逸着一股沁人心脾的香味。

"妈妈，下学期，我还想在青川上学。"

"人家是乐不思蜀，你是'乐不思杭'了。然然，下学期，妈妈要回杭州教书，你也该回到你原来的班上学习了。你们罗老师，今天还在微信上问我，你多久归队呢。"

"妈妈，我再在青川读一学期吧！你回到杭州了，我可以跟着老爸啊，反正他还要在这里种白叶一号。"

"老爸经常早出晚归，有时一天跑几个村，哪里黑就在哪里歇。他一出门，哪里顾得上你，到时候，谁管你的生活和学习？"

"我可以住在小白家。"

"你们俩当真形影不离呀。你回杭州去了，可以邀请他到杭州来玩啊。对了，明天中午，爸爸妈妈正好要组织一个聚会。妈妈这边要邀请来青川支教的杭州的老师们，爸爸那边要邀请的是安吉黄杜的茶叶专家，你喜欢的洋汐叔叔也要来，你可以邀请你的朋友小白来参加啊。我们吃火锅，餐都订好了。"

"好啊，那我吃了饭就去找小白，他肯定会很高兴。"

然然最喜欢吃鸡肉，这天晚上啃鸡翅鸡腿却慌得三下五除二，几口刨完饭喝了半碗汤，就去找小白了。

小白一听可以和然然一起吃火锅，立刻激动地跳了起来。

"耶，我最喜欢吃火锅！"

小白的双脚刚落到地面，神情却瞬间变了一副似的。他突然认真而冷静地说："是明天啊，明天不行。"

"为什么？"

"我才想起，我妈妈说的，明天1月13号，是腊八节。每年腊八节，我们全家都要去看我外婆。"

"你外婆在哪儿？"

"东河口，开车过去，要一个多小时。"

然然的希望又落空了，"可是，马上就要放寒假，我很快就要回杭州了。这一次，我们肯定是要真正地再见了。"

然然这一说，小白也满脸怅然。

"呃？"小白一下想起了什么，"明天，你可以跟我去东河口啊。这样，我们又可以在一起了！宇翔哥哥也要去，你还可以见到他。"

"好啊，我怎么没想到这个办法！"

然然立刻转忧为喜，两个小伙伴又开心地踢起球来。

晚上，然然一边洗漱一边对爸爸妈妈说："明天，小白不能来吃火锅了。本来，他很想来的。"

孟小闲正提着电热水壶往然然的洗脚盆里加热水，一小股一小股地加着。加少了怕不够热，加多了又怕烫。

"他有什么事吗？"

"小白说，明天是腊八节，他们全家每年腊八节都要去看他外婆。他邀请我和他一起去,我可以跟他一起去看他外婆吗?"

"他外婆住在哪儿?"

"东河口。他爸爸开车过去,一个多小时就到了。宇翔哥哥也要去,就是帮助我承认错误的那个盲眼哥哥,我也想再见见他。"

孟小闲用手试了试水温,洗脚盆里的热水兑好了。

"快烫脚吧,妈妈觉得没问题,问问你老爸呢。"

然然脱了袜子,把一双冰冷的脚浸入水中,这是他在青川每晚最享受的时刻。

"好热和哦!"然然用他跟小白学的四川话说道。

岑子兴正在电脑上查看另外几个白叶一号基地传来的管护整改措施,听然然的四川话说得还地道,忍不住也用四川话问道:

"安逸不?"

"安逸。哈哈,老爸,明天我可以和小白一起去看他外婆吗?"

"出门要听话,不要到处乱跑,别给小白爸爸妈妈添麻烦。"

"Yes sir!保证不添麻烦!"

这一晚,然然的双脚又烫得暖暖的,躺在被窝里,很快美滋滋地进入了梦乡。

火锅宴上,第一次见面的邹洋汐和黎淑,就像似曾相识的老朋友,几乎不用孟小闲和岑子兴做过多的介绍,他们已经有了一份奇异的默契。招呼着客人的孟小闲,偶尔看一眼他们,不经意间,竟然想起了她和岑子兴初次见面的情形。那时候,也是一大群人聚会,各执一杯清茗的他俩,也是从一开始就拥有了自己的小天地。

二十六　腊八节

然然没有想到,小白的爸爸今天开了一辆能装十多个人的小客车。小白的爸爸、妈妈,宇翔哥哥和他的爸爸妈妈,还有爷爷,加上小白和自己,车里一共装了八个人。然然发现,他们还带了碗筷、杯盘,还有水果,像野餐一样,什么都备齐了。

"我们是去野餐吗?"

然然有些欣喜地问道。

"差不多是吧。"小白拉着然然坐在宇翔哥哥旁边。宇翔有些遗憾地说:"可惜今年我哥没有回来。"

"是啊,"小白也有些遗憾,"宇飞哥哥每年都要回来的,今年他为什么不回来呢?"

"他要参加德语等级考试的口语测试。我听他说,口语测试如果过了,他就可以拿到一个德语等级证,他现在打工的那个培训学校,就可以正式录用他了。"

"那宇飞哥哥就真正是一个老师了?"

"嗯。"

"嘿嘿,谢老师。当谢老师多好啊,"然然说,"他的学生每次喊他的时候,都像在谢谢他。"

"谢——老师,谢谢谢老师——"

小白试着喊道。

"真的呢,下次宇飞哥哥回来,我就不叫他宇飞哥哥了,我叫他谢老师。"

小白、然然一路饶有兴致,小客车在蜿蜒的山路上盘旋着。

"这是青竹江。"

"这是石板沟。"

"那是红石河。"

小白不时为然然介绍着。

"红石河,是不是里面的石头是红的?"

然然好奇地问。

"那里是有很多很大的红石头。看,前面就要到了。"

"到了?"

然然有些疑惑,前方道路边有一座垮塌得只剩半截空架子的房子。一楼斜插在地里,二楼只剩下几根水泥框架,墙壁和屋顶不知去哪儿了。

"这是谁家的房子,怎么会是这样?"

然然从来没有见过这样的残垣断壁,他的心底忽地涌起一片疑惑。

"这里的人呢,他们去哪里了?"

"嘘——"

小白把右手的食指贴在自己嘴唇前,示意然然不要发出太大的声音。

"我们到了,就在这里,东河口地震遗址。"

"地震遗址?"然然很小声地问道,"你外婆呢?"

"她就在我们脚下。"

这次是宇翔回答了他。然然一下明白了什么,他的神色转眼变得既惊悚又肃穆。

"十年前,这里是'5·12'大地震的一个爆发点。我们对面那座山叫王家山,就是这座山,当时一瞬间被拦腰截断,一半被抬高甩出,一半像河水一样喷发出石头和泥土,两分钟不到,全村将近八百口人,全部埋在了这里。我奶奶，就是小白的外婆，她和我大伯一家住在这个村子，就在那一刻，他们也全都埋在了地底下。"

宇翔更轻声地接着说："来这里我们都会轻轻地走，因为这里埋了一个村子的人。"

车停稳了，坐在前排的大人们拎着大包小包下了车，他们都朝着一个熟悉的地方走去。小白扶着宇翔慢慢下了车。然然最后从车厢后面钻出来，立在这片空地上，不敢迈开一步。

"前面是地震石广场，岑开然，你看，那块巨石，有150多吨。它是从哪儿飞到这里来的，还是从地底下冒出来的，谁也不知道。地震前，这里没有这么大的一块石头。"

然然看着那块巨大的地震石，刹那间，突如其来的山崩地裂，在他脑子里一晃而过。大自然横扫一切的威力，闪电般耀彻眼前。

"走，然然。"小白的爸爸关了车门赶过来，"你是第一次到这里吗？"

"是的。"

然然跟着小白爸爸走在小白和宇翔身边。

"这三块黑色的大石头，组成了一个字，你看得出是什么字吗？"小白侧头问然然。

"一个字？"然然还在混沌的惶恐中。

"一个'川'字，看出来了吧？我们这里是青川，十年前那场大地震，还有汶川和北川，这两个地方，也很惨。然然，你知道吗？这三块石头之间的距离，分别是5.12米和2.28米。"

"为什么是5.12米和2.28米？"

"因为它们代表的是5月12日下午2点28分。这是十年前，那场大地震发生的时间。"

然然的心头猛地惊起一个寒颤，站在这里，他几乎不能再迈步。

"走，我们从这边走过去。"

小白让然然和他一起牵着宇翔哥哥，慢慢往前走。走着走着，脚底的凸凹提醒了宇翔，他知道他们走在一个刻画在地面的地图上。

"这是青川的地形图，"盲眼的宇翔似乎能清清楚楚地看到这里的一切，"不要看这里现在什么都没有，十年前，这里也有好多人户……"

随着宇翔的话音，然然不禁想象着这里的旧貌。小白妈妈手里拿着几朵白菊花，风吹来，白菊花的每一片花瓣都瑟瑟地颤栗着。

山丘连绵，在蔓蔓青草的遮掩下，眼前王家山被大自然斧削刀砍的深重创痕依稀可见。小白、宇翔、然然跟在大人们身后，走过一段石头路，寒风拂过野蔓荒草，在这段清寂的路途，然然猛地望见一根根黑色的十字木桩，在风中遗世独立的它们全都苍凉无言。

"那是什么？"

然然问道。

"穿斗挑梁，"小白的妈妈回头对然然说，"这些高高立起的木桩，是原来建在这儿的房屋的穿斗结构。这片木桩立着的位置，也是地震前乡亲们住的地方。"

然然望着这些在寒风中更显得无比凄恻的木桩，似乎听到了一声声轻轻的啜泣。

"然然，你来过这里吗？"

小白妈妈问道，然然摇摇头。

"小白每年至少要到这里来两次。一次是5月12日，一次是腊八节。"

"阿姨，你们为什么每次腊八节要到这里来？"

"因为我妈妈，小白的外婆，她做的腊八粥最好吃。每年腊八节，她都要做一大锅腊八粥，做好了，总要叫她的儿孙们一起吃。所以，后来每到腊八节，我们就特别想她老人家。现在，她和我大哥大嫂全家在一个世界，我们在一个世界。每年腊八节，我们到这里来，感觉大家又团圆了。"

"我们现在是要往哪里走呢？"

"就在前面。马上就到了。"

然然看到，他们前方是一面巨大的大理石碑墙。走近了，他才看见墙面上刻着一个挨一个的姓名，满满一墙，全是人的名字。

"宇翔哥哥，我们到纪念台了。你先在这儿站着，我和岑开然去找外婆和大舅舅全家。"

宇翔立在纪念台下，小白带着然然走上台阶，沿这面巨大的碑墙往左走。他提醒然然：

"我外婆叫钟常勤。经常的常，勤劳的勤。我记得她的名字大概是在这片位置。"

走着走着，小白停了下来，"我们就在这一片名字里找，找到我外婆的名字后，就容易找到我大舅舅全家的名字。他们隔得不远。"

望着这满满一墙的名字，然然惶惶不安地问道："这上面为什么有那么多名字？"

"叫这些名字的人都去世了，就在'5·12'大地震中，他们都是在地震中去世的青川人，这上面有将近5000个名字。"

"5000个，有这么多人去世吗？"

"嗯。"

然然看到，碑墙上的名字有各种姓氏：罗、王、陈、周、夏、邓、李、庄、张、姜……有的姓名是三个字，有的是两个字……还有的连姓都没有，只是个小名：龙儿、晶晶、小雨、小嘟嘟……

"我外婆的名字应该就在这一小片了。"

小白贴着碑墙仔细地看，然然也用目光认真搜索着。

"钟常勤，找到了！在这儿，外婆在这儿！"

小白找到了外婆的名字，小白妈妈立即把一支白菊花放在她的名字下。有了这支白菊花定位，一大家人立即获得了坐标。他们把带来的东西一一摆在"钟常勤"这个名字下面，腊八粥、白水鸡、腌鹅、卤鸭、炸鱼……小白还在带着然然找他大舅舅全家的名字。

"我大舅舅叫谢成强，成功的成，强大的强。我大舅妈叫陈云芝，云朵的云，芝麻的芝。他们的儿子我的大表哥叫谢宇恒，宇宙的宇，恒心的恒。他们的女儿我的表姐叫谢宇泉，泉水的泉。"

这四个名字在"钟常勤"的附近，他们很快一一找到了。小白妈妈把剩下的四支白菊花又放在了这四个名字下。趁大人们还在摆放东西，小白把宇翔哥哥牵了过来。

"宇翔哥哥，你还是来摸摸他们吧。"

宇翔伸出手来，小白和然然引导着他的手先摸到了"钟常勤"。巨大的碑墙前，宇翔摸着这个小小的名字，像接近了一团温暖的炉火，火光不仅让他的手感到了暖意，还把他的脸映照得有些微微的波澜。他摸着这三个字的一笔一画，像摸着一位老人脸上的沧桑皱纹。

"奶奶，"宇翔轻轻喊了一声，"我们又来看您了。腊八粥也摆好了，今天只可惜您的孙儿宇飞没有来，他在参加测试。奶奶，您保佑他顺利过关吧，这样，他就可以被他们学校正式录用了。"

宇翔和奶奶说完了话，小白和然然又引导着他的手摸到了谢成强、陈云芝的名字，他们俩的名字是挨在一块儿的。

"大伯，大伯妈，我们又见面了。今年，爷爷养了更多的鸡、鸭、鹅，好多城里人都喜欢吃他养的这些鸡、鸭、鹅。村里建了一个电商平台，他们可以在网上订购，鸡蛋鸭蛋也可以在网上卖……"

小白和然然又引导着宇翔的手摸到了谢宇恒和谢宇泉，现在该和他们说话了。

"表哥表姐。"

宇翔喊过他们，停顿了一下，似乎有些犹豫该不该接着往下说。小白和然然望着欲言又止的宇翔，很快，宇翔还是直言：

"我爸和我妈一直想让我学按摩，他们考虑的是学个一技之长，自己才能养活自己，但是我不喜欢学按摩。过了年，我想到宇飞那里去，他说我的普通话说得好，又懂盲文，他说他教我做有声书，可以做成有自己特色的音频在网上出售。这样，只要有人愿意听我的有声书，我就会有收入……"

宇翔和五个人都说完了话，碑墙前的一桌餐肴也摆好了。谢爷爷这时候，才像一家之主地发话：

"老婆子，又过腊八节了，你最喜欢儿孙跟你一起吃腊八粥。这不，他们都来了，只差宇飞，你这个孙儿，昨天专门打电话说了今天来不到。你放心,他也想着你的。"

"外婆,今天我的好朋友也来了,他叫岑开然。"

小白插了一句话,他很郑重地给外婆介绍了自己的好朋友。然然第一次参加小白家的家庭聚会,没想到是在这样特殊的场景。看着摆得整整齐齐的碗筷、杯盘,听着他们每一个人的讲述,再看着那满满一墙的名字,他感到小白的大家庭在这个幽冷的冬天其乐融融地围坐在了一起。腊八粥还冒着热气,茶也斟上了,酒也满上了,一朵朵白菊花在这五个名字下,似乎代替名字的主人嗅到了茶香、酒香,他们都安享着此刻的团聚。然然一抬头,放眼又看到满墙的名字。这是一处名字的丛林,也是一片名字的海洋、名字的天空,他望着它们,就像置身在浩瀚的繁星下。他恍惚看到在这坚硬的碑墙上,它们扑闪着一朵朵柔和的光亮,每一朵光亮,都让他觉得他们隔得那么遥远,又如此近切。

小白的爸爸说话了:

"妈,大舅子,大舅子媳妇,宇恒,宇泉,今年比往年忙多了。我们镇上种了白叶一号,开山挖地,拉土运沙,修梯田修步道,运苗子运材料,茶叶基地一天天建起来了,我们的日子也会一天天更好……"

宇翔的爸爸妈妈、小白的妈妈都说过话了,大家才把摆好的东西一一收拾归整好,一车人又原路返回。回到镇上后,小白爸爸把车开到了宇翔家,在这儿,他们把带出去的腊八粥重新加热,白水鸡、腌鹅、卤鸭又上灶蒸了蒸,大家这才把午饭吃了。

然然回到宿舍时,岑子兴正在睡午觉。他难得睡午觉,今天却呼呼呼地睡得很香。孟小闲在写支教工作总结,这一学期过得太快了,她的感触很多,昨天晚上搭了框架,这会儿正在往里面充实内容。

"今天怎么样?玩得开心吗?"

"妈妈,今天不能说开心。"

"为什么?"

"妈妈,你知道小白的外婆在哪儿吗?"

"他不是说，在东河口吗？"

"是在东河口，但是在东河口地震遗址里面。"

"啊，他外婆？在地震遗址里面？"

"嗯。"

然然点了点头。

"小白外婆已经去世了？"

然然点了点头。

"在地震中？"

然然又点了点头。

"小白怎么没有说这些？你们去的是地震遗址？你……"

孟小闲一把拉过然然，她惊慌失措地看着他，唯恐然然这一半天出去，就变了一个人。

"小白外婆的名字在一面很大很大的墙上，他大舅舅全家人的名字也在这面很大很大的墙上，青川所有在'5·12'大地震中去世的人，他们的名字都在这面很大很大的墙上。"

墙上？孟小闲的脑海一下想象着然然说的那面很大很大的墙，突然，"庄学强""李青青"，这两个深埋在她心底的名字，瞬息跃出了墙面。天啦！这两个安宁隐匿在岁月深处的姓名，今天，难道，难道都出现在了然然面前？然然会看到他们吗？他们是他的亲生父母啊。"庄学强""李青青"，他们，他们一定看到了然然，他们一定盯着他，从头到脚、目不转睛、泪眼朦胧、一遍又遍地看，这是他们留在世上的孩子啊！

孟小闲拉着然然，双手有些微微地颤抖。她看着然然，不知该说什么。

"然然，你——你没事吧？"

然然把他在东河口地震遗址所见到的废墟、地震石、黑色十字木桩……一一讲了出来。孟小闲万万没有想到，就在这半天时间，然然到了与他身世最接近的特殊地带。这里有封藏在他生命混沌时期的灾难记忆，但是这里也是他血缘最深处的亲情所系。也许，东河口的每一块石阶都默默为然然展露着无情与深情。这个离开故土十年后突然不经意来到这里的孩子，他会听到什么？看到什么？想到什么？孟小闲几乎不敢想象。她能确定的是，当然然惊愕而又肃穆的目光，摩挲在那块铭刻着"5·12"大地震所有遇难的青川人姓名的碑墙上时，当他的双手在那块巨大的石壁上，触到那些姓名的一笔一画时，他的目光或手指，极有可能在无意中抚摸到了"庄学强""李青青"这两个对他来说完全陌生的名字。而今天甚至未来很多年，然然都不会知道，他的目光和手指，就在这一刻，轻轻掠过或越过了，他亲生父母留在人世间的唯一印记……

　　孟小闲的心口一直突突突地被什么撞击着，岑子兴的鼾声却越拉越响亮，这鼾声中的安稳、踏实，最终完全覆盖了孟小闲内心的惊慌。

二十七　冻雨

大坤镇迎来了冬天的第一场冻雨。

沥沥雨滴从天空扑向大地,很快凝成薄冰。一夜间,树枝、屋檐……都挂起了亮闪闪的雨凇。这些凝固的雨,有的像倒长的禾苗、水葱,有的像飘拂的纱幔,还有随风轻舞的动感。置身在这晶莹剔透的琉璃世界,然然别提有多欢喜,他和小白一人掰了一根长长的冰凌子,准备拿回去蘸了白糖当冰棍吃。

从杭州运到大坤镇的满满一车教学物资堵在了路上。

"下冻雨了,路面滑得很,车不敢开上山。"

"不急不急,师傅!辛苦您了,千里迢迢运来,都近在眼前了,一定要确保安全。"

"这些地油子,还不知多久散得去!"

"不着急,师傅,等太阳一出来,它们就烟消云散了。"

孟小闲在电话里安慰着货运师傅。

这整整一车物资,是杭州市桂花二小为大坤小学捐赠的教学硬件设施,有了它们,大坤小学可望更快建成标准化的实验室、图书室、艺体室。在这之前,杭州市桂花二小已多次组织骨干教师到大坤小学开展教育教学交流。在孟小闲的积极推动下,杭州市桂花二小和大坤小学结成了友谊学校。这学期，青川教育部门也加大投入，特别是在教育技术装备方面提升了大坤小学的信息化水平。

孟小闲让岑子兴从杭州家里给她带来的平板电脑中，有一个丰富的教学资源包，她把它们全部分享在了大坤小学的教学网络系统。她动员大坤小学的老师们都参与到这个多样性的教育资源服务体系中。这样，即便她回到杭州后，还能通过远程教育教学信息化平台，继续为大坤镇的师生提供支持和帮助。

硬件软件齐头跟进，实地教学和远程教学相辅相成，大坤小学的发展未来可期。可是就要离开了，孟小闲才发现自己为这所山村小学做的事还不够多、不够细。

然然跑回宿舍时，用脚踢了踢门。孟小闲把门一拉开，然然一只手举着一根冰凌，一只手举着一枝被薄冰包裹的野山果，兴奋地叫着：

"妈妈，看，冰棒和冰糖葫芦！白糖在哪儿？我要蘸着白糖吃。"

看着然然被冰凌冻得发红的双手，孟小闲没好气地说：

"不能吃，这里面有很多细菌。玩一玩可以，哎呀，你的手都冻得比冰凌子还要冰了。"

"嘿嘿，这叫以冷制冷！"

"快把它们扔了，进屋来暖和一下。"

然然舍不得扔了冰凌子和"冰糖葫芦"，他把它们插在宿舍的窗台上，这才发现窗台也蒙上了一层薄冰。看着这层薄冰，他想起了什么。

"妈妈，快看，这些亮晶晶的薄冰像什么？"

"像什么？"

"像不像珐琅瓷？"

"珐琅瓷？真是呢，冻雨一下，到处都变成了珐琅瓷。"

"呃，老爸，老爸呢，他到哪里去了？"

"下冻雨，你呢，是乐开了花；你老爸，他呢，急得眉毛都要烧焦了。他往茶山上察看白叶一号去了，他担心那些刚刚成活的幼苗在冻雨中挺不住。"

"啊，那怎么办呢？白叶一号会不会被冻死？"

"前一阵，幸亏老爸让村民们给白叶一号覆了地膜，盖了稻草。"

"我和小白看到了的，白叶一号藏在稻草下面。"

"这些还不够呢，我听你老爸说，冻雨是灾害性天气，为了保证白叶一号的茶苗不被冻坏，他们要组织村民紧急搭建拱棚。"

"那么多白叶一号，都要搭拱棚？"

"我也不清楚，反正我看你老爸，急得跟猫抓心一样。"

"妈妈，我能做什么？"

然然终于不再玩冰凌了。

"你能做什么？你可以给老天爷磕头作揖，请他不要再下冻雨了，请他赶紧出太阳！"

"我又不是羊力大仙虎力大仙鹿力大仙。"

"那你该做什么？马上就要期末考试了，你自己的功课复习好没有？下学期就回杭州念书了，到时候，你们罗老师要让你做一整套杭州的期末考试卷，看看在青川借读了一学期的你，能不能跟得上杭州的教学节奏。"

"没问题，妈妈，做火星上的期末考试卷我都不怕。只是，这次期末，我们班有个英语节目要参加汇报表演，我和小白都要上场，你让老爸一定要来看我们表演哦！"

"好，你们表演的是什么？能不能先给妈妈透个底？"

"不能，这是秘密。到时候，你们来看就知道了。"

天气预报，青川县大坤镇、沙州镇、关庄镇、旺甲乡、曲胜乡的低温雨雪凝冻天气会持续一周。岑子兴、邹洋汐和黄杜专家一大早就会聚在白叶一号示范基地，青川县白叶一号专班按照他们的建议，调集了附近几个合作社的劳动力，增援拱棚的搭建。

"今天晚上还会降温，我们要赶在天黑之前把拱棚全部搭建好。"

岑子兴、邹洋汐和黄杜专家的意见是一致的。

"可是，能调集的劳动力都调集了，人就这些，搭建拱棚的材料也有限，今天晚上肯定完成不了任务。"

看着眼前这五六十号人手，白叶一号专班的工作组成员全都愁眉苦脸。

"只怕这漫山遍野的白茶苗，熬不过这场雨雪了。"

"怎么办？人手，人手不齐，材料，材料不够，气温，气温还在恶化！我们不可能眼睁睁看着这么多茶苗被冻死……"

站在寒风凛冽的山头，大家恨不得脱下自己的衣服披在茶苗身上，他们不愿就这样听天由命，但谁也想不出任何更有效的办法。这会儿，个个都焦头烂额。

正在贵州普安县指导白叶一号冬季管护的黄杜村党总支书记盛阿伟，在电话上得知青川的情况，马上通过视频仔细察看了茶苗状态。

"必须立即采取紧急措施，赶快搭建拱棚！人手、材料不齐，不要着急，你们可以借鉴普安县'我和白叶一号共成长'的行动和做法，向县委报告并请求援助，动员和组织每个茶叶基地附近村镇的全体党员、共青团员和干部群众马上成立攻坚突击队，明确任务，分区划片落实责任。同时，请县里协调，紧急调运物资和材料。你们不要气馁，现在立刻采取行动还来得及！"

盛书记这一提醒和打气，在场所有人都看到了一线生机。白叶一号专班的工作组成员很快通过县里与大坤镇、沙州镇、关庄镇、旺甲乡、曲胜乡的党委、政府协调相关工作。上午11点，青川县"我和白叶一号共成长"攻坚突击队和物资都集结到了这几个乡镇的白叶一号种植基地。

因为大坤镇白叶一号的种植面积大，搭建拱棚所需的人力物力相对更多。就在各村镇争先恐后要人要物时，大坤镇的余支书忽然想起了什么。

"呃，我想起了，我们还有存货嘛！半年前，我们在老庄主那儿分批收购了很多竹棚，全是他自己编的，现在拿来，正好可以直接就用上！"

"老庄主"，余支书突然间提到的这个名字，除了岑子兴，没有谁为之一颤。那个缺了一条腿而双手灵巧的老人，庄老汉，对，他早早备下的农用家什，竟然能解当下的燃眉之急。岑子兴在心里默默感念着。可是庄老汉编的竹棚虽然很多，毕竟数量有限，即便在大坤镇白叶一号示范基地，也不能完全保证供应。

"用在几个风口处，那里最急需！"

"对对对，好钢用在刀刃上，金子打在门牙上！"

在青川白叶一号攻坚突击队的紧急援助下，天黑之前所有茶叶基地终于完成了拱棚的搭建。在稻草、地膜、拱棚的三重保护下，白叶一号茶苗有望挺过这个严冬了。

岑子兴紧绷的神经还不能完全放松，优胜劣汰是永恒的自然法则，毕竟，白叶一号茶苗刚刚成活就面临这么严酷的自然考验。虽然大家已竭尽全力，但一定程度上，还得依赖白叶一号自身的内在机能，特别是它们对逆境的抵抗和防御能力。

"坚强些吧！孩子们，"离开茶园的时候，岑子兴在心里对茶苗们说，"坚强些，冬天过去就是春天！"

岑子兴有些惊讶，他把每一棵茶苗都当成了孩子。此时此刻，他似乎又回到了当年要给婴儿时期的然然做马蹄足手术的前夕，一切准备就绪，他们的心却提得更紧了。

"现在最需要的是孩子自身的生命力，只要内外合力，这个孩子就会迎来一个崭新的人生……"

作为然然的主治医生，父亲走进手术室前，留给他和孟小闲，还有然然的奶奶、外公外婆这句既是期望又是祈祷的话。如今这句话，又清晰地在岑子兴耳边响起。是啊！只要内外合力，这些茶苗也会迎来全新的气象。

然然的期末考试取得了好成绩，他领到了大坤小学颁发给他的一张"三好学生"奖状。

"老爸，我要把这张奖状带回杭州，把它和我在桂花二小得的奖状摆在一起。"

"好啊,你可以把它收藏起来,这是多特别的一张奖状啊!这也是你在青川学习生活了大半个学期的纪念。"

"明天下午,就是学校的期末汇报表演了,老爸,你可以和妈妈一起来看我们班表演吗?"

"能,这次一定能!"

1月22日中午,岑子兴从茶山上下来时,眉头舒展了许多,白叶一号茶苗在重重保护下安然无恙了。眼下它们虽然还很弱小,但是看它们的枝、茎、叶的状态,已经呈现出不肯屈服的顽强劲儿。这股顽强劲儿,让岑子兴有些暗自激动和振奋,他连午餐也没顾得吃,匆匆赶到了大坤镇中心小学。期末汇报表演已经开始,幸好三年级一班的节目排在后面,他才没有错过。

然然终于在家长席中看见了老爸,他兴奋地对小白说:

"看,我老爸也来了,他和你爸爸妈妈坐在一起。"

同学们得知岑开然的"科特派"爸爸来了,都很好奇"科特派"是什么样,没想到岑开然爸爸的鞋子和裤脚沾满了泥土,他这个样,还不如他们自己的爸爸整洁和讲究呢。

轮到三年级一班上台了。小主持人说,三年级一班的同学们带给大家的节目是:英语情景演说《青山绿水一杯茶》。

岑子兴看到,舞台上参加表演的孩子们分成了两组。一组身着古装的女孩子在后面表演茶道,一组身着现代服装的男孩子在前面用英语演说茶的故事。然然穿着小西装、系着小领结。他是打头的:

Ladies and gentlemen: It's my honor to stand here and make a speech. China is the homeland of tea which has become the national drink.

There are many kinds of tea in China. The main varieties of tea are green tea, black tea, yellow tea, fermented tea and white tea.

……

接着，小白讲到了青川白叶一号，另外两个同学一个讲到了泡茶和敬茶，一个讲到了喝茶的好处。这个节目完全出乎岑子兴的意料，他没有想到，孩子们竟然采取了中西结合、古今融汇的方式来演绎他们心目中的这一片叶子。他突然想起，华东茶叶研究院一直想丰富和加强茶文化交流，这种别开生面的形式正好给他们提供了一种思路，他们也可以通过更生动的形式讲述茶故事，介绍茶文化。在全球化的语境下，他们对茶的表达完全可以更具开放性和创新性。

孩子们的表演赢得了热烈掌声，评委老师最后决定，学校将推荐这个节目参加今年六一的全县小学生艺术节。

"张老师，你们这个节目好出彩啊，编排、表演、服装、道具都让人耳目一新，这个节目一定让你费了好多心！"

孟小闲向然然的班主任张老师祝贺着，张老师说："我们这个节目确实有些费功夫，岑开然可是出了大力，编、导、演，他全部都参加了。我们的服装，是从县城租来的，班费不够，本来都要放弃了，结果岑开然在班上发起募捐，孟老师，你不知道，他捐得最多，一下捐了两百元，我还说给你说说呢，他一个小孩子，一下掏了这么多钱。"

"哦，"孟小闲一下想起然然十岁生日那天，他们全家一起去黄杜村白茶园游玩，在去接奶奶的路上然然自己爆的料，"没事的，那是他的私房钱，是奶奶给他的，他一直没舍得用，这次，他一定是觉得用在了最该用的地方。"

只可惜，男一号岑开然不能参加青川县的小学生艺术节了。

大坤小学正式放寒假后，孟小闲带着然然回到了杭州。离开青川，然然有太多不情愿。他走的时候，小白恰巧不在家。小白和宇翔哥哥全家一起到成都去看望宇飞哥哥了。要不然，然然和小白这两个好朋友一定难舍难分。好在孟小闲告诉然然，老爸还在这里，下个假期可以再回来……

尾　声

2019年，青川白叶一号经历了干旱、暴雨、白化期延长……驻守在青川的岑子兴始终陪伴着白叶一号经风历雨。

2020年，青川白叶一号迎来了第一个采茶季。5月，在全国人大会上，来自青川木鱼镇木鱼村的代表徐萍姑娘，将青川刚刚产下的白叶一号带到了全国人民面前。就在这次大会上，人们才知道汶川大地震时，这个年轻的人大代表还只是个十三岁的小女孩，浙江的倾情援助，让她走出了困境。她一直感恩她的浙江父母，而今，浙江亲人捐赠的白叶一号茶苗已经在青川这片饱经沧桑的土地上日益葱茏，更多的青川百姓将依托它，在浙江人民"以富带富"的引领下，实现乡村振兴、共同富裕。

孟小闲看到，电视上的徐萍拿出了一个小茶包。这个小茶包是个米白色的小布袋，上面绣了两片青翠欲滴的茶叶。电视镜头给了绣有两片茶叶的小茶包一个特写。

就在这一瞬间，孟小闲忍不住叫了出来：

"麻柳刺绣！"

"妈妈，你在说什么？"

晚饭后正喝着果粒酸奶的然然没听清楚孟小闲在说什么。

"麻柳刺绣！我在说这个小茶包上绣的两片茶叶是麻柳刺绣。"

"麻柳刺绣？什么是麻柳刺绣？"

麻柳刺绣，这是一份曾经与然然的生命最贴近的乡土气息，抑或终将是他生命中挥之不去抹之不去的乡愁，对此，十二岁的然然依旧浑然不觉。

"哦，"孟小闲顿了顿，复而平静地说，"这是四川广元青川的民间传统工艺，国家级非物质文化遗产。它们很特别，所以我一眼就看出来了。把它们绣在青川白叶一号的小茶包上，真的很有青川特色呢。"

"青川白叶一号又上电视啦？"

"是啊，它们还走进了人民大会堂。你看，那个姐姐正拿着小茶包在介绍青川的白叶一号。"

2021年7月1日，然然和妈妈一起，在电视机前观看庆祝中国共产党成立100周年文艺演出。在第三篇章《激流勇进》中，"5·12"抗震救灾的画面震撼人心。突然，然然看到舞台大屏幕上出现了写在小白外公家外墙上的两句话。

"妈妈，你看到没有？"

"什么？"

镜头一晃而过，孟小闲并没有发现什么。

"我刚看到了青川的两句话！"

"哪两句话？"

然然把电视回放了一段，这下，孟小闲清楚地看到了然然说的"青川的两句话"：

出自己的力，流自己的汗，自己的事情自己干。
有手有脚有条命，天大的困难能战胜。

"这是青川的'两幅标语'。它出现在这里，是想让全国观众感受到青川人在'5·12'特大地震后没有被困难压倒的精神力量。"

孟小闲或许是想为然然解释什么，说到这儿，才猛然发现，自己不经意就把她和岑子兴最不敢在然然面前提及的事,以完全正常的语气道与了这个十三岁的孩子。

是的,三年过去了,然然又长大了三岁。他长高了、长壮了好多,稚气未脱的脸庞上,那双明澈、聪颖的大眼睛看上去更加神采奕奕。青川白叶一号也和然然一样,经过三度春夏秋冬的洗礼,出落得愈加光彩照人。

一千多亩茶园相互毗邻,连绵不绝。屏息一望,碧波浩瀚;凝神一听,叶语呢喃。一片片叶子在新的天地间挺立着俊俏的身姿,在她们身上,总能让人感受到一股股不可忽视的力量——成片成景的她们,攥着梦想,握着希望,蓄势待放。

2020年,青川白叶一号试采试制成功后,青川又新规划了3500余亩种植基地,全县共建成白茶基地5000余亩。大坤镇、旺甲村、曲胜村和青坪村白叶一号茶叶种植基地搭建起5G实时监测平台,安装了高清摄像头、土壤传感设备和土壤墒情监测设备。有了白叶一号的示范,青川整个茶山茶园的精细化管护水平都得到了提升。得益于浙江栽种、管护、销售"一条龙"帮扶,青川坚持把茶产业作为六大农业优势特色产业的"一号产业",而今全县已形成以生态观光、茶叶采摘、休闲旅游、乡贤文化体验等一体的特色生态景区。放眼远眺,轻风拂遍,活力充盈的盎然绿意正嗞嗞燃起茶与人相依相存的簇簇炽焰。

青川县农业产业化发展服务中心向社会各界人士广泛征集青川白叶一号茶产品品牌名称,要求既能体现绿水青山就是金山银山的发展理念、黄杜村群众的深情厚谊,又能体现青川人民的感恩自强。服务中心收到来稿六百多件,大多是"浙川玉叶""白茗""白羽""玉芽"之类,没有一个让他们眼前一亮,更没有一个让他们怦然心动。

青川白叶一号专班又求助岑子兴,岑子兴苦思冥想了很久,也没想出一个特别有意思的名称。天天种培白叶一号,养护白叶一号,研究白叶一号,与白叶一号最亲近的他反倒与白叶一号无比生分起来。

"糟了糟了,"岑子兴在电话里对孟小闲说,"我这脑子怎么僵化了?"

"你这是'不识庐山真面目,只缘身在此山中'。"

刚挂了孟小闲的电话,岑子兴看到邹洋汐在微信上发来三个字:
"屾之茶。"

"屾之茶"是什么意思?岑子兴一下蒙住了。他还不认识"屾"这个字呢,但是他已经分明感受到了这个茶叶品牌名称一定有着非同寻常的寓意。

果然,邹洋汐在电话里向他解释着这个品牌名称的创意:

"屾,字音是浙川两地山海情深的'深'字的读音!关键是字形,这个字由两山并立而成,象征着在安吉发源的'绿水青山就是金山银山'的两山理论。'屾之茶'则象征青川白叶一号是缘由'两山理论'而诞生的生态文明建设的一个成果。"

"啊,两山理论,这个寓意太好了!'屾之茶'象征青川白叶一号是缘由'两山理论'诞生的生态文明建设的一个成果,真是妙解!"

"师父,还没完呢,您看,这'屾'字,一'山'在东,一'山'在西,'屾之茶'还象征浙江与四川在东西协作的历史新征程中深化交流与合作。按照'中央所指,四川所需,浙江所能'的原则,先富带后富,推动浙川交流向更广领域、更深层次迈进,全面续写新时代浙川一家亲的新篇章。"

"东西协作,先富带后富,这个也说得好!"

"还没完呢,'屾'字,左(西)山小,右(东)山大,'屾之茶'还象征安吉黄杜人以富带富向青川捐赠白叶一号茶苗的分享与共建的初心和行动,同时也体现了自强不息的青川人民弘扬两幅标语精神紧随安吉黄杜并肩前行,在追求美好生活的道路上感恩奋进。"

"并肩前行,感恩奋进,对,这个也能很好地体现!"

岑子兴又念了一遍这个名称,只觉得自己作为白叶一号"科特派",这三年来的所有努力和梦想也都蕴含在了这三个字中。

"洋汐,看来,作为白叶一号'科特派'的这三年,你是真真切切领悟了这一片叶子的精深内涵。你能想出这么好的创意,真的了不起啊,要知道,一个品牌名称就是一个产品的灵魂!这个名称让人过目不忘,它的社会影响力和市场吸引力不可估量啊!"

"嘿嘿,师父,这个功我可不敢揽。"

"那这是谁想出的创意?"

"师父,这个创意是黎淑想出来的!"

"黎淑?"

"是啊!"

"啊,我想起了,那个漂亮的支教老师,这个大美女也太有才了嘛!你有高参啊!"

"师父,嘿嘿,是内参。在您和嫂子安排的火锅宴上,我们才认识的……"

"啊,知道了,知道了。内参,嗯,洋汐,你这个内参的确有真知灼见啊!赶快报青川白叶一号专班,我马上建议他们去申请商标注册。这是青川白叶一号的精神凝练啊!"

"好的,我马上把这个品牌名称的创意说明发给他们。"

2022年3月,青川白叶一号茶园迎来首次大规模采摘。在采茶仪式后的品茶活动现场,茶艺师将刚制好的白叶一号茶叶泡好,倒出第一杯。

"这杯茶要敬给多年来锲而不舍帮扶我们、指导我们的——浙江亲人!"

茶桌旁,青川县领导端着茶杯,动情地说。

"好,好!"

在场的人们热情地呼应着。

汤色清如许,味道香如故。

这杯茶首先敬给了82岁的白堃元教授,从接过茶杯到一口饮下,老教授感慨不已。从1997年至今,他见证了青川、广元茶产业由小到大、由弱到强。而今,青川县共建成白茶基地5000余亩,今年预计采摘鲜叶7000余斤,实现产值200万元以上。一片茶叶正如期如愿再富一方百姓。像浙江所有的茶叶"科特派"一样，白堃元教授不仅是这个过程的见证者，更是这个过程的参与者、推动者，其中滋味酸甜苦辣，但今天品到的是回甘。

一抹茶香经山海，一片茶叶感恩情。

当天，一辆载着青川白茶的邮政物流车，从四川广元青川县驶向浙江安吉黄杜村。三年前，黄杜村给青川捐赠540万株白叶一号茶苗，三年后，青川人回赠5.4斤白叶一号茶叶，恳请黄杜村民尝尝"岫之茶"的味道……

（完）